当代作家精品／散文卷　主编　凌翔

一书清浅可入梦

徐琳 著

民主与建设出版社
·北京·

© 民主与建设出版社，2021

图书在版编目(CIP)数据

一书清浅可入梦 / 徐琳著 . —北京：民主与建设出版社，2021.3
ISBN 978-7-5139-3303-2

Ⅰ.①一… Ⅱ.①徐… Ⅲ.①散文集—中国—当代 Ⅳ.①I267

中国版本图书馆 CIP 数据核字（2021）第 045905 号

一书清浅可入梦
YISHU QINGQIAN KE RUMENG

著 者	徐 琳
责任编辑	周佩芳
封面设计	陈 姝
出版发行	民主与建设出版社有限责任公司
电 话	（010）59417747　59419778
社 址	北京市海淀区西三环中路 10 号望海楼 E 座 7 层
邮 编	100142
印 刷	三河市龙大印装有限公司
版 次	2021 年 5 月第 1 版
印 次	2021 年 5 月第 1 次印刷
开 本	710 毫米 × 1000 毫米　1/16
印 张	17.5
字 数	240 千字
书 号	ISBN 978-7-5139-3303-2
定 价	69.80 元

注：如有印、装质量问题，请与出版社联系。

目 录

第一辑　节日书

外相与内质　002
彤管有炜　006
字里相逢甚为亲　008
追寻一个家族的足迹　010
节日书　013
一书清浅可入梦　016
一株紫薇，从宫廷走进民间　019
南子这只猫　023

读张记　025
心疼张爱玲　028
出走半生，终究回到童年　031
小人物的脸面　033
一枕清梦　035
《姽婳词》，又及《芙蓉女儿诔》　037
说戥子　042
雨村葫芦庙言志　044
宝玉潇湘馆寄情　047
世间葫芦　049
那一缕孤烟　052
画家散文的慢功夫　054

张幼仪：爱的力量　058
我是你身旁另一棵树　061
《世说新语》阅读札记三章　063
那么多的帽子　066
又见月牙儿　068
什么是浮云　070

第二辑　小欢喜

公主心　074
永远有多远　076
草木一秋　078
戏说"美文"与"佳作"　080
美人难做　082
石榴红，石榴裙　085
小梅飘雪杏花红　088
谁与我心同　092
中年的心情　095
有多爱，就有多矫情　098
小王子和那朵花的爱恋　100
克己复礼　102
曾点的理想　104
小欢喜　106
入清凉境　109
寿命这个话题　111
隔离期，治愈系阅读报告　113
相，有多重要　117
李白：才华这枚标签　119
蜉蝣记　122

火光照亮的人生　129
幸晤蓝桥　132
书结方胜　135
偷梦之罪　136

第三辑　水乡记

水乡记　140
在霄坑，访竹问茶　142
青阳散记　146
小城的鸟们　150
天池左右　155
静静的北园　157
望华楼路上好风光　159
源溪行，缘溪去　161
城中寻春　165

第四辑　时光乱

芭蕉雨，芍药风　168
从一声吆喝里挣脱　170
味道　172
笑意盈盈　175
清晨慢　177
纳春光如许　178
雨浥轻尘　180
女儿媚　182
做你手心里的一枚玉　184
女人有泪不轻弹　186
女人微醉自芳菲　188

花开有声（二题） 190
白菊为霜翻带紫 193
寻找五瓣丁香 195
树树皆秋色 197
野蒿记 199
等待一场雪 201
玉兰花影 202
蔷薇墙外香 204
外衣 206
紫云英的春天 208
稳妥 210
时光乱 212
那些美，那些温馨 214
安静的力量 216
一枚螺丝钉的启迪 218
你的名字 220
少年的自愈与治愈 222
安静的年 226
消暑笔记：
香港政府楼下举美国国旗的年轻人及其他 228

第五辑　玉光阴

生命之花多芬芳 232
修一身静气 234
屋檐 236
玉光阴 238
童年的"马儿" 240
你的情绪是我的晴雨表 242

捅开人情这张薄纸　244
来自心底的叮咚之声　247
一本词典的重　249
老父七十　251
父亲的慷慨与任性　253
老屋时光　255
母亲的布鞋　257

附录：

饮你世间一杯茶　261
有女美兮　264
品味"一杯茶"　267

第一辑 节日书

外相与内质

《红楼梦》第三回,有《西江月》词批宝玉"纵然生得好皮囊,腹内原来草莽……"

这"好皮囊"即是外相,"腹内草莽"是内质。

把"外相"与"内质"列在一起,所论无关其他。"外相"指人显露于外的相貌;"内质"乃指内在品质。

翻《南渡北归》,读到写北大文科研究所那一段。创立于1918年的北大文科研究所,初建时所长由时任北大文学院院长的胡适兼任。"卢沟桥事变"后,文科研究所停办,待到1939年春,西南联大在昆明稳住阵脚,文科研究所复建。复建后的文科研究所,因为胡适其时在美任大使,所长一职即由身兼数职的大胖子傅斯年代理。

"北大事,我这一年亦颇尽力,近则焦头烂额矣……此外如毅生、公超、膺中皆热心,只有从吾胡闹。此人近办青年团,自以为得意。其人外似忠厚,实多忌猜,绝不肯请胜己之教员,寅恪断为'愚而诈',盖知人之言也。近彼大骂受颐无学问,我真不能忍耐,即与之绝交……"

这是傅斯年写给胡适信中的一段。傅兼北大文科研究所所长一职,还因为他与胡的亲密关系,这在与胡的书信往来中,顺便向胡适这位文科研究所的前任所长汇报所内事务,兼论人事。

有考据癖的读者,可细细查究一干人等,这里只说"从吾"一人,《南渡北归》里也只细说其人。

"从吾"即姚士鳌,号从吾,毕业于北大历史系,留学德国,后任北大教授，西南联大教授等职。这个时候，是北大文科研究所的导师。

傅说从吾"外似忠厚，实多忌猜"，这"忠厚"当是外相，"忌猜"是内质。表面上看朴实忠厚，但内质里小人作为，妒忌别人比自己强，猜疑之心重。一个人无论有才华还是没有才华，一旦生了妒忌猜疑之心，必不容人。不能容人之人，人亦不会容之。其时，傅大胖子对其就不可忍耐。

《南渡北归》一书还引了从吾教授后来在台大的一位学生李敖写其的一段文字："姚从吾老师有满口乱牙，我从没见过一个人有那样乱的牙。他的牙，每颗都很大，并且N多，我始终怀疑他不是'重瞳'而是'重牙'，牙齿比一般人要多。当然我这样说，毫无根据，但从亚里士多德把他老婆的牙齿数目搞错一点上看，这种牙多之感，可见也不唯我独有也！"

李敖素以毒舌闻名。他曾与享有"台湾第一美女"之称的胡因梦缔结姻缘。二人闪婚闪离，有传得甚为真切的一种说辞，李大才子见不得胡美人因为便秘，蹲在马桶上憋得脸红脖子粗的样子。对待前妻，这么私密的情节都能拿出来开涮，在李敖的笔下，自然不会放过颇有特色的姚老师。

姚老师"重牙"，牙齿比一般人多。放在今天，现代牙矫术可换得姚老师新颜，什么重牙、虎牙、牙颌畸形等，都不在话下。哪里会给李敖不惜搬出亚里士多德，非议老师牙齿的机会。

其实，"重牙"与"重瞳"都是外相。

"太史公曰：吾闻之周生曰'舜目盖重瞳子'。又闻项羽亦重瞳子。"

史上关于"重瞳"的记载只有八人，仓颉、虞舜、重耳、项羽、吕光、高洋、鱼俱罗、李煜。还有一种说法是前六人。

仓颉造字；虞舜禅让；晋文公重耳是春秋五霸之一；项羽即使败给汉王刘邦，他也还是大名鼎鼎的"西楚霸王"；吕光是十六国时期横扫西域的后凉国王；高洋是北齐建立者；鱼俱罗相传是用计设杀猛将李元霸的隋朝名将；李煜是南唐后主，词人，文学家。无论是"八人说"还是"六人说"，这些人都有一个共性，重瞳者或为帝王或有大作为者。

现代医学大抵认为重瞳是一种眼疾，类似白内障。古人认为成大事者必生异相，重瞳就是一种异相。所谓"异相"，不过是少见。

重瞳者少，其实"重牙"并不少见。李敖嘴不饶人惯了，还从老师的"重牙"说到老师"长得一副老农相"，最后论老师的学问："就好像一只狗熊进到玉米园子里，折一根玉米夹在腋下，左摘右丢，弄了一夜，出园时腋下还是只剩那一根。"

说到底，不是姚老师"重牙"之外相多难看，终究是内质太差，比不上"重瞳"者的帝王之质，终究被学生小瞧了去。

《三国演义》中的诸葛亮与庞统，时人称之为"一龙一凤"。庞统道号凤雏先生，他在投玄德之前，得到过鲁肃的举荐，邀他见孙权。小说中写："权见其人浓眉掀鼻，黑面短髯，形容古怪，心中不喜。"之后，他们的交流中，孙权不喜他的狂傲，不用。应该说，主要原因在于初见庞统的外相不入心之故。庞统戏言说投曹操，鲁肃建议他去投刘备，并为之荐书。诸葛亮曾留书一封与庞统，说料孙权必不重用他，愿意与他共扶玄德。

庞统因之来见刘备，刘备一样不喜他的貌陋，只给他一个耒阳县宰的位置。在耒阳一个月，庞统只终日饮酒，一个月不理政事，但张飞来巡视的时候，他不到半日就处理完所有事情。张飞大惊。素以冲动著名的张飞也知庞统大才，不可屈之。这会儿，庞统方拿出鲁肃的荐书。张飞回去见刘备，拿出鲁肃的荐书，刘备正读，孔明回。孔明问："庞军师近日无恙否？"这个时候，孔明说他曾有荐书在庞统处。张飞去请庞统，庞统方出孔明荐书。书曰：凤雏到日，宜即重用。这之后，庞统为副军师，与孔明共赞方略，教练军士。但是在取西川的过程中，诸葛亮留守荆州，庞统作为副军师随刘备出征，死在落凤坡。

庞统的出山，可谓赚足了脸面，但死得其实很难看，似乎与他的威名不甚相符。毕竟，尚未独立成就什么大事，只一次独当一面，就命丧黄泉。

军国大事，胜败输赢本不好论。这里只说西川一战，孔明曾有书与刘备，提醒他们谨慎行事。

但庞统暗思："孔明怕我取了西川，成了功，故意以此书相阻耳。"

这一暗思，可见小人之心。小人之心猜疑妒忌，难以容人。人亦难容，天亦难容。罢了，罢了。

诸葛先生辅佐刘备成就霸业。诸葛与庞统，这"一龙一凤"的美名，关乎内质。凤雏先生半日就处理完一县琐事，赢得张飞大惊，内质自然也不差。诸葛先生飘逸超然，风度翩翩。这外相上不是庞统的古怪形容可比，小人之心与宰相之肚，差别更在内质。或者，庞统未必就像罗贯中所写的那么"浓眉掀鼻，黑面短髯"，不过是小说家的消遣，加深读者外相与内质的联系罢了。

有一句很走心的话如何说来着？"人要长得漂亮，更要活得漂亮。"这"长得漂亮"是外相，"活得漂亮"是内质。

长得漂亮是前世缘分，活得漂亮是今世修行。如果已经长得不漂亮，还像"重牙"的姚从吾，像形容古怪的庞统，就活该被学生嘲弄，被小说家消遣。

彤管有炜

　　漫长的国庆长假，来自微信朋友圈里各地堵、坑、宰诸多负面信息的心理暗示，就此断了出远门的计划。日日小雨作伴，偶出城半日，遇雨即回。想来还是案前有书作伴的时光，恣意随心。

　　这一日，读的是假期到来前当当网购来的《南渡北归》。民族危亡的时刻，前方战事吃紧，文化界也是风云激荡，厚厚三大卷本，非寻常故事，断不能速读了事。

　　时已南渡，炮弹横飞的衡山临时大学众星云集，叶公超即便顶着"新月派"诗人的桂冠，他的名字也只是众星之中的一颗，其光彩远不够耀眼。但关于叶氏的文字，区区半页，仍足够引起兴趣。

　　所谓阅读之趣，往往不仅在所读文字之中，更在文字之外思绪的游离中。

　　南渡前，叶氏是清华外文系教授，与袁永熹女士结婚，育女叶彤，子叶炜。"子女命名，据说是出于《诗经》'彤管有炜'一语。"

　　一句"彤管有炜"，蓦然打乱阅读节奏。

　　　　"静女其姝，俟我于城隅。爱而不见，搔首踟蹰。
　　　　静女其娈，贻我彤管。彤管有炜，说怿女美。
　　　　自牧归荑，洵美且异。匪女之为美，美人之贻。"

　　这便是《诗经·邶风》中有名的一章《静女》。

　　诗经的时代，爱情的美好随处可见。虽说有《氓》，美好的爱情最终落得个"老使我怨"，但到底曾经郎情妾意，"载笑载言"。像《关雎》呀，妙龄少女思春，翩翩少年钟情，爱的种子萌生，从来都是"寤寐思之""辗转反侧"。还有《蒹葭》,"在水一方""在水之湄",多少暗生的情愫不是这样可望而不可及呢。

这首《静女》中的相爱情节也极好。"俟我于城隅""贻我彤管",佳人有约,佳人有赠,赠的是耀眼明媚的红管草,亮灿灿的光芒灼人眼。更灼人眼的,是美好姑娘的青春容颜。"静女其姝""静女其娈"。情窦初开,聊赠一把红管草,就当是芳心暗许了。不过一把野草罢,哪里就多么好看了,"美人之贻"耳。

这民国"风流才子"叶氏借这句"彤管有炜"用作子女名,可有年少时节一段隐秘的情事暗含其中呢?是那么一段不期然的偶遇,四目相对,像《红楼梦》里宝黛的初相遇,惊奇一声"这个妹妹我哪里见过的"。既相遇,难相忘,何相约?香山的一枚红叶,北海岸边的一支柳笛,大抵都可以是彼此的信物。再寻常不过,却珍贵无比。带着它辗转迁徙,南渡北归,怕已遗失。即使不遗失,但也留不住,恨"使君有妇,罗敷有夫",只剩一缕如烟情思,"彤管有炜",作小儿女的名,从此日日轻唤。诗意的光芒,爱的光芒,照亮苍茫的岁月。

字里相逢甚为亲

手头翻开的是《南渡北归》第一卷,有这样一段:

"因实力悬殊,第七十四师和特务营伤亡殆尽,张自忠数次中弹,身被七创,自知不治,弥留之际,对身边说道:'我力战而死,自问对得起国家,对民族、对长官可告无愧,良心平安。'旋拔剑自戕,壮烈殉国。"

不禁泪湿,哽咽。

20世纪上半叶,民族动荡,不止军人壮烈殉国,也是中国学术大师群体命运剧烈变迁的时期。《南渡北归》,揭开不一样的民国历史,西南联大的世事风云。

泪水干,情绪平。起身往书橱边走去,找汪曾祺的书,他的文字里有平静的叙述。

《昆明的雨》:"雨下大了。酒店里有几只鸡,都把脑袋反插在翅膀下面,一只脚着地,一动不动地在檐下站着。"

雨中的鸡,好像也不是多么狼狈的一只"落汤鸡",却是甚为相熟得很。一恍神,只觉得它就是幼年时代的江南梅雨天里,屋檐下的那只鸡,一样的姿态,一样的懒洋洋。赶不走,打不跑。

《昆明菜》之《炒鸡蛋》:"炒鸡蛋天下皆有。昆明的炒鸡蛋特泡。一颠翻面,两颠出锅,动锅不动铲。趁热上桌,鲜亮喷香,逗人食欲。"

然后读到《七载云烟》。哪七载?不就是一九三九到一九四六嘛,联大七年。其中,《采薇》里的吃食诱人;《一束光阴付苦茶》里别有闲情。

当然,他也写了《跑警报》,敌人的飞机从头顶上呼啸而过,众人仓皇。但也有不跑的，比如罗同学，警报一响她就洗头，因为锅炉房的水没人用。还有郑同学，他爱吃莲子，人家一跑，他就用大漱口缸到锅炉火口上煮莲子。

还有他写联大的人，写沈先生。他写的《金岳霖先生》，短短小文可以满足很多时下的"金粉"对"大情种"金先生抱有的好奇之心。

汪先生的文字越读越快慰，读到后来竟然忘了自己是为了何种理由来读他的书。不是为了哀伤，不是为了愤懑，却是心里宁静，字里可亲。

避难昆明，生而为欢。时隔几十年，恍然如梦。逃难为生，果腹为生。能常忆起的是什么呢？可不就是那些与生、与食有关的细节。也有其他的记忆吧，但或许是历史学家的事，不是他作为一个作家要为之的。不是没有鲜血淋淋，不是没有胆战心惊，只是铺纸落墨，减三分，就显得轻很多，暖很多。

这一日的时光，起于一段血脉偾张的血战沙场，归于汪曾祺散文里的一缕云淡风轻。

书翻到最后一页，是他的《泡茶馆》，他说，"我这个小说家就是在昆明的茶馆里泡出来的。"

一撩窗帘，楼下几株银杏树的叶子越发黄了，秋风乍起，一地碎金。

银杏叶落冬已近。近了就近了吧，天寒拥炉好读书。大抵也是：书中流连不觉冬，字里相逢甚为亲。

追寻一个家族的足迹

"从香港回来的那个晚上,天文来电话告别,说是她要走了,算一算我再要真走的日期,发觉是很难再见一面了。

"其实见不见面哪有真的那么重要,连荷西都能不见,而我尚且活着,于别人我又会有什么心肠。

"天文问得奇怪:'三毛,你可是有心没有?'

"我倒是答你一句:'云在青山月在天。'你可是懂了还是不懂呢?"

这是三毛《梦里花落知多少》里的一段文字。读三毛书的时候,不过是个少年,她也尚且美丽地活在人间,距离她在浴室中拿丝袜吊死自己还很远。这段文字中,虽然也有道不出的哀伤,但初读并无多少印象。

这里,单独拎出来,是一个午夜听书的公众号,读的正是这章《云在青山月在天》。然后,就听到"天文"这个熟悉的名字。但这熟悉,却不是三毛建立起来的,这里遇见不过是重逢。乍见没有印象,重逢却格外欣喜:原来早已在这里。

天文是谁?是朱天文,台湾作家朱西宁的女儿。朱氏三姐妹朱天文、朱天心、朱天衣,被誉为"台湾文学三姐妹"。

曾经读到一本有趣的书,唐诺的《文字的故事》。这本书的扉页上写着这样一段话:"这本书,献给我的老师朱西宁先生,一个信任文字却也怀疑文字、但终究用文字工作一辈子的小说家。我相信他一定喜欢这个题材的。"书中有一节写漂亮的文字"尾",他引用了朱天心的一段文字:"如此不好意思、怕人注意、更怕人讪笑的盟盟,好天气时,每天仍然骑着马儿上山。秋天的时候,入山前的基本动作是:折两枝盛开的五节芒或者狼尾草,一枝插在外公的裤腰上,一枝插在自己的裤腰上,摇摇摆摆更是两匹俊美的马儿了。山路上，遇到同校的同学喊她，她一脸严肃地谢绝同学的邀约：'现在不行，我要去放马吃草。'"

《文字的故事》是一本关于"文字"的书，是一个阅读者心灵的旅行或者飞翔。但这两段文字捎带透漏了作者世间流连的痕迹，无比温情。

这时，也不过就是单纯地喜欢唐诺的这本书而已，未曾去过多了解他身后的一些身影。大抵因为钱锺书那句话的影响罢了，"假如你吃了个鸡蛋觉得不错，何必认识那下蛋的母鸡呢"。

最终引起足够注意力的是2013年《收获》杂志第六期上的文章，《朱天文：世纪末的华丽》，那是河西对朱天文的一个访谈录。在这篇访谈里，唐诺文字里零星的信息被串成一个整体。

朱天文与唐诺都喜欢大陆的小说家阿城。朱天文一生未婚，唐诺是她的妹夫，娶的是朱天心。朱天文喜欢张爱玲，很遗憾的是胡兰成这个人在台湾得益于朱家的"收留"。即使没有胡张关系，胡这样的人也不是我喜欢的。人品即文品。胡的文字我不想看，即使看了，也不会喜欢，虽然很多人推崇他的《今生今世》。而且朱家姐妹办《三三集刊》和《三三杂志》只为这位在台湾无立足之地的写作者有发表的渠道。"也怪了，这一看就觉得石破天惊，云垂海立，非常非常之悲哀。"这是朱天文对胡的《今生今世》的阅读感受。评价很高，我也很意外。

我不喜胡兰成其人，对朱天文如此推崇胡也很遗憾。即使"厌恶和尚，恨及袈裟"，但似乎无法做到如此殃及无辜，这或许有先入为主的意识在里头。我是因为喜欢唐诺的书，渐渐注意到朱氏家族。因为这份最初的好感打底，到底舍不了的喜欢。

看朱氏姐妹的书，也看唐诺的书，还看天文与侯孝贤的电影。到后来，是谢海盟也写书了，她的《行云纪》，记录电影《刺客聂隐娘》从无到有的诞生过程。

谢海盟又是谁呀？就是前面写的唐诺引用朱天心一段文字里的那个孩子"盟盟"，她母亲的书《会飞的盟盟》里的主人公。她在母亲的书里长大，她从母亲的书里走出来，她也写书了。

即使谢海盟如此年轻，她的书我大抵也是会看的。阅读，追寻一个家族的足迹停不下来。

节日书

"屈原既死之后，楚有宋玉、唐勒、景差之徒者，皆好辞而以赋见称；然皆祖屈原之从容辞令，终莫敢直谏。其后楚日以削，数十年竟为秦所灭。"（《史记·屈原贾生列传》）

——一个国家不缺善于辞令的文人，缺的是真文人的气节。

贾生者，汉代贾谊。年少即以能"诵诗属书闻于郡中"，曾经被文帝征召做了博士，后做了太中大夫，定法度，兴礼乐。但文帝终究听了小人的话，疏远了他，只让他远做长沙王太傅。远谪途中渡过湘水的时候，作了一篇赋吊屈原。后又被征召入京，做了文帝最喜爱的小儿子梁怀王太傅，依旧坚持提出削夺诸侯势力，文帝不听。不幸的是梁怀王后来骑马，坠马而死。贾谊自责没做好师傅，哭了一年多，也死了。武帝继位，提拔了他的两个孙子做了郡守，其中贾嘉最好学，继承了贾谊的家风，与太史公有往来。

贾谊曾作《服鸟赋》，楚人把猫头鹰叫作"服"。在长沙的时候，有一只服飞进了贾谊的房间。"野鸟入处兮，主人将去。"一年后，贾谊离开长沙得以进京，但终究未长久。

"读《服鸟赋》，同生死，轻去就，又爽然自失矣。"

这是太史公原话。在诸侯列传中，贾谊算不上特别有成就的人，不会因为太史公与贾嘉有交往，太史公就特意把屈原与贾谊共立一传。这《服鸟赋》中的生死观，去就意，深得太史公之心才是缘由。屈原之死，贾谊之去，太史公之辱，千古同。

端午日，重温《史记·屈原贾生列传》，如此记。

一本书，隔开时日的喧嚣，心灵归于宁静，让这个日子充满庄重感、仪式感。

我看重一个日子的仪式感，去做必须去做的事情，让这个日子区别于其他寻常的日子，由此，它具有了非同寻常的意义，值得期待。

"狐狸对小王子说：'……我们需要仪式。'

"'仪式是什么？'小王子说。

"'这也是经常被遗忘的事情，'狐狸说，'它使得某个日子区别于其他日子，某个时刻区别于其他时刻……'"

读《小王子》，尤其喜欢书里的这只小狐狸，哲学家的睿智。小狐狸这段关于"仪式"的理论，也非常入心。

我看中节日的仪式感。端午日，捧出《史记·屈原贾生列传》，净手拂案，重读，我谓之"节日书"。

《浮生六记·闺房记乐》，也是我的节日书之一。

暖粥待"婿"；洞房花烛、戏探其怀；蜜月后小别、重聚；沧浪亭"我取轩"（取"清斯濯缨，浊斯濯足"意也）消夏，谈文论艺；七月望日，邀月畅饮，吟诗联句，亭畔惊魂，夫妇染病；中秋日，病初愈，夫妇偕游；戈园拣石，与王二姑逗趣；芸喜食芥卤腐乳，余本恶，夫喜食蒜，芸强啖，终是夫妇同好；送人珠花不足惜，破书残画视为宝；夫妇和美，珍惜今生，期以来世，焚香拜祷神画；城中"宾香阁"（盖以芸名而取如宾意也）自得野趣；女扮男装，夫妇同游，招船家女素云共酌；遇美妓憨园，为夫图之，后憨园为有力者夺去。

庚子正月二十二日洞房花烛，乙卯因憨园故，不果，芸竟以之死。死期未明言，大抵与之近。

芸之一生，如东坡云：事如春梦了无痕。

清人沈复之《浮生六记·闺房记乐》，恬淡，从容，真情实事。天下情书无数，此篇独真，比之东坡的"十年生死两茫茫"，更动人，可不是情人节阅读的最佳选择。

《礼记·大道之行也》中有："男有分，女有归。"读《浮生六记·闺房记乐》，读芸，读芸与沈复的伉俪情深。"浮生若梦，为欢几何。"芸最幸运的是她有归宿，或者说她有归宿感。"执子之手，与子偕老"，爱之，惜之。每一天都是新鲜的日子，每一天都是情人节。

　　阅书无数，或许每一天都是节日，每一天都有一本节日书被慎重捧上案头，或者每一天都值得为之书写，成为自己的节日书，可不是好。

一书清浅可入梦

这一本日清少纳言的《枕草子》到得案头，书尚未翻开，封面就极为诱人：淡黄的底子，铺满花朵，瘦伶伶的茎，绿的叶，粉色的硕大花朵，嫩黄的蕊。颇似旧时女子的碎花衣裙，亦俗亦素，到底还是美得很。人、物都一样，外表的美少不得。当然，金玉其外败絮其中的，另当别论。

一本流传了千年的书，版本很多，每一种版本都有其独特的装帧，这一本原也算不得奇，只是它属于我，打上了我的印记，总认为它有别于其他的不同。

当然，最好的，能够赚得上手指不断摩挲之情的，还得翻开书，文字合味口才可以长久。读书，是读书人与著书人隔着时空的距离交心。书，作为冷的物，不被打开它就只是物。一旦打开，那每一个文字、每一个句点都带上了著书人的血脉、气息，侵入读书人的身体，论阴晴、诉雨雪，同悲欢、共离合，非此，不算有缘。得一份书缘，并不比一份人缘来得顺利。

扯得有点远，还是回来说说这本《枕草子》。不去探究日本文化的来源，有人说"草子"就是"册子"的汉字谐音。"枕"却不好定论，若望文生义，理解为"枕边的册子"也不算离谱。当然，这是后人意会的，包括这书名都是后人的主意。手头上这本，书的封面上写"漫漫长夜里的枕边书"，封底上还印着某名家的推介语："在清少纳言眼里，宫廷生活也如同家常日子，她所记得的总是日子中细微的纹理，她留意一朵花、一种表情，衣裳的颜色、深夜的鸟鸣，她说这是'有意思的事'。这种对微妙意思的耽溺，也是川端康成所谓的日本之美。随便翻翻，可消永夜。"这些，也还是书商的噱头。

书在我手里还未翻完，它的趣味有多深，还不好说。

"我的床边也放着一些书，可以随时开始阅读，也可以随时在读完哪一段后放下，不过，这样的书太少见了。"

这是毛姆的读书随笔《阅读是一座随身携带的避难所》里的句子。

按毛姆的原则，"枕边书""太少见"，也或者，书商口中的"枕边书"与毛姆说的"我的床边也放着一些书"的"书"的概念有别。

毛姆是英国人，生于法国，他读的英文书与法文书很多，书中不乏将大量的英文被译成法文或法文被译成英文的作品进行比较（当然，还有德文作品）。不太清楚他这句话里所说的那些让他随时阅读又可随时放下的太少见的书会是哪些？《堂·吉诃德》《傲慢与偏见》，或者《蒙田随笔》？把他的书翻一遍，留意一下他所列的书单，除了极少数的作品很陌生，大多是学生时代起就在书店的外国名著类书架前常见的书，多数也是藏书，但并不是我愿意放在床头随时阅读又会随时放下的书。这有国别所限，也因为没有足够好的英文底子，可以去阅读原版书，体会不到原著的独特魅力的缘故。

毛姆说的这种情况，我在《猎书》一文中也写过（确定我在写作此篇时未见过毛姆的说法，大抵是小人物恰巧遇见大师的那种暗喜）：

"那一本破旧的《红楼梦》，是第一次去省城，某个不知名的书店中所得。硬纸板的封面，内里文字却出奇的小，纸张脆而薄，印刷粗糙。床头放了二十年，翻了二十年，熟悉到无论想起哪个情节，随手一翻就是。后来，又买了一个新的版本，字号大，纸张质地温润，不知道为什么总是翻得不顺手。究其原因，是版本陌生，内容无别，熟悉的内容却不在固定的位置。就像很多年后街头遇到的那个甚为熟悉的身影，人依旧，音未变，三言两语中，却发现彼此不合拍，隔膜得很。若人，像一本深厚的书，时时摩挲，大抵也能常读常新。

"一套并不完整的上海辞书出版社的《中国文学鉴赏辞典大系》

占据书橱的很大一部分位置。书厚，书多，耗资不菲，十几年来从各个地方陆陆续续聚集于此，也并不是读得勤、读得愉悦的那一类。但总有些时候，心浮气躁，感觉胸腔里空了那么点的时候，需要翻开它们来读，唐诗宋词鉴赏、古文鉴赏等，读一读，定定神，慰慰心，几乎屡试不爽，其他任何读物不可替代。大抵像个猎人，久无战绩，站在昔日打下的猎物毛皮之下，似能回味往日的雄风。"

能够被我像毛姆这样列入随时可读随时可放下的书，大抵只有《红楼梦》或者那套《中国文学鉴赏辞典大系》，此外，可能《史记》也算。

毛姆有没有读过《红楼梦》呢，或者唐诗宋词？或者他也像我没有英文基础一样，没有中文基础，他如何能读呢？这世界的其他一些角落，有没有人没有扎实的中文基础就可以领略《红楼梦》或唐诗宋词之美的？应该没有吧。或者有，只是我孤陋寡闻。

我们何其有幸？即使不读毛姆所列的那些书单又何妨？《包法利夫人》《战争与和平》《卡拉马佐夫兄弟》《白鲸》《呼啸山庄》，以及诸如巴尔扎克、莫泊桑等。当然，部分也是读过的。或者，我到底是对小说创作不够热心。很多知名的小说家无一例外都肯定西方小说作品对他们的巨大影响力。

《枕草子》还是能够亲近、能够被吸引的。千年前，那个宫廷女官笔下的生活日常，细碎而隽永，落笔之轻，入心温润。今天的宫斗剧就差很多。一样的宫廷，这里没有宫斗的血雨腥风，只有怡情悦性的生活印记，有趣的事也好、可憎的人也罢，花、草、鸟、虫、池、瀑、川、桥……无不生动。

这样看来，《枕草子》如何不是一本"枕边书"呢？白日喧嚣，入夜安宁。正适宜一段清浅的文字，缓缓入梦。

读书，到底还是为着灵魂的愉悦感，希望遇见那个同类，作者的文字气息与他的人格魅力，终究是最大的吸引力。

一株紫薇，从宫廷走进民间

碧空如洗，一树繁花灿烂。

紫色的花朵簇生于树冠顶端，树叶都隐于花朵之下，连这棵花树身旁的两株樟树浓密的枝叶也只是这些花朵的陪衬，就像是哪个淘气的孩子，提着一盏盏小灯笼似的花球挂于树枝上。

这是我手机里存的一张照片的画面，拍于2017年8月23日的青阳路，这一树繁花是紫薇。

青阳路上，曾经种植了很多紫薇。这些紫薇姿态漂亮，花色艳丽，品种也多样。有紫薇，花开紫红色；有翠薇，花开蓝紫色；有赤薇，花开火红色；还有银薇，花开白色。2018年青阳路改造，这条路上的紫薇不知移身何处，这张随意拍下的紫薇竟成绝版。

栖身于城市丛林的紫薇决定不了自己的来去。

我曾经工作过的一所农村中学，校园里也种了很多紫薇。在那些众多的花草树木中，紫薇能以它不俗的姿容吸引人的眼球。

一株长到八年十年的紫薇，树干手臂粗。都道"人要脸，树要皮"，可是紫薇的树干无皮，裸露着光滑洁净的肌肤，像少年的玉臂。每年秋冬季节，花期已过，叶落枝枯，树冠经过修理，很齐整，到来年暮春初夏，新生的芽萌生于老树干上。芽生新枝，新枝如柳，一枝枝旁逸斜出，从盛夏直至初秋，每一根新枝上都缀满如云的花朵。在盛夏的骄阳下、在闪烁的星空下，经过暴雨、经过热浪，它开得热烈而旁若无人，就好像是哪个孩子玩着玩着忘记带回家去的花棒。它一枝枝朝天举着花棒送走孩子们一个旧的学期，又一枝枝举着花棒，迎来孩子们步入新的学期。孩子们在家过暑假，我们日日在它的身旁来来去去，看不厌的姿容，想象我们自己是那独对紫薇花的紫薇郎。

"丝纶阁下文书静,钟鼓楼中刻漏长。独坐黄昏谁是伴?紫薇花对紫薇郎。"(白居易《直中书省》)

这首诗收于《千家诗》。盛年的白居易在大唐的中书省当值,人闲心静,独坐黄昏,正是紫薇花对紫薇郎。

这紫薇非寻常之物,是大唐宫廷名贵的花木。诗人就职的中书省是大唐三省六部制之决策部门,掌管制令决策,是中央最高权力机关。紫色素来是高贵的象征,紫薇也名贵,大唐的中书省曾种植很多紫薇,中书省也一度称紫薇省,诗人自称"紫薇郎"不算过分。

《千家诗》里像白居易这样写到宫廷当值、写到紫薇的还有两首诗:

"绿槐夹道集昏鸦,敕使传宣坐赐茶。归到玉堂清不寐,月钩初上紫薇花。"(周必大《入直》)

"禁门深锁寂无哗,浓墨淋漓两相麻。唱彻五更天未晓,一墀月浸紫薇花。"(洪咨夔《直玉堂作》)

宋朝制度与大唐王朝略有不同,不讨论了,但这紫薇也不在民间,在大宋宫廷的"玉堂"。"玉堂"是诗歌意象,就是翰林院,翰林学士担当起草诏书的职责。由于汉代待诏玉堂殿,翰林院也常被称为玉堂署。

《千家诗》里,还有一处紫薇的影子:"联步趋丹陛,分曹限紫微。晓随天仗入,暮惹御香归。白发悲花落,青云羡鸟飞。圣朝无阙事,自觉谏书稀。"(岑参《寄左省杜拾遗》)

岑参这首诗是写给时任门下省左拾遗的杜甫。《千家诗》里另收了杜甫的《春宿左省》,写到春夜在朝廷值班看到的清幽景色和兴奋心情。这首诗里的"紫微"并不是作为花木的"紫薇"出现。北极星还有一个名字叫紫微星,北斗七星围绕着它四季旋转,在古代人们认为紫微星是众星之主。天上紫微星,地上紫薇花,这样就明白了紫薇花不是乱种的,它种在宫廷禁苑,成了尊贵的象征。

岑参这首诗里的"紫微"就是借指朝会时的宫殿。杜甫时任左拾遗,岑参时任右补缺,分属门下省与中书省,上朝时分两边站立,即"分曹限紫微"。岑与杜,一朝为官,供职不同机构,"联步"上朝,谓关系亲密,朝上分两边站立,是朝上禁令。

抛却岑参诗里的"紫微"非曰紫薇花,但大唐中书省的紫薇,以及大宋翰林院的紫薇,背负很重的名头,都不是民间园林可见。往下数,不知在哪些旧书里可还有。我以为当是不多见,丰子恺在他的《杨柳》一文中有:"……不曾亲近过万花如绣的园林,只在几本旧书里看见过'紫薇''红杏''芍药''牡丹'等美丽的名称,但难得亲近这等名称的所有者。并非完全没有见过,只因见时它们往往使我失望,不相信这便是曾对紫薇郎的紫薇花……"

一株藏在深宫禁院里的紫薇,附着神秘与高贵的气息,即使走进民间,也难以让人相信,见多识广的大师丰子恺都难以相信,何况旁人。

一株紫薇真正走到民间,大概是现代,现代的现代,不会太久远,超不过我家门前那棵桃树的年岁。

幼年时期,母亲在门前栽了一棵桃树,第一年结桃子,我足足从米粒大的青桃直望到桃尖儿上绣上了一抹红,然后赶紧跑去告诉妈妈:"桃子熟了。"长大后我很奇怪地问母亲,桃树呀、梨树呀,多栽几棵不就行了吗,为什么要让我们那么馋?母亲语焉不详。我后来胡乱翻书,大抵明白,所谓"修正",花草树木也在"修正"名单之列。

桃树的寿命本来就短,那棵桃树终在某一年后自然死亡。但我家的门前陆续栽了梨树、橘子、柚子,还有桂花、栀子,它们花开花落,香气迷人,果子甜美。我的父母日渐老去,门前的菜园也随着他们客居京城十年日渐荒芜,野草蔓生。校园里,紫薇花种子掉落的草地上长了很多幼苗,我拔了很多,一一栽在母亲的菜园里,与野草共生。父母回来居住,锄了园子里的杂草,长了十年的紫薇枝干粗壮,枝条繁盛,花开满树,红的、白的、紫的,艳丽如霞、如锦,如缎。

一株深宫禁院里的紫薇,就这样走进民间,走进父母的园子,走进我们身旁。

遍览紫薇讯息，还看到这么一则传说，不知出处，却很美，录于此：

远古时代，有一种凶恶的野兽叫年，它伤害人畜无数，于是紫微星下凡，将它锁进深山，一年只准它出山一次。为了监管年，紫微星化作紫薇花留在人间，给人间带来平安和幸福。传说如果家的周围开满了紫薇花，紫薇仙子将会带来一生一世的幸福。

紫薇在民间深得人们喜爱，人们编了这么一则带有神话色彩的传说寄托对紫薇的喜爱之情也不过分。这么看来，紫薇本来就是民间的。这世上的万物发于自然，长于自然，自然才如此丰富多彩。那些附会穿凿的东西，大抵都不能长久。

南子这只猫

"师母家养了一只猫，是只叫'南子'的母猫，这名字是导师取的。"

这是阿袁的小说《他乡》(《小说月报》2017年第9期，原载《上海文学》2017年第8期)里的句子。

阿袁是大学教授，任教南昌大学中文系。有评价说：阿袁是个典型的学院作家，文字很华美，独具张爱玲式的神韵。

她的小说，一开始就显露出作者的身份来，人物是大学教授，大学教授圈子的生活习气浓郁。

小说写男女关系，慢条斯理地牵出"凤求凰"的习惯，来表现人物孟渔的传统男性意识。读到此处，我就猜测作者一定是个大学教授，学者式的小说才会这么穷究出处。一般群体，大概对"凤"与"凰"，搞不清楚何为雌，何为雄，也没有兴趣搞清楚。

接着又引"红袖添香夜读书"，来写孟渔不喜欢"夜读书"，喜欢看女人坐在太阳底下读书。但孟渔的老婆不爱在阳光下读书，却是喜欢在阳光里洗洗涮涮，晾晒衣物。这样写也就算了，却又引出张爱玲《更衣记》里一段，又引出胡适忍受小脚泼妇江冬秀一段（这段引用，是对胡适之不敬。作者的用意是对胡与江婚姻的否定，想当然地以为婚姻就是学识上互搭，但不是谁的婚姻都是梁思成与林徽因）。作者大量的阅读习惯渗透在她的文字里，无一不有出处，又无一不是在用这些闲笔来强化人物孟渔的大学文学系教授的身份。

再就到了写孟渔与朱茱在师母家吃饭，写到师母家养的猫叫"南子"。南子这只猫，大有来历。"南子"不是一个普通的名字。南子是春秋时期卫国的美人，卫灵公宠爱的妃子，"美而淫"，名声不好。《论语》中有一段"子见南子"的公案：子见南子，子路不说。孔子矢之曰："予所否者，天厌之！天厌之！"

这段公案颇有深意。孔子周游列国，这到了卫国，据说在这个国家待了很久，大概是卫国本来就想留他，但他的学生中有人怀疑孔子想取得卫国的君权。这不，孔子见了这卫灵公的宠妃，子路就"不悦"了。当然，孔子弟子中，算子路性格冲动，也许其他人腹诽，大抵不会流露出来，会把喜怒哀乐表现出来的就是子路。当年，田常欲乱于齐，惮高、国、鲍、晏，故移其兵欲以伐鲁。孔子对弟子说，谁肯挺身而出救国于危难之中。子路请求去，孔子评价子路说胆大好胜，说白了也许就是有勇无谋。那一次救国行动，孔子最终派了子贡去。"故子贡一出，存鲁，乱齐，破吴，强晋而霸越。子贡一使势相破，十年之中，五国各有变。"子贡凭借他过人的外交才能，搞乱各国，是为谋略。

子路性格是有缺陷，但让子路明显地不高兴了，孔子大概脸上也挂不住。"天厌之！天厌之！"这话很重，孔子跟直率的子路说不清楚自己的心意，只好搬出"天"这个大道理来。

《论语》里，一个南子惹来一番师生嫌隙。南子这只猫养在导师家，导师取的名。南子爱吃鱼，吃得慢条斯理，冬天天冷，鱼容易凉，导师怕南子胃受凉，守在旁边，每隔一会儿就用微波炉把鱼热一下。导师常常把南子抱在怀里摩挲，师母也假装吃醋，说对一只猫比对她还好。导师居然不否认。导师对南子的温柔体贴，堪比待情人。男人对那些"美而淫"的情人，多半也能如此温柔体贴。这里的笔法，像是移情，导师身体上未"出轨"，但到底移情一只猫，或者说是眷念一只猫一样多情温顺的女人。

这么说来，这只猫取名南子最贴切不过。

读张记

我曾经是写过一篇《心疼张爱玲》的，何妨再作一篇《读张记》。

此刻，我刚放下手上的一本《张爱玲经典作品》（精读本）。里面乱七八糟地收了张爱玲的小说经典《倾城之恋》《红玫瑰与白玫瑰》《沉香屑——第一炉香》《沉香屑——第二炉香》等，再就是散文《天才梦》《公寓生活记趣》《更衣记》等。张爱玲的小说版本我是有多套的，散文集倒是没有。这本书上印着"南海出版公司"，但我怀疑这是一本盗版书。

我和我的同学 Z 一样，自诩为"张粉"。她在我的《心疼张爱玲》那篇文章后留言：想来应该是毕业前后吧，第一次由你知道了张爱玲。下定决心，花了当时好大一笔钱，买了张的全集，由此着了魔，反反复复地看了好多年。少年不识愁滋味，当年痴迷的是其独特的文风，如今已是书中人。张的故居常德公寓，我去过几次，竟一次未果，都被门卫撵出来，想想也罢。自那以后，我就站在马路对面看。摩天大厦中它孑然独立，反而看得更清楚。想象张在阳台上独立，听电车声；看暮色里儿子骑车载着老母亲……

Z 说的"电车声"就来自张爱玲的散文《公寓生活记趣》，"我喜欢听市声。比我较有诗意的人在枕上听松涛，听海啸，我是非得听见电车声响才睡得着觉的。"她说的"儿子骑车载着老母亲"来自张爱玲的散文《道路以目》，"……可是前天我看见一个绿衣的邮差骑着车，载着一个小老太太，多半是他的母亲吧。"

书在手里翻着，倒不是这些情节、句子多新鲜，只不过是想到了 Z 的留言，重温一遍我们的喜好罢了。仿佛我们又坐在某个小面馆的餐桌前，目光对视，喁喁私语。

对于读书，像我居家一样，其实我是有轻微洁癖的。

比如，不愿意把书借给别人，不太想翻别人手指翻过的书。有时，遇到不好拂开面子开口借书的人，书借出去后就不再找人家还回来，自己另买一本去。当然，这是在我已不必为了书的价格辗转犹疑、惦记口袋里的钱多不多的现在。放在以前，我是断断不会的。我这可是偷偷地说啊，要是我们家那位知道了，他一准批评我糟蹋。跟他生活二十多年，我一次次忍耐他口中的糟蹋，又一次次地买回我的书摆上书柜，列阵俯视我们在书柜下来来去去的身影。末了，他终于不再说我糟蹋，就像我从不告诫他戒烟一样。没有人能够改变另一个人的嗜好。

还比如，即使书很贵，我也是拒绝盗版的。我认定，凡书必得有来路，作者的心血、出版单位的策划、制作，无一不辛苦，怎么能让一个不知是何来历的什么人就"盗"了呢。"盗"，怎么都不漂亮，文字的错漏，纸质的伪劣，都直接影响阅读趣味。书，高贵的品质与生俱来，不能因为一个"出身"就堕落到肮脏里去。套用徐志摩的观点，他说：要知道堕落也得有天才，许多人连堕落都不够资格（《爱眉小札·书信一九二五年三月十八日自西伯利亚途中》）。可知我说这书的"堕落"有道理，不是乱用的词。

这本张爱玲的书是我从父亲的桌上找来的，我不清楚父亲又是从哪里找来的。去父亲那里，忘记带自己的书，即使有洁癖，看看是张的书，再翻翻有她的散文，恰可以用来填补时间空白。

小说跳过去，从张的散文《天才梦》切入，一直翻到她《必也正名乎》。这文章的名字她用得妙，借的《论语》中的原句。

子路曰："卫君待子而为政，子将奚先？"子曰："必也正名乎。"子路曰："有是哉？子之迂也。奚其正？"子曰："野哉！由也。君子于其所不知，盖阙如也。名不正，则言不顺；言不顺，则事不成；事不成，则礼乐不兴；礼乐不兴，则刑罚不中；刑罚不中，则民无所措手足，故君子名之必可言也，言之必可行也。君子于其言，无

所苟而已矣!"(《论语·子路第十三》)

她是借的《论语》的名头,可此"正名"又非彼"正名",孔子"正名"里的正正当当、不迁就、不苟且,不是她要表达的意思。她不过是在那里悠闲地,又无比嘲弄地说着中国人的姓名文化。说自己有一个"恶俗不堪的名字"也就罢了,又把张恨水小说里人物的名字,以及某个不相干的什么人的名字,一一拿过来嘲弄一遍。

这有一段:"回想到我们中国人,有整个的云云五大字典供我们搜寻适当的字来代表我们自己,有这么丰富的选择范围,而仍旧有人心甘情愿地叫秀珍、叫子静,似乎是不可原恕的。"这叫"秀珍"的不知可有来历,但"子静"这个名字可就不是她随随便便拖来的。她的弟弟就叫"张子静"呀。她的不近人情,口不饶人,像她小说里的句子,时时亮出刀锋,寒光闪闪。她们姐弟,幼年时期是有亲密的,但后来就越来越生疏了。不知这生疏里可包含有她对弟弟这个人从名字到对这个人的情感抵触。按她自己的说法:"要做俗人,先从一个俗气的名字着手,依旧还是'字眼儿崇拜'。"弟弟叫个"子静"在她看来是不可原恕的。也不知这"子静"怎么就不入她的眼了。我怀疑也是一种文字洁癖症。

这本书在我手里翻到日落黄昏,我们吃过母亲做的晚饭,已经要回自己的家去了。张的散文并没有全部翻完,书就被我揣包里带回家了,回去接着继续翻。

一本书必得连续地读下去,才得味。一本读到一半就放手的书,就像一个做了一半就被叫醒的梦,怅惘得很。

这"怅惘"的情绪,其实就和张写的梦里吃云片糕的情绪差不多。Z,你大抵会知道我这说的是张哪篇文章里的哪个片段罢。

心疼张爱玲

她的书从少年时代读起，读到一根又一根白发豁然矗立于黑发丛中，甚是触目惊心。其实，翻来覆去读着的，无非还是那么几篇，《倾城之恋》《沉香屑——第一炉香》《沉香屑——第二炉香》《心经》《琉璃瓦》《色·戒》《金锁记》等。读旧一个版本，再换一本新的，情节还是那些情节，字也还是那些字。以为换了新的书，她的故事就可以新一点，暖一点，可从来都只有一个词才可以准确地概括心情——心疼。

"姚先生有一位多产的太太，生的又都是女儿。亲友们根据'弄瓦弄璋'的话，和姚先生打趣，唤他太太为'瓦窑'。"（张爱玲《琉璃瓦》）

张爱玲的小说，很多语言就像这句，万分刻薄。想到她的万分刻薄，就不由得心疼。可是一个贵族小姐出身啊，怎么就没有柔和的一面，写出的文字这么冷，这么讽刺，使得这个人给人的印象就是一身刺，张牙舞爪的，不亲近任何人，也让人无法亲近。

她写的是别人的故事，就像这个姚先生的太太，生了那么多的女儿，已经够不幸了。那还是在格外看重男女之别的民国初年，就是放到现如今，也不好过。

二十世纪八十年代，我有位亲戚，一连生了三个女儿，管计划生育的干部年年登门拜访，夫妇二人装疯卖傻，耍泼使赖，东躲西藏，还是生了老四，依旧没有转胎，女孩。老四出生，一家人回来，却是家中片瓦不存，三间破瓦屋已成一堆废墟。管计划生育的干部找不到人，自然捣了房屋交了差事。这般的人家，回到村子里居住，人人小心翼翼地待他们，唯恐说错了话，触动他们敏感的神经。当然，也有不着道儿的，邻里斗嘴，说"一窝赔钱货"，引来全村人的指责。

人与人相处嘛，你看就是乡下人，没有多少文化，但也还是下口留有几分。

"一种失败的预感，像丝袜上一道裂痕，阴凉地在腿肚子上悄悄往上爬。"这是《色·戒》里的一句。

张爱玲是用喻高手，这句可见，但读来依旧心头冷飕飕。

这一段，是王佳芝依约在咖啡馆等易先生。她自己预感到，"今天不成功，以后也许不会再有机会了"。

都道这段王佳芝怕的是机会错失，使命完不成。其实，不尽然。一个女人，拿色相去完成所谓的使命，这个时候，其实她已经陷入了、女人必然会陷入的泥淖里，身不由己。她演过戏，懂得这一切不过是演戏。易先生待她，不过如戏子。而她也明白，她的同党们待她，也不过如戏子。只有她自己，已经进入戏里，抽不出身来，只有深陷进去，完不成使命，也得抓住易先生。但哪一种结果，都不可信。明知，前面是失败。可是，不肯面对。那种失败的心情，怎的不是丝袜上的一道裂痕，阴凉地、无法控制地悄悄往上爬。

一双有了裂痕的丝袜，是女人无论如何都不敢正视的暗伤，一如爱情上的失败。

所以，你见过女人拿指甲油修补有裂痕的丝袜。明知道，即使修补也是不好看。其实，她哪里是舍不得再买一双新丝袜。只不过，修补丝袜的那份心情，如同她迟迟不肯放手的一份爱情。哪怕她知道，即使守着的，也是一份千疮百孔的爱情，她也还是自欺欺人。

张爱玲小说里的爱情，没有一份不是千疮百孔的。岂止王佳芝，她自己的爱情又何尝不是呢。甜言蜜语的胡先生，或者相互取暖的洋人赖雅。

晚年，她足不出户，不见任何人。怕见人，明明孤寂，自己心里知道就好，绝不肯从任何人眼里看见自己的孤寂。看不见，就当不知道。用了那么狠的笔触去写别人的故事，也像王佳芝，入戏太深，一生无法从戏中走出吧。徒剩我们这些读书人，在她的故事里，心疼书中人，更心疼她。

出走半生，终究回到童年

　　张爱玲那么骄傲，可也那么孤寂，终其一生，没有什么朋友。

　　幼年时期，母亲与父亲关系不亲密，丢下她和弟弟跑去国外，和父亲、继母的关系又紧张。成年后，她在《私语》一文中，这样写道：最初的家里没有我母亲这个人，也不感到任何缺陷，因为她很早就不在那里了。有她的时候，我记得每天早上女佣把我抱到她床上去，是铜床，我爬到方格子青锦被上，跟着她不知所云地背唐诗。

　　母亲并没有陪伴她整个童年，虽然后来也还是在母亲的帮助下，离开了抽鸦片的父亲和继母，得以外出求学，但终究是那些有母亲陪伴的清晨，有唐诗晕染的清晨是"私语"里的一抹暖色调。

　　还有那个每天抱她去母亲床上的女佣，她给这个女佣一个奇怪的称呼，何干。晚清贵族的张家，即使没落，应该也不至于给一个女佣这么随意的称呼，何干，也许是张爱玲根本无意记起她。与我何干，疏离的意味。幼年时期的成长环境，在她的文字里藏着多么深的拒绝。拒绝有多深，伤痕也就有多深。

　　鲁迅的童年里也有一位保姆，她叫阿长，后来叫长妈妈的。在《阿长与〈山海经〉》这篇文章的开头，用了那么琐碎、漫不经心的语调去写阿长这个称呼的来历，说到底连个真姓都不清楚。但就是这个阿长，让鲁迅"发生过空前的敬意"。阿长懂的规矩，阿长讲的那些"长毛"故事，以及阿长给他带回来的《山海经》。叙事结束，无比深情，是那一句："仁厚黑暗的地母呵，愿在你怀里永安她的魂灵！"

　　英国作家罗伯特·斯蒂文森的童诗集《一个孩子的诗园》的扉页写：

……
请你从病儿手里收下这本小书吧，保姆啊，
你——我第二个"母亲"，第一个"妻子"，
我的婴儿时代的天使啊！

上帝啊，请允许读过这本书的孩子，
全都能找到个保姆有同样的好心肠，
请允许在儿童间亮堂堂的炉火旁
听着我的诗歌的每一个孩子
都能听到同样和善的嗓音——
那嗓音曾使我的童年充满了欢欣！

这个陪伴诗人的保姆叫爱丽森·坎宁安，诗人的这本诗集大抵就是为了要献给她才写的吧。也或者，写着写着，她曾经的守护、抚慰、怜悯、忍受——涌上心头，激发诗情。

童年的晦暗埋下永生的晦暗，童年的温存种植绵绵不绝的温存，童年的欢欣激发久远的欢欣。

出走半生，终究回到童年。

愿每个孩童，都有母亲的陪伴，都有母亲柔声的眠歌，都有愿意拥抱、不曾拒绝的童年。

小人物的脸面

《红楼梦》第十回,《金寡妇贪利权受辱　张太医论病细穷源》。话说这前一回,贾氏学中,顽童闹学堂。塾师代儒有事回家去了,学中事命贾瑞暂理。贾瑞素来图便宜没行止,每以公报私仇,勒索子弟。却有秦钟和香怜挤眉弄眼,金荣撞破好事多嘴多舌。又有薛蟠横行霸道,喜新厌旧,贾瑞金荣醋妒。连带触怒贾蔷,暗施小计,唆使宝玉书僮茗烟,一把揪住金荣,劈头论理。及至后来,砖砚横飞,书本纸片撒了一桌。

这一回贾氏学中之乱,不可细述,只道这场玩闹中那个被宝玉的书僮打了的金荣。茗烟也说了,这金荣是璜大奶奶的侄儿,同薛蟠或者秦钟一样,作为贾氏亲戚的身份前来学堂附学的。但这一样,又不一样。这贾府亲戚也是论亲疏贵贱的。还是套用茗烟的话,这璜大奶奶是要"给我们琏二奶奶跪着借当头"。即使同属于贾府"玉"字辈儿,分别还是有的。

这璜大奶奶自己知不知道这分别呢,应该是知道。可是当自己的寡嫂、金荣的母亲胡氏来告金荣昨日学中挨打之事,"一时怒从心上起",道:"这秦钟小杂种是贾门的亲戚,难道荣儿不是贾门的亲戚?也别太势利了……"好一番摆谱的说辞。但这摆的谱、颇为挣脸的说辞不过是做给自家的寡嫂看。

——"看我的,我是一定要去为自家侄儿受的委屈讨回公道,替荣儿把脸面找回来。"

这些话是我妄自揣测。小人物也就气大,至于脸面嘛,不好说。你道她往东府去瞧珍大奶奶,讨要脸面会如何?

"进去见了尤氏,那里还有大气儿?殷殷勤勤叙过了寒温,说了些闲话儿。"至于在寡嫂面前摆的那一番要向秦钟姐姐可卿理论的盛气,"早吓的丢在爪洼国去了。"怎么就被吓着了?原来,等不及自己开口,珍大奶奶一番夸赞媳妇秦氏，并言及媳妇病了，且言及昨儿学房里打架，不知哪里附学来的一个人欺负她的弟弟，弟弟不懂事全告诉了姐姐。姐姐因此心思更重了，这病都是打这思虑上来的。

这些话似乎妯娌闲聊，可足以吓得璜大奶奶金氏不敢龇牙。怎么不够吓的？那些看似闲聊的话，句句暗含秦氏在婆婆眼里、心里的分量。那她弟弟秦钟又是何等分量，大概也不难掂量出。这金氏不过是嫁给贾家玉字辈儿的嫡派，但哪里皆能像宁、荣二府的富势，不过是守着些小的产业，又时常到宁荣二府请请安，会奉承凤姐儿、尤氏，得她们时常资助，方能度日罢了。自己都不过是要仰人鼻息的，何况寡嫂、侄儿的脸面。

谁给你脸面？《红楼梦》里，金氏算是拎得清的人，懂得自己的一张薄脸都是靠别人给的。没有咋咋呼呼到贸然开口，讨要脸面，也就是给自己留了一张脸面。

小人物活得不容易。讨一口饭吃，有时比一张脸面重要。有一口饭吃，才能活命。命可活，才谈脸面。脸面是尊严。命不存，何谈尊严？

这点道理，不只金氏懂，她的寡嫂胡氏也懂。当她的儿子学中闹事，回家嘟嘟囔囔，她说："你又要管什么闲事？好容易我和你姑妈说了，你姑妈又千方百计的向他们西府里的琏二奶奶跟前说了，你才得了这个念书的地方儿……"这寡妇胡氏也通透，懂得她的儿子不知好歹，学中被人欺负了，生什么气，可不是"管闲事"嘛。孤儿寡母能有一口饭吃已经不容易，何况还有书念。不仅书有得念，甚至茶现成的，饭现成的。

小人物的脸面就像一只吹了气的气球，看似能飞得上天，可不及一口到嘴的饭。那是一根细细的针呀，戳一戳，飞得上天的气球也就破了，掉落在地。不只《红楼梦》中这金荣、胡氏、金氏，这世上，多是那挣一条活路的小人物。

一枕清梦

吃喝拉撒睡，日行诸事，事事皆重，唯睡犹重。说到睡，不能不说枕席被褥等卧具。这其中，小小枕头犹有说头。

《红楼梦》二十二回，新年正月，贾府里刚替宝钗庆过十五岁的生日。忽有人报娘娘差人送出灯谜，命大家猜，猜着了每人也作一个进去。宝玉、钗黛湘探自是不论，这点玩意儿难不倒他们。闹出笑话的是贾环，你且看他作的：大哥有角只八个，二哥有角只两根。大哥只在床上坐，二哥爱在房上蹲。

宫里太监带出娘娘的话，说这个不通，娘娘也没猜。众人一看都笑，贾环自己说：一个枕头，一个兽头。

兽头就不说了，我们来看看贾环谜中的这个"枕头"——大哥有角只八个。这八个角的枕头，现如今难得一见，旧时却是寻常。

幼年时期，姐妹共挤一床，枕的就是这种八角枕头。枕头够长，差不多与床的宽度相等。这枕头，就是一只细长的口袋，两端方形，可不就是八个角。枕头的内部填充物为荞麦壳。每年梅雨天过后，母亲都会把枕头一端缝补的线拆开来，倒出里面的荞麦壳晾晒，套子拿去热水浸泡，好好洗去上面的汗渍、油腻。洗过、晒过，再装进荞麦壳，缝上。

后来，我在电视里见过那种玉枕、瓷枕，古人的东西，也是这种八角形。我总觉得它们不适合做枕头。别说那玉石、瓷器的冰凉，不利于脖颈健康，就是枕着这玉石、瓷器的硬，如何还能一夜清梦？即使有梦，怕也被偶一挪动的凉意吓走了。

但八角枕头的的确确是古人的枕头，并不是摆设，据说北宋晚期以来就很流行。而且八角枕头的高，是古人推崇的，要不何来"高枕无忧"一说。现代医学实实在在地否定"高枕"，有颈椎毛病的人，医生的第一个建议就是降低枕头的高度，或者干脆不用枕头。就枕芯的材质来说，也有了各种化纤枕、羽绒枕、鸭绒枕、乳胶枕，再到种种保健性质的菊花枕、茶叶枕等，绵软、温暖、舒适，且一律做成高度适宜的扁平状，枕上去，护头、护颈。

我素来是一个贪睡的人，很少有失眠的困扰。即使没有睡意，早早上床，头一挨枕头，睡意就袭来。到底是枕头的舒适，能够加深睡眠。

古人善自省，什么"囊萤映雪""凿壁偷光"，可不都是古人勤奋苦读的故事吗？再到"闻鸡起舞"，是绝不贪念床榻，浪费好时光的。除此之外，古代那些刻苦勤学的士子还常用一种"警枕"。不过一小段圆形的木头枕在头下，一熟睡，因为翻身，头就很容易从上面滑落下来，因此就警醒了，这种圆木枕就称为"警枕"，也有的说法叫"醒枕"。这"警枕"与"醒枕"的概念，想想也知道枕着不是为着加深睡眠，而是警醒睡梦中的人，不至于贪睡误了时辰罢。

这样看来，不是古人笨，做不来舒适的枕头，还是因为高度的自律，多少聪明才智并没有放在一枕的舒适上头。

世人贪一枕清梦，枕头越做越绵软，越睡梦越久。殊不知，一切物质的精细，都不利于精神的修炼。好梦不会自己找上门来，没有努力的一切梦想，都只不过是梦想而已，永远不会成为一卷锦绣铺在你的面前。鲁迅先生说：生活太安逸了，工作就被生活所累了。这安逸的生活，也应包括安逸的睡眠。

要不，当你下定决心珍惜时间，好好努力，绝不光阴虚度，就从一枕的决定开始吧。警枕？或者八角枕头？

《姽婳词》,又及《芙蓉女儿诔》

读《红楼梦》第七十八回《老学士闲征姽婳词　痴公子杜撰芙蓉诔》。宝玉的才华在第十七回《大观园试才题对额　荣国府归省庆元宵》中就已显露,其他时候作诗似不如黛玉宝钗另当别论。这一回里,他"承严命"做的《姽婳词》其实没什么好说的,写得极为漂亮,也极为真切的是《芙蓉女儿诔》。

这回,原是宝玉欲往亲悼晴雯,却是扑了个空,回至大观园中,父亲派人来找。

贾政正与一众幕僚讨论寻秋之胜。座中有人言及"风流隽逸,忠义慷慨"是个好题目,要作一首挽词才好。贾政乃叙及一位青州恒王并其姬姓林行四者、人曰林四娘的故事。恒王宠幸林四娘,命其统辖诸姬,人又呼"姽婳将军"。"姽婳"形容女子的娴静美好,"将军"二字自带英武之气。一众幕僚都说这个称呼妙,妩媚风流。林四娘的故事自然不止如此,末了,不过是恒王遇难,青州有危,林四娘率众上战场,香消玉殒。忠勇节烈之举感天动地,传至朝廷。

故事也没什么稀奇。不过是酸腐文人,故纸堆里寻寻小女子的闲情逸事,在别人的故事里满足一下寻奇猎艳的喜好罢了。就像现如今的宴席之上,若坐了一位或几位女子,话题似总绕不开她们。果真是她们的话题有趣吗?也不是。如贾政众幕僚一般,也是无比羡慕世间那些奇女子的真情真性。可真懂吗?应该是不太懂。

这一回,宝玉、贾环、贾兰叔侄都是各作了诗的。贾兰是一首七绝,贾环是一首五律。要论贾环行事的粗鄙,特别是第二十二回里的元宵节作的灯谜"大哥有角只八个,二哥有角只两根。大哥只在床上坐,二哥爱在房上蹲",真是要多粗鄙就有多粗鄙。可这回写的诗还不赖:"红粉不知愁,将军意未休。掩啼离绣幕，抱恨出青州。自谓酬王德，谁能复寇仇。好题忠义墓，千古独风流。"单一句"谁能复寇仇"，虽是寻常，可是问得妙呀。时时处处，人必自省，方显不俗。

宝玉作文之前，有细细考量，言题不称近体，七绝、五律等的就不合适了。须得古体，或歌或行，长篇一首，方能恳切，这就有了他的长篇大论《姽婳词》出世。

"恒王好武兼好色，遂教美女习骑射。
秾歌艳舞不成欢，列阵挽戈为自得。
眼前不见尘沙起，将军俏影红灯里。
叱咤时闻口舌香，霜矛雪剑娇难举。
丁香结子芙蓉绦，不系明珠系宝刀。
战罢夜阑心力怯，脂痕粉渍污鲛绡。
明年流寇走山东，强吞虎豹势如蜂。
王率天兵思剿灭，一战再战不成功。
腥风吹折陇头麦，日照旌旗虎帐空。
青山寂寂水澌澌，正是恒王战死时。
雨淋白骨血染草，月冷黄沙鬼守尸。
纷纷将士只保身，青州眼见皆灰尘。
不期忠义明闺阁，愤起恒王得意人。
恒王得意数谁行，姽婳将军林四娘。
号令秦姬驱赵女，艳李秾桃临战场。
绣鞍有泪春愁重，铁甲无声夜气凉。
胜负自然难预定，誓盟生死报前王。
贼势猖獗不可敌，柳折花残实可伤。
魂依城郭家乡近，马践胭脂骨髓香。
星驰时报入京师，谁家儿女不伤悲！

天子惊慌恨失守，此时文武皆垂首。
　　何事文武立朝纲，不及闺中林四娘！
　　我为四娘长太息，歌成余意尚彷徨。"

　　长诗细述恒王好武好色，教美女骑射。流寇来袭，恒王战死，人人自危，青州不保，姽婳将军自赴战场，柳折花残，魂归故乡。末尾这四句："何事文武立朝纲，不及闺中林四娘！我为四娘长太息，歌成余意尚彷徨。"是忧虑，是诘责。向谁诘责？当然是君权，父权，男权。

　　宝玉这篇《姽婳词》"承严命"而作，家严在上，莫不敢违。《红楼梦》里，宝玉在父亲面前是畏怯的，多不违背，这一回也不能。他的这种不敢违，有流露吗？

　　他从贾政那里回来，园中见池上芙蓉，就想起小丫鬟说的晴雯是做了芙蓉之神，遂作《芙蓉女儿诔》，这还是一篇悼亡词，只是这一回出自己心。天下文章，既出真心，莫不动人。《芙蓉女儿诔》，前序后歌。歌不好论，虚的多一点。序，真情实景，画面情节极其耐人寻味。

　　夜月之下，书诔文于晴雯素日所喜之冰鲛縠，挂于芙蓉枝上，泣涕念曰。

　　你看，"而玉得于衾枕栉沐之间，栖息宴游之夕，亲昵狎亵，相与共处者，仅五年八月有奇。"

　　只此一句，可见所悼之人与己何等亲密亲近，准确的时间"五年八月有奇（现如今，少男少女们念及彼此过往，有记得这么清楚的吗？）"，共过被褥、枕头、梳过头、洗过澡、栖息宴游，甚至穿脱过内衣底裤。熟悉《红楼梦》情节的人知道，这里的细节并不都能与晴雯一一对上号，但哪一个细节不曾有呢？不是晴雯就是袭人，或者麝月，或者湘云、黛玉，总是有的，她们与他共过那段最最美好的青春。

　　还有，"眉黛烟青，昨犹我画。指环玉冷，今倩谁温？"可还记得第八回，天寒日冷，宝玉那一日原是在梨香院薛姨妈处吃酒玩耍至晚饭方回。至自己的卧室,只见笔墨在案,晴雯接出来道:"好,好,耍我研了那些墨,早起高兴,只写了三个字,丢下笔就走了,哄得我们等了一日。快来与我写完这些墨才罢。"也是佳人在侧,督促习字学习,只不似求取功名的大道理,似乎玩耍一天,学业荒废不足提,只要是对得起自己辛辛苦苦磨的墨也就罢了。又问:"我写的那三个字在那里呢?""这个人可醉了!你头里过那府里去,嘱咐我贴在门斗儿上的。这会子又这么问。我恐怕别人贴坏了,亲自爬高上梯,贴了半天,这会子还冻的手僵着呢。""我忘了。你手冷,我替你握着。"就此携了晴雯的手,同仰首看那门首上新书的三个字。我也曾替你画眉镜前,"指环玉冷,今倩谁温?"此后,谁又替你握手取暖呢?

"捉迷屏后,莲瓣无声。斗草庭前,兰芽枉待。抛残绣线,银笺彩袖谁裁?折断冰丝,金斗御香未熨。"美好的青春,原也没有那么些大的事情可要做,还是小儿女间的点点滴滴。玩捉迷藏,躲在屏风后,听着女孩子的莲瓣小脚无声挪近。园中庭前,玩过家家吧,以草当菜,多少兰芽嫩叶都被无辜枉待。可你还是去了,此后我的衣裳谁来裁,我的衣裳又有谁来熨?

"昨承严命,既驱车而远陟芳园;今犯慈威,复拄杖而遭抛孤柩。"严命慈威在上,既然不能灵前一祭,这芙蓉花前一尽礼数也是好的,是比俗人灵前祭吊更别致的。斗不过运里薄命,也算是对严命慈威的一次挑战吧。

读毕祭文,焚帛祭茗回身,一个人影于芙蓉花中现身。果真是魂魄相依,晴雯身死,魂魄来谢公子情深吗?并不是。那是谁?黛玉。不是黛玉还能是谁呢?大观园中,晴雯是最似黛玉的人。都道晴雯之身,黛玉之魂。

黛玉独觉那一句"红绡帐里,公子情深;黄土垄中,女儿薄命"意思好。二人推敲来,推敲去,到最后宝玉改成"茜纱窗下,我本无缘;黄土垄中,卿何薄命"。脂砚斋批《红楼梦》有:一篇诔文,总因此二句而有。又当知，虽诔晴雯，而又实诔黛玉也。

蘅芜苑中，宝钗搬走了。大观园中，司棋、入画、芳官等也去了，晴雯死了，迎春将嫁，大约园中之人，不久都要散了。有人说，这一篇诔文，名为悼晴雯，也是悼黛玉，更是一曲令人肝肠寸断的青春挽歌。

"黛玉听了，陡然变色。"不变色才怪呢。所谓慧心玲珑，不过就是你做的、你说的，她都懂。懂了，还要再说吗？不说了，此一诔文之事，自第七十八回始，言至七十九回方止。

说戥子

> 人人心中都有一杆秤，孰是孰非，自有公论。
>
> ——题记

一

中药房的柜台上，有一件可爱的器具，戥子。

戥子，测量贵重物品或药品重量的器具，构造和原理跟杆秤相同，盛物体的部分是一个小盘子，最大单位是两，小到分或毫。

少年时期，每每口出狂言，总能从母亲口中听到这样的一句话："你这孩子，心气儿这么高，有没有戥一戥你自己有几斤几两？"

其时，并不明白母亲这句话的分量。人世摸爬滚打四十余载，难免碰壁，难免抉择艰难，累过、痛过、沮丧过，擦干眼泪、重拾行囊，继续行走。才知道，失之毫厘谬以千里，是最深的哲理。

然后，得以识得药剂师手中的"戥子"，毫克之间，不可马虎。

二

《红楼梦》第八回，宝玉想去探望在家养病的宝钗。因为不想遇见他的父亲，宁可绕远路。这绕远路的过程中，虽不曾遇到一见面就苛责他的父亲，偏顶头遇见门下清客詹光、单聘仁。后来，还遇到银库房的总领名唤吴新登的等。

一部红楼，据脂砚斋、畸笏叟批语，一干人等的取名多有谐音之意。葫芦庙寄居的穷儒姓贾名化，即假话，表字时飞，即实非，别号雨村，村言粗语，无一段是真罢；甄士隐，真事隐去；娇杏，侥幸也；詹光，是沾光意；单聘仁，善于骗人……

这银库房的总领名唤吴新登，可有深意？当然有，吴新登，"无星戥"意。

这"星"是秤星。旧时，多以金属镶嵌在秤杆上呈小圆点状，作为计量的标志，满整数为"米"字状花，所以秤星也叫秤花。

相传十六两制旧秤的秤星，其中每一颗星都代表一个星宿。它们是：北斗七星、南斗六星，再加上福、禄、寿三星。秤星必须是白色或黄色，不能用黑色，比喻做生意要公平正直，不能黑心，若给人短斤少两，则损阴德。其中，少一两叫"损福"，少二两叫"伤禄"，少三两叫"折寿"，以此暗示做生意的人，要诚实，不能昧了良心。

"无奸不商，无商不奸。"所谓秤杆上的星，有与没有也不过如此。一秤在手，在不在准星上，花内还是花外，可不就是利益滚滚而来嘛。大利当前，如何能叫一个商人不以牟利为己任，哪里又顾得了日后的福、禄、寿。

无星戥，一杆没有秤星的秤，有什么用，不过就是一根杆儿罢了。身为银库房总领的吴新登，想想也知道他是什么样的人。手握杆秤，银两收进收出，可不就凭着一杆秤嘛，你不能指望他心中有准星。

雨村葫芦庙言志

> 玉在椟中求善价
> 钗于奁内待时飞

《红楼梦》第一回，落魄穷儒贾雨村寄居姑苏城仁清巷之葫芦庙。这庙旁，原住着一乡宦，甄士隐。这甄士隐家中虽不富贵，然本地也推他为望族。

二人住得近，一来二往，也便相熟。有一次，这雨村得见甄家一个丫鬟，便是那后来做了贾雨村继室的娇杏。这落魄穷儒贾雨村一瞥娇杏，认她"生的仪容不俗，眉目清秀，虽无十分姿色，却也有动人之处"。那娇杏呢，也一瞥，看得贾雨村"虽是贫窭，然生得腰圆背厚，面阔口方"。这娇杏，女儿身，见了男子，竟不避讳，反看了又看。要说雨村落魄归落魄，但也是落魄文人，贼心不死。他料定这女子屡屡回头，是有意于他，乃狂喜。在这点上，这雨村和很多男人的心思都是一样的。所谓的雄心壮志，不过是来自某个美人的眷顾。

那雨村，因为甄家丫鬟的回顾，自谓是知己，时刻放在心上。适逢中秋，月下抒怀，口占一律。吟罢，复高吟一联云："玉在椟中求善价，钗于奁内待时飞。"我觉得这不过是落魄儒生吸引别人注意的小伎俩而已。穷儒嘛，没钱没势，不卖弄点文采，何以吸引旁人注意呢。

这一伎俩还真管用，就恰有甄士隐走来听见。然后，邀其宅中一饮。这应该就是雨村最初的算盘吧，或许得见美人一面。小说里，没写这回去甄士隐家小酌，何人伺候，见没见到美人娇杏也不得而知。酒至微醺，这雨村又对月寓怀，口占一绝。这夜，雨村一律一绝一联，没有俘获美人，却捞到甄士隐慷慨相助，"当下即命小童进去速封五十两白银并两套冬衣"，嘱其进京赶考，以待雄飞高举。于雨村，是意外的收获，大抵也是刻意为之的计划。月下吟诗联句，或为吸引美人，或为吸引知己。若得美人，或可慰心；而遇知己，或得资助。

要说，这甄士隐还真是雨村的知己。那晚侍酒送银，回房一觉睡醒，念及昨夜之事，意欲写荐书两封与雨村。这雨村倒是不客气，甄士隐再去请他，他竟等不得黄道吉日，早早出发了，甚至不及面辞。

回到贾雨村那联：

玉在椟中求善价
钗于奁内待时飞

若论此联关乎红楼格局，关乎后文情节，不在探讨之列。只从联文本意出发，这可不就是贾雨村的言志联嘛。

上联"玉在椟中求善价"，玉乃宝贝，不轻易示人，藏于椟中只待有个好价钱。

"椟"，是木柜，木匣子，特指珠宝盒。不是有个"买椟还珠"的典故："楚人有卖其珠于郑者，为木兰之柜，薰以桂、椒，缀以珠玉，饰以玫瑰，缉以羽翠。郑人买其椟而还其珠。此可谓善卖椟矣，未可谓善鬻珠也。"这个典故，用来讥讽郑人没有眼光，取舍不当。也言楚人过度包装，本末倒置。现如今，多这样的郑人，更多这样的楚人。此乃后话，暂且不论。

这雨村并不谦虚，自信才华了得，尚未被发现，自诩是"宝玉"一枚，不过是暂时藏于"椟"中罢了，终究会得到重用的。

下联"钗于奁内待时飞"，这"钗"是女子饰物。一般是金、玉、铜制作。当然，"荆钗布裙"这个词里的"钗"就是荆条所做。料定雨村联中的"钗"必不是"荆钗"，大抵是"金钗"，材质昂贵，制作精美。这雨村仍是自诩为"宝钗"一枚，暂存奁内，只待有机会，众人面前，得以展示,一示惊人。

"玉在椟中求善价,钗于奁内待时飞。"士隐听来,言其抱负不凡,可不也就是此意嘛。

那么雨村的这联到底作得好不好呢?他自言:"不过偶吟前人之句,何期过誉如此"。这吟的是哪位前人的句子,好寻根究底的大学问家,或可去查一查典籍。

甄士隐在这一联中听出满腔的抱负,大抵不错。但除了这点抱负之意,若论文采,这一联还真是差强人意。这点士隐或许也知道,但他更倾心于雨村的抱负,忽略罢了。

罢了,罢了。

宝玉潇湘馆寄情

> 宝鼎茶闲烟尚绿
> 幽窗棋罢指犹凉

宝玉的文采，在《红楼梦》第十七回中得以尽情展示。

要说这贾政待宝玉，素来严厉。但谁让老子都有炫耀儿子的癖好，到贾政这里自然也不能免俗。

这大观园内造景已毕，贾政与一众清客游园，试拟匾额对联。又闻得塾师代儒称赞宝玉善对，虽不喜读书，却有些歪才，意欲一试。

不道宝玉题的那些匾额，拟的那些对联，似都有其高妙之处。只论众人来到潇湘馆（是时，宝玉认为此为第一处行幸之所，当颂圣，故题额"有凤来仪"。"潇湘馆"是元妃省亲时赐的名），"忽抬头见前面一带粉垣，数楹修舍，有千百竿翠竹遮映。"进门后，"曲折游廊，阶下石子漫成甬路，上面小小三间房舍，两明一暗，里面都是合着地步打的床几椅案。从里间房里，又有一小门，出去却是后园，有大株梨花，阔叶芭蕉，又有两间小小退步。后院墙下忽开一隙，得泉一派，开沟尺许，灌入墙内，绕阶缘屋至前院，盘旋竹下而出。"

贾政到得此处，笑道："这一处倒还好，若能月夜至此窗下读书，也不枉虚生一世。"后来，元妃省亲大观园，也道"此中潇湘馆蘅芜院二处，我所极爱"。那么，宝玉爱不爱潇湘馆的风物景致呢。

第二十三回里，且说元妃回宫之后，念及那园中的景致，自从幸过之后，怕贾政敬谨封锁，不叫人进去，恐辜负此园，即命能诗会赋的姊妹们进去居住。又想宝玉自幼在姊妹丛中长大，不命他进去，怕冷落了他。

接得谕命，余人是否谋划过去处不得而知。黛玉倒是盘算过，并得宝玉来问，"你住在那一处好？"黛玉笑道，"我心里想着潇湘馆好。我爱那几竿竹子，隐着一道曲栏，比别处幽静些。"宝玉听了，拍手笑道："合了我的主意了，我也要叫你那里住。我就住怡红院，咱们两个又近，又都清幽。"这怡红院，也是元妃所喜的四大处之一。

宝玉给自己挑了怡红院，给黛玉选定了潇湘馆，难得的是黛玉心里也中意潇湘馆。绝非潇湘馆的景致就是园中之首，大抵是景合人意而已。

潇湘馆住进了黛玉。回过头来，看宝玉的题联：

宝鼎茶闲烟尚绿
幽窗棋罢指犹凉

宝鼎熏香，闲茶一杯，翠竹映，绿烟绕；幽窗对坐，棋罢指凉，人已去，意未央。

都道闲情可赋。一个人的时光，焚香、读书、品茗、赏景，均可。可唯独一件事，必得两个人做才得趣，那便是对弈。要对弈，方是可心之人。

宝玉题联潇湘馆时，正是宝黛两小无猜，心无嫌隙。心无嫌隙，志趣相投，才合了主意一致。由不得他不情动于衷，遂作此联"宝鼎茶闲烟尚绿，幽窗棋罢指犹凉"。他心底里暗自期望着的，怕也正是两个人对弈的美好时光。

斯景，斯情，可共度？

《红楼梦》越往后翻，袭人的规劝、赵姨娘的窥视，哪怕仗着老太太的宠，宝黛二人究竟也是不敢过于造次的。多缱绻的情谊，聊作一寄耳。

世间葫芦

　　原是一颗葫芦心，半为玲珑半为拙。

——题记

　　母亲的菜园永远青葱翠绿。暮春时分，莴笋吃到"罢市"了，刨了地栽下辣椒、黄瓜、茄子，还会在菜地篱笆墙的边缘栽几棵南瓜、冬瓜、瓠子、葫芦什么的。

　　其他就不论了，只单说说这葫芦。有说，瓠子与葫芦同属于葫芦科。实际上，葫芦与瓠子同样栽在菜地里，但彼此在餐桌上的地位可大大见出分别。

　　瓠子是餐桌上常见的菜肴，红烧瓠子、瓠子烧肉、瓠子汤，或者瓠子下面条、瓠子疙瘩汤等。总之，寻常人家餐桌上的演绎，瓠子的戏份很足，而同属于葫芦科的葫芦就很有几分不够。这不够，是内质。表现在形上，是葫芦的大肚子空而虚，装的是不能吃的籽，扒掉籽，就只剩下薄薄的一层皮，比不得瓠子细长的身子，肉质肥嫩鲜美。作为餐桌菜肴，瓠子远比葫芦受宠。非到选无可选，葫芦几乎不会受到母亲们的青睐。

　　菜地里长大的葫芦，用途不在餐桌上。

　　直到秋风都紧了，一颗颗葫芦长到藤老藤枯，挂在藤上的葫芦也都很老了，就和枯死的藤一起被扒拉回家，藤就地扔作柴火，葫芦收起。

　　成熟的葫芦，皮色金黄，皮质坚硬，屈指敲击，咚咚然有金玉之声。寻常人家，即使有金玉也未必派得上用场，倒是这成熟的葫芦大有用处。

　　大葫芦，拿木匠用的锯一剖两半，掏尽里面的干枯籽囊，剩下的葫芦壳可做种种盛水盛物的葫芦瓢。葫芦独特的外形在这里凸显意义。葫芦一大一小两个圆，剖开两半，小圆的半圆作端瓢的把手，大圆的半圆作容器。用作水瓢，肚大，舀水实在。葫芦瓢轻，拿在手里自在，漂在水缸里，永远不会下沉。即使一桶水倒进缸里，水冲击一下，葫芦瓢翻一个身，又漂起来。后来，看见初学游泳的人，腰间系一个浮漂，俗语云水葫芦，大抵是形似故。但也只有葫芦状的颈部设计才便于腰间系住，保证安全系数。谁能说不是小小葫芦给予设计者以灵感呢？还有，古装戏中，那些好酒者腰间系一只酒葫芦，也是因为葫芦状便于携带。这葫芦文化可谓源远流长呀。

哪怕盈盈一手握的小葫芦也是有用的，锯开做小葫芦瓢。小时候，过年的时候吃炒面糖、米角子，我和弟弟抓了就往口袋里塞。姐姐却素来讲究，她总是拿她专用的小葫芦瓢盛了那些吃食，一手端着，一手小心翼翼拈了往嘴里送。母亲洗衣服的时候，翻我和弟弟的口袋角，清洗粘在衣角缝里的食物碎屑，就抱怨：怎么就不能像姐姐那样拿葫芦瓢装了吃。我们便只好照办，不再一边从口袋里掏吃的，一边疯跑、玩耍，斯文很多，母亲的抱怨也少了很多。这初入人世的功课，也有葫芦一功。

世间葫芦的奥妙，仍远远不止这些。

《红楼梦》第一回记姑苏阊门外有个十里街，街内有个仁清巷，巷内有个古庙，因地方窄狭，人皆呼作葫芦庙。

脂砚斋在"因地方窄狭"处有妙评："世路宽平者甚少。亦凿。"

葫芦一大一小两只圆肚，连接两只圆肚的是狭窄的葫芦颈。前文说过了，这葫芦颈是很多葫芦状器物绝妙的构造，便于系绳索携带。而在脂砚斋的笔下，这葫芦的颈一如世间之路，窄狭难行。那处于窄狭之地的小庙，被呼作葫芦庙，可谓得当。世人原本都有一双通透的眼，一地一名隐含之深。脂砚斋又评，"葫芦"意"糊涂"。也妙哉！

人生，一段风光大抵在葫芦小圆肚般的天地里辗转腾挪，以为足够努力，足够尽心，天地就会越来越广阔。可往往不尽然，在不断的变化发展过程中总是会遇到一些困难，进无可进，退无可退，格局与气象均无进展，是曰"瓶颈期"。我认为，"葫芦颈"的表达更恰当。像五柳先生文章里说的,"初极狭,才通人",可是跨过去了,别有洞天。

一生安于葫芦小圆肚般的一片天地,没有不可,寻求更广阔空间的路途中遭遇葫芦颈是必然。也只有遭遇"葫芦颈",才能发现葫芦大圆肚般更广阔的世间芳华。

这小小葫芦,原是娑婆世间。

这芸芸世间,也不过一葫芦。

那一缕孤烟

王维中年，吃斋念佛，吟诗作画，隐居辋川，写下辋川系列，还有《辋川闲居赠裴秀才迪》：

"寒山转苍翠，秋水日潺湲。倚杖柴门外，临风听暮蝉。渡头馀落日，墟里上孤烟。复值接舆醉，狂歌五柳前。"

"寒山""秋水""暮蝉""渡头落日""墟里孤烟"，王维的诗也是画，但这一幅画里，每一景都透着孤清寒意，最最挠人心的是那一缕"孤烟"。

有这缕"孤烟"，不能不想到王维的另一首诗，《使至塞上》：

"单车欲问边，属国过居延。征蓬出汉塞，归雁入胡天。大漠孤烟直，长河落日圆。萧关逢候骑，都护在燕然。"

"单车问边""征蓬出汉""归雁入胡""大漠孤烟""长河落日"，看似一位朝廷命官奉使出行，察访军情。但绝不是皇帝交给你一把尚方宝剑，明察暗访，重任在肩，马蹄阵阵，侍从众众，只一词"单车"就透露出许多落寞无奈来。

似乎也没有明显地排挤你的意思，让你去边塞嘛，也是有头衔的，估计头衔也不小，皇帝亲派的命官，钦差大臣吧，到了地方，怎么着也是有来头的。可是不是有来头，也不是看谁派你来的，也不是看你来自哪里，大概最终要看你以何种阵仗来。这"单车"出访哪里还有什么阵仗可言。不过是繁华的京城你是待不下了，朝堂之上也没有你的位置了，去边塞吧，能走多远走多远。有来头的，阵仗要不要都在那里。没有来头的，为了糊弄，阵仗摆得大也可以震慑不明就里的人。所以"阵仗"这东西，很多人讲究就不奇怪。

没有阵仗的出行，也还是要去的。所以这一路的山高水长，一路的风尘仆仆就不好道出，诗人的情绪都在那些景物里了，"单车问边""征蓬出汉""归雁入胡""大漠孤烟""长河落日",塞外的奇观异景落在眼里,心里郁结的愁闷委屈就被冲淡了许多。"孤烟"一缕的"直",奇拔而突兀,观万物而知己心,是不是在大漠的特殊背景下看到了自己难以融入朝廷众人的特质?最终还是落笔在那一"圆"字上,《红楼梦》里初学诗的香菱说,"圆"字太俗,可是合了书想,倒像是见了这景的,找不出别的字来换。"落日"的悲凉,因为这一"圆"字,温暖而柔和,内心里的愁肠百结也就化在这大漠落日里。

这一去大漠,繁华的长安城就再也不好回去了吧。还能去哪里呢?去终南山,去辋川,也没什么不好。

也还是"落日""孤烟",寒山苍翠、秋水潺湲,有声有色,有动有静,愈静还幽,就格外地让人忘我。忘我却有我,"倚仗柴门""临风听蝉"可不就是年事已高的诗人。"策扶老以流憩,时矫首而遐观。"(陶渊明《归去来兮》)归去?来兮?"复值接舆醉,狂歌五柳前。"虽是隐居,虽是"孤烟"一缕,却又不孤单,有好友饮酒唱和,不亦快哉?再看那一缕"孤烟",袅袅而上,不是孤芳自赏的顾影自怜,恰似孤云野鹤般的悠然自得。

画家散文的慢功夫
——《竹影》赏读

丰子恺的散文《灯影》，编入人教版七年级语文下第十八课。

丰子恺，初画，后文。

他的这篇《竹影》，就是典型的画家散文，我以为。初中语文课本上，还编入吴冠中的《桥之美》。吴冠中也是画家，《桥之美》也是一篇画家散文。

画家散文，是一个不伦不类的称呼。画家，是他初始的身份。而他的散文，是通过画家的视角，来结构文章。其中，更有美术的渗透与传达。读他的散文，既会受到文学的美感熏陶，又能得到绘画艺术的启蒙，更加明白文学艺术是相通的原理。

画家写散文，做足慢功夫。如同文火炖汤，功夫到了，味自然就足了。

我们先来读读《竹影》一文的前两段：

"吃过晚饭后，天气还是闷热。窗子完全打开了，房间里还是坐不牢。太阳虽已落山，天还没有黑。一种幽暗的光弥漫在窗际，仿佛电影中的一幕。我和弟弟就搬了藤椅子，到屋后的院子里去乘凉。

"天空好像一盏乏了油的灯，红光渐渐地减弱。我把眼睛守定西天看了一会儿，看见那光一跳一跳地沉下去，非常微细，但又非常迅速而不可挽救。正看得出神，似觉眼梢头另有一种微光，渐渐地在那里强起来。回头一看，原来月亮已在东天的竹叶中间放出她的清光。院子里的光景已由暖色变成寒色，由长音阶（大音阶）变成短音阶（小音阶）了。门口一个黑影出现，好像一只立起的青蛙，向我们跳将过来。来的是弟弟的同学华明。"

原文的开头还有一段："几个小伙伴，借着月光画竹影，你一笔，我一画，参参差差，明明暗暗，竟然有几分中国画的意味。也许，艺术和美就蕴含在孩子的童稚活动中。你是否有过类似的体验呢？"应该是编入课本的时候，编者做过删减。这个删减甚妙。

删了原文的开头，这篇文章的开头就有点像小说的开头，场景的铺设，一层一层铺开。没有过多的记叙，却是时、地、人，一一具备。随着时间的变化，人物的活动慢慢展开。你又觉得，这不是散文，这是一幕电影。在写作学上，这种手法称为"白描"。

白描，原指中国画的一种技法，即完全用线条来表现物象的画法。物象之形、神、光、色、体积、质感等均以线条表现，难度很大。因取舍力求单纯，对虚实、疏密关系刻意对比，故而白描有朴素简洁、概括明确的特点。这种绘画技法，人们将它运用于文学创作的描写中，形成为一种白描手法，即用最朴素最简练的笔墨，不事雕饰，不加烘托，抓住描写对象的特征，如实地勾勒出人物、事件与景物的情态面貌。

凭空给这段文字安一个写作手法，不是我想这样做的。我认为，这是一种自然而然的行文思路。一个画家，按绘画的方式来写文章而已。一招一式，皆是他的慢功夫。

文章第一段，作者写夏天的黄昏去院子里乘凉。天气闷热，屋子里待不住，太阳下去了，天未黑透，搬了藤椅去院子里乘凉。只三言两语，强烈的现场感就出来了。并没有像我们经常要做的那样：那时，我七八岁。住在某某地方，家里有谁谁。我和弟弟经常会怎么怎么滴。爸爸是小学校长，也是我们的美术老师，等等。有些叙述并不需要一下子就堆出来，在行文中慢慢呈现即可。

文学家，怕写作中的漏洞，总是做足了照应的功夫。过分地讲求照应，不免造成阅读上的疲劳，也就带来审美上的疲劳。不如，这般慢呈现。

第二段尤其美。这一段写西天霞光的变化，到月上东天。红光与清光，暖色与寒色，明与暗，光与影，变化如此繁复，对比如此鲜明。甚至，还有人物在这变化之中的情绪波动，"但又非常迅速而不可挽救"，"正看得出神"等。

最妙的是"竹叶"一词,"回头一看,原来月亮已在东天的竹叶中间放出她的清光"。"竹叶"这个词,在全文中是关键。你别以为,画家写散文,信马由缰,随意涂抹。只一词,意到,旨显,境出。

文章的题目是"竹影",为了点题,没有"竹"可不行。"竹"在何时出现,怎么出现,为什么是"竹"而非其他的什么树叶枝条。这就是画家作者的匠心独运,绝非我等可为。还有,难道竹旁就没有旁的树木陪衬了吗?写文章,还是画画,都要有生活的积累,又要有艺术的提炼。明确写出具体的小概念"竹叶",而非模糊的大概念"树叶",且只是竹叶而没有其他,是生活的积累,也是艺术的提炼。作文还是画画,没有生活的积累,就空洞。没有艺术的提炼,就缺乏深度与高度。

这第二段里出现的"竹叶"一词,从结构上来说,是点题,也是与后文形成照应。点题归点题,照应归照应,悄然为之,不着痕迹。还是慢动作,仿佛文火炖汤的中途,要添加的某种食料。

第三段中,华明坐的椅子靠着那根竹,因为他的动作,再次写到竹,写竹叶的萧萧声,引来众人仰望,发觉月亮"隐在一丛竹叶中","竹叶的摇动把她切成许多不规则的小块,闪烁地映入我们的眼中",进而"大家赞美一番"。赞美的是月影,还是竹影,不明确。我认为,都是。无月,竹不成影。无竹,月不成影。画家的慢功夫,在这里再次体现。一个"隐"字,足见炼字的功夫高。没有这个"隐"字,哪里能调动起孩子们的情趣呢。孩子们没有高昂的情趣,又哪里会有后文的情节展现呢。

情趣已然激发,这几个孩子,被月影、竹影迷醉,总是要在这个天气闷热的夏夜做点什么才好。画竹影,是这个晚上的重头戏。却是到这个时候才显露。文章写到这里,才算入了正题,可差不多已是行文过半了。不是慢,又是什么呢。

因为画竹影,引来画家父亲的注意。在画竹影的游戏过程中,孩子们产生了对于未知知识的好奇心,不断发问。进而,父亲顺理成章地给他们讲解中国画的理论。任何理论再浅显，对于孩子们来说，也还是深奥。但主动探究，好过强制灌输。在这点上，每一个教育者都要从本文中获得教育灵感。

一篇《竹影》，看似写的是孩子们的游戏，实则是一堂生动也有趣的美术启蒙课。

文章结尾，作者写："我回到堂前，看见中堂挂着的立轴——吴昌硕描的墨竹，似觉更有意味。那些竹叶的方向、疏密、浓淡、肥瘦，以及集合的形体，似乎都有意义，表现着一种美的姿态，一种活的神气。"

这不是一般意义上，为了升华主旨的写法。而是在当时，作者确会产生的顿悟，大略就是茅塞顿开吧。

写作者的功夫，是慢的。阅读者，也得放慢节奏，方才能领会文字之外的思想精华。

张幼仪：爱的力量

《爱眉小札》里，1925年3月徐志摩的旅欧书简有一段文字"再隔一个星期到柏林，又得对付她了；小曼，你懂得不是？这一来柏林又变成一个无趣味的难关，所以总要到意大利等着老头以后，我才能鼓起游兴来玩；但这单身的玩，兴趣总是有限的，我要是一年前出来，我的心里就不同，那时是破釜沉舟的决绝，不比这一次身心两处，梦魂鄙不得安稳。"

这段文字写得隐晦又露骨。

露骨的是那一句"不比这一次身心两处，梦魂鄙不得安稳"。此时，陆小曼在国内，他在旅欧途中，热恋中的男女，可不是"身心两处"。即使陆小曼仍是人妇，但彼此已是暗通款曲，郎情妾意，自是一朝分离，"身心两处"。是也不是，反正信里是这般写。

隐晦的是，那个连名姓都没有，还得勉为其难地"对付"的"她"是谁？《爱眉小札》里，徐志摩与陆小曼的通信和日记里出现旁人时，常用字母代替，这个"她"，他甚至不屑用字母代替。字母代替也是确指，他不要确指，只是"她"，路人甲一类的陌生。

这封给陆小曼的信写于1925年3月18日于西伯利亚的途中，又说"要是一年前出来"，"倒是有破釜沉舟的决绝"。一年前的1924年，泰戈尔访华，徐志摩和林徽因联袂担任老泰的翻译，其时，他对林仍不死心，还请老泰做中间人。老泰还真照做，但林徽因并没有卖一个面子给时已64岁的大诗人。这之后，老泰又撮合徐志摩与凌淑华，他与凌似乎也有一段暧昧不清的时光。

但这些旧年的插曲应该都不是他此刻信里的"她"。"她"只能是徐志摩的原配张幼仪。徐志摩与张幼仪于1915年成婚。1920年，徐志摩在英国。张幼仪在这年秋天也去了英国。但在张幼仪去英国之前，徐志摩已认识林徽因。之后，身患追林魔怔多年。1922年2月，张幼仪在德国生下次子，几天之后徐志摩就写信给张幼仪，正式提出离婚，理由是"林徽因要回国了，我非现在离婚不可"。1922年3月，徐、张在柏林协议离婚。算一算，张幼仪算是在月子里被离婚。想想，都冷，都心寒。就是在恋爱婚姻自由的现代，有《婚姻法》的约束，女性"三期"，这婚也离不成。

一份没有爱的婚姻，一切规则对它的存在大概都不具有约束力。

"你总是问我，我爱不爱徐志摩。你晓得，我没办法回答这个问题。我对这个问题很迷惑，因为每个人总是告诉我，我为徐志摩做了这么多事，我一定是爱他的，可是，我没办法说什么叫爱，我这辈子从没跟什么人说过'我爱你'。如果照顾徐志摩和他家人叫作爱的话，那我大概是爱他的吧。在他一生当中遇到的几个女人里面，说不定我最爱他。"

这段文字流传甚广，说是张幼仪晚年的自述。这可以算是"爱"吗？

艾·弗洛姆在《爱的艺术》中说：爱是给予。通过我的给，丰富了他人，同时在提高自己生命感的同时，也提高了对方的生命感。给的同时也包括了使接受者也成为一个给的人，而双方都会因为唤醒了内心的某种生命力而充满快乐。在给的行为中诞生了新的东西，给和得的人都会感到这新的力量。这一点表现在爱情上，还应该是：没有生命力就是没有创造爱情的能力。马克思对此也有论述："……如果你在爱别人，但却没有唤起他人的爱，也就是你的爱作为一种爱情不能使对方产生爱情，如果作为一个正在爱的人你不能把自己变成一个被人爱的人，那么你的爱情是软弱无力的，是一种不幸。"

1931年那场意外的坠机事件后，张幼仪照顾徐志摩的父母，独自抚育他们的孩子，经济上帮助徐志摩的遗孀陆小曼，出版徐志摩的文集。她对他的爱，究竟是没有办法"唤醒"对方内心的生命力了。她把给予他的无限的爱转移到他生命里所有的人身上，他们的孩子、他的父母，包括她的"情敌"（或者在她看来根本不是"情敌"）、徐的后妻陆小曼的身上。

她只是他的"她",他却始终是她的爱,那个她不断付出、以期"唤醒"生命力的人。

她的爱,是不是也唤醒了你内心的某种生命力?就像那些开在废墟上的花朵,那些长在墙角缝隙里的嫩芽,不屈的灵魂,灼热的光芒。

我是你身旁另一棵树
——读《吴哥之美·序》，兼论教育

"教育就是一棵树摇动另一棵树，一朵云推动另一朵云，一个灵魂召唤另一个灵魂。"

摇动一棵树的，并不是一阵风，是另一棵树；推动一朵云的，也不是一阵风，是另一朵云；唤醒一个灵魂的，并不是高深的攻心理论，是另一个灵魂。

蒋勋在他的书《吴哥之美》的新版《序（四）》中有这样一段文字："有一天，怀民接到一封信，荷兰外交部所属的'跨文化社会心理组织'一名负责人在欧洲看过云门的'流浪者之歌'，他相信一个述说佛陀故事的东方编舞者，或许可以在战后的柬埔寨参与儿童心理复健的工作。"

蒋勋的《吴哥之美》是写给怀民的书信集，无法从他的文字里获取更多的关于怀民的信息。引起阅读注意的是怀民作为一名舞者，得到荷兰外交部的注意，以及二十年前，荷兰外交部那个新奇的组织——跨文化社会心理组织。这个组织的负责人有着怎样一双慧眼，相信一个述说佛陀故事的东方编舞者有做战后儿童心理复健工作的潜质，而不是选择一个专业的心理咨询师来做这项工作？当然，不必怀疑一个专业的心理咨询师来做心理复健工作的有效程度，但一定没有怀民做得这么美，这么安静："怀民跟着孩子一起上课，不是教跳舞，是在一个木柱架高的简陋木头房子里教儿童静坐，教他们呼吸。"

经历过战争，目睹过亲人惨死眼前，没有了亲人之爱、也失去了亲人怀抱温暖的一群孩子，眼神里的暗淡之光与肢体的微微颤抖，都透露出他们的紧张恐惧。巨大的紧张恐惧，封闭的心扉，无法靠近，无法言语交流。就像一间封闭的屋子，风吹不进去，阳光照不进去。无法靠近，就不去靠近，无法交流就不去交流，安静，呼吸。与你同在，听风，听鸟鸣，呼吸着你的呼吸，感觉着你感觉的空气里花草的芬芳。

想象着那样一个场景如此之美，意识到那样一个场景如此之美，是体会到灵魂与灵魂贴近如此之美。

一切工作，都是人的交流，触动灵魂的人际交流是这世间一切美好的本质。

《论语》里"樊迟请学稼。孔子曰：'吾不如老农。'请学圃，曰：'吾不如老圃。'樊迟出，孔子曰：'小人哉樊须也！上好礼，则民莫敢不敬；上好义，则民莫敢不服；上好信，则民莫敢不用情。夫如是，则四方之民襁负其子而至矣，焉用稼！'"

樊迟不是好学生。正如孔子说："樊须不该问这些下等人所做的事啊！位尊者讲礼仪，百姓们不敢不敬他；当权者讲道义，百姓们不敢不服从他；领导者讲信用，百姓们不敢不用真情来对待他。要能做到这些，百姓们就会拉家带口地来归附，哪里用得着自己去种庄稼！"

多希望我在这世间的努力，你都可以明白，愿你从我之心。不如樊迟那样，从我学稼、学圃。

你是一棵树，我是你身旁另一棵树；你是一朵云，我是你身旁另一朵云；你有一颗纯美的灵魂，我是你身旁另一颗纯美的灵魂。

你是你，我是我。

我们是我们。我们也是世界。

《世说新语》阅读札记三章

蔡公的幽默

《世说新语·排调二十九》：王、刘每不重蔡公。二人尝诣蔡，语良久，乃问蔡曰："公自言何如夷甫？"答曰："身不如夷甫。"王、刘相目而笑曰："公何处不如？"答曰："夷甫无君辈客。"

排调，戏弄调笑。魏晋世人的排调不是一般意义上的戏谑或调笑，而是一种幽默。幽默，它是外来词，形容有趣或可笑而意味深长。

这王与刘，"不重蔡公"，看不起蔡公。不尊重他嘛，即使登门造访也不忘找机会排调一下。自身本事过硬，看不起人的人，大抵会通过傲慢、不待见，赤裸裸地表达对人的不尊重。可是，自身本事又不硬，甚至远远不如，排调还是会有的。

"公自言何如夷甫？"看不起人的态度，无非是让当事人自觉不如人。可是这"不如"的结果不由问话人给出。问得客气，看似巧妙，实则阴险。

"身不如夷甫。"谦虚点的回答就落入了问话者的圈套，承认了己不如人。可是不如此回答又能如何呢？骄傲点的回答，抬高自己，必然看清了别人，无形中得罪了别人，被不怀好意的人听来，就多了搬弄是非的说辞。

"王、刘相目而笑曰"，好一番小人之得意的嘴脸。

"公何处不如？"刨根问底，仍不过想再多一点戏谑的缘由。

"夷甫无君辈客。"蔡公只是如此回答，没有表情。

小人才有丰富的嘴脸，智者不动声色，大方得体，机锋突变，才是大幽默。小人并不会排调,只会戏弄。林语堂先生说"各种风调之中,幽默赋予感情",处心积虑的嘲笑怎么都看不出半点情分来。

顾恺之的甘蔗

旧岁的温暖阳光里,除尘、浆洗、晾晒……以迎新年。

嘀嘀,嘀嘀,唯一不曾屏蔽的学校QQ群里,信息频至。打开,是谈论了好几个月、盼望了好几个月的生活补贴发放。省城、外地城市,甚至本市其他县都早发过了。其间,夹杂着别处的教师上访、静坐等。羡慕、无奈、长叹、怨愤……诸多情绪统统上演过一遍。年关了,久无消息,只道等来年了。并不是三四十年前,没到那时等米下锅的地步。补与不补,大抵也并不关系到这个年如何过。突然,发放的信息来了。大大的新年礼物,从天而降似的。

年已古稀的父亲做了三十多年的乡村老师,他退休后和母亲去京城待了近十年。每年,他回老家过年,我们大抵都会聊聊工作或者收入。他的工资卡在我身上一搁很多年,不知道他知不知道自己每月退休工资多少。有时他问,我说一声,估计他也不记得。收到这个生活补贴发放的消息,照常规告诉他,以为他会像往常一样很高兴。但电话里,父亲"哦"一声,语调很平淡。好多年来,不知是不是他的工资花得少,对金钱就看得淡了。或者,他年纪大了,觉得健康远比金钱重。

可我们年轻,对金钱的追求远比对健康的渴望来得热心。手握财富,以为生活的甘甜就一天比一天来得实在。

"顾长康啖甘蔗,先食尾。人问所以,云:'渐至佳境。'"(《世说新语·排调二十五》)

不到父亲这样的古稀之年,大抵不会明白,生命的滋味并不是顾恺之手中的甘蔗,慢慢地从尾啃起,就能越尝越甜,渐至佳境。

庾阐之蔽

《世说新语·文学》一章有文：庾阐写成《扬都赋》，庾亮出于同宗情意，给予很高评价，说简直可以与班固的《两都赋》、张衡的《二京赋》鼎足为三，与左思的《三都赋》并列为四。于是人人争相抄写，一时京城纸贵。谢太傅云："不得尔，此是屋下架屋耳，事事拟学，而不免俭狭。"

庾阐之文，究竟好与不好，余不评论，各位看官自己瞧瞧去。

只是这里有个细节值得注意，所谓好文章未必就是真好，有威望的人给予好评，引得众人附和，是曰佳作也。庾阐不知道，庾亮给予他文章的评价，不是基于文章本身，这评价类似于邹忌之妻、之妾、之客对其貌美的评价，"吾妻之美我者，私我也；妾之美我者，畏我也；客之美我者，欲有求于我也"。庾阐大抵不清楚庾亮之评不过是"邹忌之蔽""齐王之蔽"。啊呀！说错了。没有什么"邹忌之蔽"，自我清醒地认识到，就无所谓蒙蔽。齐王纳谏除蔽，"齐王之蔽"也没有了。有的只是庾阐之蔽，蒙蔽在庾亮的同宗之情里沾沾自喜。

小文人常常是陷在庾阐之蔽里，还常常拿邹忌、齐王说事儿，其实邹忌与齐王都是通透之人，混沌的是庾阐，是我们自己。

还有一个细节也值得注意，谢太傅说"屋下架屋""事事拟学"。这世道，能识得几个字的人都能成就文章。自媒体时代，也不愁写出来的文章没人看见，没人附和。看得多了，附和得多了，就可以换得名头，有些名头还大得吓人。其实细观其文，不过是"屋下架屋""事事拟学"耳。文不过如此，名头又能大到哪里去。可是，无人在乎其文，只被名头吓唬，仍不过是"庾阐之蔽"，终不清明罢。

那么多的帽子

"你的身上散发着耀眼的光芒，让靠近你的人不由自主地被吸引。连蚊虫都有趋光性，人也是。"

不记得在哪里读过这句话，或者说这句话本来就是我心里的想法，恰巧与一位朋友相谈甚欢，由衷道出。

"你真会给人戴帽子，但这帽子很难让人摘下。"

不轻易给人一顶帽子，也不轻易戴上一顶帽子。人世相处，同样一顶帽子，赞美还是阿谀，真诚还是假意，区别于戴上的帽子是否大小合适、舒适度相宜。

曾公曾国藩有个故事不断被人茶余饭后拿来消遣。话说有一次，曾国藩与几位幕僚闲谈，论当今英雄。他说："彭玉麟、李鸿章都是大才，为我所不及。我可自许者，只是生平不好谀耳。"

座中一位幕僚说："各有所长，彭公威猛，人不敢欺；李公精明，人不能欺。"

曾公问："你们以为我怎么样？"

众人沉思。

盖棺定论容易给，当面评价并不好出。给得轻，不足以匹配眼前人。给得重，阿谀之心明显。

这时，一个管抄写的后生，忽然走出，说："曾帅仁德，人不忍欺。"

曾公得意地说："不敢当，不敢当。"

此人告退，曾公说："此人有大才，不可埋没。"

不久，曾国藩升任两江总督，派这位后生去扬州任盐运使。

看看吧，即使每每以"不好谀"自诩的曾公，到底也没能舍弃一顶适宜的帽子。

清代大才子袁枚，他二三十岁即名满天下，去做县令。古人尊师孝道，赴任前拜别父母，当然还要去辞别老师。他的老师是乾隆时的名臣，尹文端。老师问他年纪轻轻去做县令，有些什么准备。他说什么都没有，就是准备了一百顶帽子。老师就批评他说：年轻人怎么尽喜欢搞这一套？袁大才子就说：方如今社会上人人都喜欢戴帽子，有几人像老师这样不要戴的？老师听了也觉得他有理。大抵没再批评他。袁才子从老师那里出来，同学们就问他与老师谈得如何？他说已送出一顶。

　　这个故事我是从南怀瑾先生的《论语别裁》里看来的，不知真假，也不知出处，读来甚觉有趣。

　　世情如风，一顶帽子戴上，无关钻营与投机，悦人悦己，何尝不是抵御世间阴风侵袭的一种方式。只有那些刻意扣上的高帽子，丢不掉，焚不毁，伤身伤心，才恶毒得很。

　　"抬头看看今天的天空，蓝得尤其干净与纯粹。除了此刻的天空，好像还有风平浪静的海，以及孩子的眼睛。但你大概不知道，其实还有你的面容，以及你周身的气息。"

　　世上情话无数，这一段是否格外动人？看今日秋阳朗照，碧空如洗，你把它编成短信发给爱人，一定比你送出的一顶帽子更足以抵御即将到来的一切寒冷。

又见月牙儿

"是的,我又看见月牙儿了,带着点寒气的一钩儿浅金。多少次了,我看见跟现在这个月牙儿一样的月牙儿;多少次了,它带着种种不同的感情,种种不同的景物,当我坐定了看它,它一次一次的在我记忆中的碧云上斜挂着。它唤醒了我的记忆,像一阵晚风吹破一朵欲睡的花。"这是老舍的中篇《月牙儿》的开头。

这里的月牙儿,带着入骨的寒意,它一次次落入"我"的眼中,也一次次落入我的眼中。

"我"七岁,倚着小屋的门垛儿,屋里有药味、烟味、妈妈的眼泪、爸爸的病,"我"独自在台阶上看月牙儿。

后来有次,妈妈带着"我"出城去看爸爸的坟,路很远,要走很久才能到,要到很久才能回。走到后来,还没走到城门,就看见月牙儿的冷光。

……

月牙儿,就是新月。每月初三四的月,称新月,黄昏的时候挂在西方的天空。天色才稍暗,星星还来不及登场,只有一弯新月细如眉。就是眉呀,美人执笔,顺时针方向懒懒地描一描,只不过是美人柳眉如青黛,新月如眉色如玉。新月在西天,转瞬即落山。

老舍这个中篇里的月牙儿一次次出现,一次次合适。

屋里有人,妈妈的眼泪,爸爸的病,"我"不懂事,独自待在外面的台阶上,一待很久,从日中待到日暮,待到新月升空,人物经历的时空如此契合。

出城上坟,去时走了很久,回来也要走很久。多久?一整天的久。回来未走到城门,看见城外的新月。入夜城门即闭,还未入城,城门未关,当是黄昏。黄昏的新月让"我"如此安慰。

新月渐丰，直至月满。月满则亏，及至月末，一弯残月冷如钩。

"缺月挂疏桐，漏断人初静。"缺月，就是残月。月满即缺，既缺当残。缺月挂在稀疏的梧桐树上，滴漏声断，人声也稀夜半时。

残月，出现在漏断夜半时分。时渐逝，日初升，月即隐。越残，隐得越快。残月在东边的天空，也不过是一瞬。

"今宵酒醒何处？杨柳岸晓风残月。"宿醉当醒，醒来时却是晓风残月，怕天明。天明欲登程，再如何的"执手相看泪眼"，也当去了。残月照见离人泪，残月衬得离人悲。

残月，在这些词里的出场也极为合适。所谓合适，不过是时、地、人、物甚为合拍。

丰子恺有幅画《人散后，一钩新月天如水》。画面简洁，极淡极淡的笔触勾勒出房舍廊前的景致，廊上卷起的竹帘，廊下的桌椅茶具，大片的空白，一弯浅浅的月儿高挂，题款："人散后，一钩新月天如水。"

画面无人，日暮天暗，新月初升，一屋友人尽数散去了吧。清幽的夜色，清雅的房舍，照见作画人的心境，泠泠然如幽泉曲水，在画幅间流淌。

但终究是画很美，题款文字与月之形状却极不相称。

新月？是新月，当是黄昏。午后喝茶闲谈，直至日暮时分散去，也当是。新月如眉天如水，自然不错。

可画上分明是残月，一钩逆时针反画来着的。新月如眉，美人执笔，顺时针方向懒懒一描才是新月。

这么看来，丰子恺先生这第一幅公开发表的画到底有硬伤：欲作新月细如眉，分明残月冷似钩。

什么是浮云

"神马都是浮云",网络流行语。

互联网时代,什么都能迅速传开。看看,这么一句表达都有问题的话,也还是成为了无数网民的口头禅。

凡事皆浮云,认定一切都是假象,对不着边际的事情,不抱无谓的幻想,感叹一声"神马都是浮云",以为这样就是淡定了。以为做到淡定,就不失为一种正确的人生态度了。

人生不过是浮云。荣华富贵,功名利禄,一下子聚在一起,一下子又散去了,连影子也看不见。浮云聚散不定,所以不可苛求。

不可苛求,却非不求。

"子曰:饭疏食饮水,曲肱而枕之,乐亦在其中矣。不义而富且贵,于我如浮云矣。"

这估计也是"浮云"最初的版本。

很多人读《论语》,但都不如南怀瑾的《论语别裁》有趣。关于这一段,南怀瑾就有精彩的解读。

他说:"这是孔子最有名的话,而且在文学境界上,写得最美。孔子说,只要有粗茶淡饭可以充饥,喝喝白开水,弯起膀子来当枕头,靠在上面酣睡一觉,人生的快乐无穷!舒服得很!就是说一个人要修养到家,先能够不受外界物质环境的诱惑,进一步摆脱了虚荣的惑乱,乃至于皇帝送上来给你当,先得看清楚应不应该当……人生的大乐,自己有自己的乐趣,并不需要靠物质,不需要虚伪的荣耀。不合理的,非法的,不择手段地做到了又富又贵是非常可耻的事情。孔子说,这种富贵,对于他来说等于浮云一样……"

"不义"之所得，才是浮云。"不义"之所得，就是过分。过分就是苛求。苛求得久了，就乱了心智。心智一乱，人就会为外界的物质环境、虚名厚利所惑乱，精神人格就丧失了。人就不再像人了，而成了被利益虚名驱使的魔鬼。

有一句话说：人在做，天在看。不义之举，以为无人所知，无人所晓，可是天知道。如同天上的浮云，你只看得见它聚在一起的样子。但是，天还看得见它散去的样子。你乐于享受浮云聚在一起的样子，但天或许更喜欢浮云散去的晴朗吧。"天"是什么？"天"是正道，正义。

这样说来，不是"神马都是浮云"，而是非正道所得、所求，才是浮云。抱定"神马都是浮云"，算不上超然物外的人生境界。而是浮云聚起，我在云下歇息。浮云散去，我在阳光下呼吸。

第二辑 小欢喜

公主心

很小的时候，读《白雪公主》，难免不为白雪公主的磨难伤心，但到底还是羡慕白雪公主的。

首先，是她公主的出身；然后，是她的美貌；再然后，是她得到七个小矮人的宠；最完美的，是她还得到了王子的爱情。

其实，大多数的女孩都是灰姑娘出身，却仍旧怀着一颗公主的心。

曾经，踢踏掉高跟鞋，把身子丢尽沙发里，拿着遥控器不停地换台，末了，不耐烦地大叫："饭好了吗？饿死了。"有人在厨房里诺诺道："就好，就好。洗手吧。"

曾经，双手插在口袋里，看似公主般地昂着头，自顾自地穿过人群。那个人时刻在身后，殷勤地拎着手提袋，紧紧地跟随。

不过是因为青春，放肆地享受着公主般的宠。转眼，就是青春的帷幕落下，公主终究要做回劳碌的妇人。

所以，大多的女人很不平：

"婚姻就是牢笼。"

"为什么他那么脏，还那么懒？"

"我是公主哎。凭什么这么忍气吞声？"

……

一颗公主的心，在细碎的日子里，蒙上厚厚的烟尘。

叶倾城有文《轮椅上的白发公主》。单就这个题目就够吸引人了吧。公主，坐在轮椅上，而且苍苍白发了。谁能有这么好的命？

她坐在轮椅上，由他推着进入电梯。她一进来就兴致勃勃、一个一个打量电梯里的人。然后，她突然说："正好十一个人，今天光棍节呢。"看看吧。这就是小公主的作风。纯净的眼神，好奇地看着陌生人，以及奇异的发现，外加有趣的总结，逗弄得电梯里的一干严肃冷漠的脸，哄一声笑开。

她穿齐整整的黑毛衣，外套小马甲，还镶了一圈糖霜红的绒毛，嫩得像外孙女儿的淘汰品。但就是永远的公主风。她瘦得很，小得很，一张脸笑开了，是朵菊花，开在这深秋里，每一道皱纹都是镀着阳光的花瓣。他俯身替她戴上帽子——掖得很细，每一缕散发都藏得好好的，又直身打量一下外面的天气风影，再低头摸摸她的领口袖口，放心了，继续推着轮椅出了大楼。

你看到的是她享受着公主的宠。其实，难得的是她像菊花一样绽开的笑容。你分不清那是花瓣，还是她的皱纹。

森林里，七个小矮人也曾经对白雪公主说："如果你愿意为我们收拾房子、做饭、洗衣服、纺线、缝补衣裳，你可以留在这儿，我们会尽心照料你的。"白雪公主很乐意地说："好的，我非常愿意。"那一声"愿意"，是真，也是公主作风。所以，她才能历经所有的磨难，遇到王子，过快快乐乐的余生。而那个嫉妒、愤恨的王后，只能在痛苦的煎熬中了断生命。

算了吧。求不来公主的命，回不到你向往的王宫。所能做的，是修心，公主心。在你的森林里，开朗地笑，乐意地生。不怨，不恨。保留着一点点真，一点点纯。

永远有多远

弟弟的公司搬家，京城漂泊二十多年，他搬家很多很多次。这几年，公司的办公地点几乎每年搬一次。不知是不是不断搬家，每一次的劳顿都触动心底里某根柔软的神经。收拾停当的间歇，他在我们的群里说：大姐，你当年写的《移动的家》，怕是不记得了吧？

二十世纪九十年代，姐姐宜城谋生，与人合租，也是不断搬家。每一次搬家，都有一些带不走的旧物，又要置办一些新物。身为文艺女青年的姐姐，自然会把这样的经历付诸文字。

记忆有多深，永远有多远？有些记忆只在文字里了。

年已古稀的父母客居京城十多年，暑假里，耗资不菲，拆了旧厨房，盖了一间新厨房。这旧厨房青瓦砖墙，建于二十世纪八十年代末期，是家中最后一块带有昔日气息的角落。

当年，这厨房才盖上瓦，正是放寒假。父亲挑土填地面，木杵捶平。锅台尚未搭建，我时常搬一张椅子，带一个小马扎，溜进来读书或者做数学题，能待一个上午或者一个下午。潮湿的地面，寒气甚重。但小孩子没有冷暖意识，这新的地方，足够安静，足够安全，足够消磨无须与人周旋的好时光。素来玩性也大，不记得何时爱上了安静，爱上了一个人在书里、习题里逗留。会不会就是从这时开始的，从这间尚未启用的厨房里开始的？我越发地想不起来。

想不起来的事情还有很多，像父母常年不在家，院子里的桃、梨、橘、柚兀自开花，成熟的果子喂了村庄里仅有的几个孩童，或者村庄上空飞来飞去的鸟雀，我却早已忘记了它们的酸甜滋味。还有，少女时代的日记本里都记了些什么？毕业纪念册里那些情真意切的句子呢？我翻过的图画书，玩过的陀螺，踢过的毽子，还有系根绳子荡秋千的那两棵树，它们现在都在哪里呢？

记忆也远没有那么深，我们小时候全身心投入的物、事，即使付诸文字，我们的孩子也不屑一顾。

偶像派文艺青年刘若英写过一篇文章《永远不搬家》。

那是 2005 年，她搬离和祖父母一起住了二十几年的老房子，祖父母住得更久，足有五六十年。

被迫搬离久居之地，留不住的家，带不走的物件，每一张纸片上都有时光的痕迹，每一粒微尘里都有记忆的味道。

人之力量微弱，即使像刘若英这般任情任性的文艺派，也抗拒不了被迫搬家。

留一篇《永远不搬家》，记录老房子里的最后时光。储藏室里酒已风干的空酒瓶子，丢掉的书、家电、衣服、剪报，丢掉也就丢掉了，不会再有多深的记忆。

没有什么是永远。永远有多远，也没人可以预见。

此生路过的物、事、人，没有什么情深缘浅，都是恒河沙数，说不清是一刹那，还是一小劫。

草木一秋

草木一秋，草木共命。

但草木之质又是不同的。

草，曰草本植物。植物学上定义，草本植物指茎内的木质部不发达，含木质化细胞少，支持力弱的植物。草本植物体形一般都很矮小，寿命较短，茎干软弱，多数在生长季节终了时地上部分或整株植物体死亡。根据完成整个生活史的年限长短，分为一年生、二年生和多年生草本植物。例如，菊、葫芦及大部分的野草等，草本类植物的名称多半是"艹"。

木，曰木本植物。木本植物是指根和茎因增粗生长形成大量的木质部，而细胞壁也多数木质化的坚固的植物。植物体木质部发达，茎坚硬，多年生。与草本植物相对，人们常将前者称为树（木），后者称为草。

我们古人是最善于观察的，这从他们创造出的汉字上可窥一二。

就拿"艹"和"木"来说吧，草本类植物的名称多半为"艹"，例如：葫芦、菊、蓝、苹、芭蕉等。木本类植物名称多半为"木"，例如：桃、杏、梨、杨、柳等。

汉字是古人创造的，现代人有时单从字的表面上来看，很奇怪为什么某个字是这个偏旁，似乎与偏旁的表意功能相违背。例如：蓝、苹，单从寻常事物的名称中"蓝天""苹果"这类词语中很难明白它的"艹"意指何为？穷根溯源，可知其理。

蓝，也叫蓼蓝，蓼科一年生草本植物。叶形似蓼而味不辛，干后变暗蓝色，可加工成靛青，作染料。《诗经·小雅·采绿》中有："终朝采蓝，不盈一襜。五日为期，六日不詹。"在这句之前还有这样一句："终朝采绿，不盈一匊。予发曲局，薄言归沐。"这两节诗说的什么意思呢？诗里的"绿"通"菉"，草名，即荩草，又名王刍，染黄用的草。蓝呢？

就是蓼蓝。整天在外采荩草，还是不满两手抱。头发弯曲成卷毛，我要回家洗沐好。整天在外采蓼蓝，衣兜还是装不满。五月之日是约期，六月之日不回还。哎呀！这可不就是一位妇女思念出门在外的丈夫，她无心采绿采蓝。"女为悦己者容"，思夫心切，无心梳妆打扮。这前两节写的就是女人采绿、采蓝，制染料，给衣物上色的嘛。这首诗的后两节："之子于狩，言其帐弓。之子于钓，言纶之绳。其钓维何？维鲂及鱮。维鲂及鱮，薄言观者。"虚写男人渔猎，妇人相随，犹如后人的"你耕田来我织布"一样的情味呀。思君久不归，想象里的唱随之乐，是慰藉，是"以乐景衬哀情"，越显幽怨。

那么苹呢？自然不单指苹果。苹果树是木本植物，按理应该是"木"才对，但苹果估计是很晚的时候才有的名称。苹，却很古老。《诗经·小雅·鹿鸣》："呦呦鹿鸣，食野之苹……呦呦鹿鸣，食野之蒿……呦呦鹿鸣，食野之芩。"这里的"苹""蒿""芩"都是小鹿爱吃的蒿草。苹：藾蒿。陆玑《毛诗草木鸟兽虫鱼疏》："藾蒿，叶青色，茎似箸而清脆，始生香，可生食。"

"离离原上草，一岁一枯荣。"春荣秋枯，草的命运，似乎就是这般。

草木共命，木之命运也好不到哪里去。相对于草之命的短暂，木的优势只在叶已落去，根茎犹存。"一叶落而知秋"，即使所谓的常绿树木，也不是不落叶，只是它们的落叶不在秋天，而是新叶长成，黄叶落。一边长，一边落。看上去，就是终年常绿了。像小城举目可见的樟树，春天的时候，树下落叶满地。换了新叶的香樟，枝头的新叶初为嫩绿，后来浅绿，渐次深绿。原来，常绿树木终年的郁郁葱葱也只是假象。

戏说"美文"与"佳作"

曾经，我在一份发行量甚大的报纸上，读过一篇《美女·佳人》的文章。文中对"美女"与"佳人"做过界定。大体是"美女是大众的，佳人是私藏的"。"美女的美要由大众来评判，而佳人的好却只有懂的人才知晓。""美女凭的是容貌，佳人借的是性情。""美女张扬，佳人内敛。""美女终会迟暮，佳人却是历久弥新。"而且，作者说，这年头美女遍地，要做就做自己爱人心中永远的佳人。

这是一篇一般意义上来说的美文。有新奇的见解与理论，有华丽的句子。足够吸引一边嚼着口香糖，晃荡着两条腿，哼着时下流行的曲调，一边翻着手里这份报纸的读者。看完了，顶多道一声"好"。对于作者来说，够赚了，还能怎么样呢。

在书店青少年读物的书架前，一般也见这样的书籍，"青春美文"。看见了吧，跟美文站在一起是青春，不是老年。就像"美女"，也是年轻的，等不到迟暮。

那么佳作呢。有一份杂志，《佳作欣赏》。少年时期，我在做老师的舅舅家，看过一些，但没什么印象。后来，自己做老师。偶尔也读书写字，过过一段抓起什么读什么，想到什么丢什么的岁月。书读得滥，也读得散。胡乱丢下的文字，遍布网络空间。忽然有一天，我站在镜子前，瞧见乌发中的几根银丝，蓦然一惊，想：我虚掷了许多好时光。

我又找来一些往年的《佳作欣赏》，读一些，想一些。我发现，这本杂志中的作品，鲜见"青春美文"，几乎都是老之又老，差不多都是一个个作者从故纸堆里翻出来的。看一回，沾一身历史的粉尘。但作者恁是从历史的粉尘中，淘出一篇篇作品的本色来。大到布局谋篇，小到遣词造句。"点滴智慧中剖见肌理，历史废墟上重建精神。""读，是领略巅峰笔意；悟，是享受思想之美。"原来，佳作是要经得起历史的流水洗涤的。越洗，越纯。越洗，越亮。按岁月来算，那些佳作差不多都很老，但它又是如此年轻。

我不知道是谁这样区别了"美文"与"佳作"，类似区别"美女"与"佳人"。或许，诞生的最初，也未见得就有别。只是，在历史的河流里，走着走着，就见出区别来。像初往你面前一站的两个人，一样的明眸皓齿，肤如凝脂。哪里能见出谁是"美女"，谁是"佳人"呢。二十年后，一个涂脂抹粉，再也遮不住皱纹，不忍看。一个落座与你交谈，每一缕皱纹里都闪着智慧的光芒。一个已不再是美女，一个却真真切切地成为佳人。于"美文"与"佳作"间，也是这般。佳作都曾经是美文，美文未必都能成为佳作。

《现代汉语词典》上给出"美"的词条，"美丽，好看"。"美丽"姑且不论，是造词。"好看"就很贴切。"美"，外在的表象，也就一个好看而已。但给出"佳"的词条是这样，"美，好"。少了后缀，但却耐品了。像佳人出场，多是清丽，简装素衣。美女，内涵不够，才借助貂裘狐皮。在文字里，"才子佳人"这个词，最能见出"美女"与"佳人"的区别。才子是有内涵的，有思想的，佳人才可以与之匹配，换作"美女"断然不可。像"美文"就只落个好看，"佳作"才值得细品。好看赚得瞬间惊叹，细品赢得耐心揣摩。

我还喜欢拆字。你看，"美"字的构成。一人，扛一根杆子，高高竖起。哪里知道是"挂羊头"，"挂羊头卖狗肉"的小伎俩，你是见识过的吧，能"美"到哪里去呢。再来看看"佳"的构成，一人，靠"土"站着，还是两"土"，够坚定的了。树木花草都离不得土，人要"美"，离了土怎么成。土地是最朴实的，"大美"也往往都是最朴实的。

如此看来，"美"顶不靠谱，"佳"才是真的美。"美文"与"佳作"的区别，也在那"美"与"佳"的构成里，不耍伎俩。最朴实的，才是最美的。

美人难做

　　做人难，做美人难上加难。

　　当然，我这里的"美人"之说，指代的范围极窄，是"燕赵有佳人，美者颜如玉""厚赂珠玉，娱以美人"之"美人"，非"云谁之思，西方美人"之"美人"。只是花容月貌的女子，不包括品德高尚之人。自有周幽王为讨美人褒姒一笑，"烽火戏诸侯"之后；再到"春宵苦短日高起，从此君王不早朝"，美人杨玉环被赐死马嵬坡之后，美人别说跟品德高尚无关，尚且背负了一个沉重枷锁——红颜祸水。

　　但实则是美人无辜，红颜何罪。

　　一部《水浒传》，一个个逼上梁山的故事，最最让人顿悟人世荒唐的是林冲和林冲貌美的妻。如果林冲没有带着妻子去庙里进香，高衙内没有机会窥见其貌美的妻而害了相思病，高俅不会想方设法陷害林冲，又想方设法要取林冲性命，林冲就不会被逼上梁山，在大宋朝变故前，至少他可以安心做他的林教头，拥美人在怀，享天伦之乐。

　　《红楼梦》第七十七回，王夫人承七十四回十锦春意香袋之事抄检大观园未了，就此坐镇怡红院，好一番整顿。当头一人是晴雯，那个王夫人曾对凤姐道"眉眼又有些像你林妹妹的"的美人，虽是"四五日水米不曾沾牙"，"蓬头垢面的，两个女人搀架起来去了"。晴雯何罪？晴雯素昔如何得罪人，说起来太复杂。宝玉也问"我究竟不知晴雯犯了什么弥天大罪"，袭人说，"太太只嫌他生的太好了，未免轻狂些。太太是深知这样美人似的人，心里是不能安静的，所以很嫌他。像我们这粗粗笨笨的倒好"。可见，不是什么"弥天大罪"，不过是"生的太好"。生得太好，就是顶顶一桩大罪，再不要什么缘由。也不要再等到美人狐媚惑主，再说，往前还有一桩金钏之事，算是前车之鉴。接着是蕙香，"虽比不上晴雯一半，却也有几分水秀，视其行止，聪明皆露在外面，且也打扮的不同"。就是这"水秀"，这"打扮的不同"，在王夫人眼里就是"没廉耻的货"，不可留，也开了。然后，是芳官她们一众唱戏的十二个女孩子，"自然更是狐狸精了"，戏班解散时分散各处的，这次"一概不许留在园子里"。

褒姒、杨玉环，美人涉政，无有善终。水浒江湖，红楼逸事，依旧上演美人因美获罪的大戏。

美人到了现代，境遇会好一点吗？难。贾平凹的小说《带灯》里就有一段很有意思的情节。带灯是一个女子的名字。带灯第一次去镇政府报到，她与镇政府办公室主任之间有一段对话。主任说，你当不了领导。被提拔当领导的都是男人婆，你太美。美人被提拔，会有人说你利用色相，提拔你的人也会被人议论是好色。

小说影射的都是现实。可见在现代，美人依旧举步维艰。反叛，独立，挣脱，突围，美人终究难脱"美人"的枷锁。

闲翻书，是沪上美人潘向黎的随笔《看诗不分明》，她引薛用弱《集异记》记载的一个故事：开元年间，诗人王昌龄、高适、王之涣齐名。一日，三人来到旗亭（酒楼）小饮，后来一群梨园伶官在这里举行宴会。歌女们一一盛装出场，唱起当时流行的诗歌名作。王昌龄等人就偷偷约定："我辈各擅诗名，一直难分胜负，今天可以暗中听她们唱什么，谁的诗被唱得多，就算赢。"前度出场的歌女一一唱了王昌龄的"洛阳亲友如相问，一片冰心在玉壶""玉颜不及寒鸦色，犹带昭阳日影来"，又唱了高适的"夜台何寂寞，犹是子云居"。王之涣急吗？他不急，说："这几个都是没品位的，所以唱这种下里巴人的货色。"又指着其中最漂亮的，说："等这个唱来，如果不是我的诗，我就终身不敢与你们争衡；若是我的诗，你们就该奉我为师。"故事当然没什么悬念，末了，美人上场，轻启朱唇，唱："黄河远上白云间，一片孤城万仞山。羌笛何须怨杨柳，春风不度玉门关。"正是王之涣的大作《凉州词》。

文人雅事，原也不知真假，一笑而已。王之涣的大诗人名头实也不是靠一个歌女的歌喉传扬开来的。倒是这个故事里的细节颇为耐人寻味，王之涣的自信居然押在歌女的美貌上，料她艳压群芳，品位自当不同旁人，大有现代心理学之晕轮效应之共性。如此算来，美人如何不是洁身自好的模范呢。

但是难。有位远方小友，人美，才学也高，吟诗作画俱皆不俗。她说很烦恼。有文艺圈中的男男女女的雅集、饭局，今天应了某人写一画评，他日必要去另一人的读诗会露露面。更可笑的是，应了圈中某人一二回局，居然招来某人说：人家都说我喜欢你呢。这话要是搁在男大当婚、女大当嫁的俊男美女身上也不为过。问题是，说这话的是中年油腻男，小友虽年轻，却也是罗敷有夫，这喜不喜欢的话听来就格外添堵。她当然知道这话未必是人家说的，不过是某人猥琐之态，假借他人之口道猥琐之意。

美人因美招来猥琐之徒的垂涎，说到底还是美人之罪，不是美人之美事，至少远远抵不上那唱王之涣诗之"美人"的高格与风雅。

石榴红，石榴裙

部编版二年级语文（上）语文园地二"我爱阅读"是这首《十二月花名歌》：

正月山茶满盆开，
二月迎春初开放。
三月桃花红十里，
四月牡丹国色香。
五月石榴红似火，
六月荷花满池塘。
七月茉莉花如雪，
八月桂花满枝香。
九月菊花姿百态，
十月芙蓉正上妆。
冬月水仙案上供，
腊月寒梅斗冰霜。

单元测试卷里的阅读也是这个，不知道是我上课时没说明白，还是有孩子上课走神没听明白。当然，也不排除悟性差，没有生活基础、阅读面窄又没有文字感觉的缘故。有孩子答题时对着填空"（ ）花红似火，开在（ ）月……"犯迷糊。他能答"（桃）花红十里，开在（三）月"，他也能答"（茉莉）花如雪，开在（七）月"。不知该如何答题，也不能保持安静思考，口里发出疑问："老师，没有什么花红似火呀？"他们在文中找不到一模一样的句子，就无法下笔。

我不会开口，但心快、口快的谢辰溪答："石榴花红似火呀。不是石榴花红似火，难道还是石榴果红似火？"

小个子的谢辰溪，人小鬼精，思维跳脱，上课时稍一迁移，他就能提出诸多千奇百怪的问题。有时，不得不做出"这个问题我们下课再讨论"的建议。当然，很多时候他下课就忘记过来讨论。这不，考试中他又没管得住嘴，答案溜出来，而且反问得妙。我也只好补一句："上学期，石榴花在我们的教室外面开了那么久，不记得它们是多么红了吗？"

言及至此，教室里静下来，孩子们依旧答题，我这个老师的思维却跳出去，独自游荡，直至多日后，仍不落地。到底穷究至此，作一篇《石榴红，石榴裙》才罢。

"石榴红"原是一种多么漂亮鲜艳的红啊。《红楼梦》第九十一回："（宝蟾）上面系一条松花绿半新的汗巾，下面并无穿裙，正露着石榴红洒花夹裤，一双新绣红鞋。"这石榴红的裤子只是穿在不太讨人喜的宝蟾身上。红楼众儿女的时代，石榴红的衣裙大抵不时髦了，至少不多见，远不如唐代。

在唐代，石榴红的裙子很受年轻女子的青睐。你看，"眉黛夺将萱草色，红裙妒杀石榴花""风卷葡萄带，日照石榴裙"等美妙诗句，可就是明证。"看朱成碧思纷纷，憔悴支离为忆君。不信比来长下泪，开箱验取石榴裙。"这首诗是贵为皇帝的武则天写的。即使为王，仍绕不开小女人的心思，"石榴裙"也还是心头好。正因为此，"石榴裙"常常被用来代指美女。"拜倒在石榴裙下"，这个广为人知的典故，就是跟唐朝大美女杨贵妃有关。她喜爱石榴花，估计也喜欢穿石榴红的裙子。"上有所好，下必甚焉。"唐人小说里的女主人公李娃、霍小玉等，都特别喜欢穿这种石榴红的裙子。由此可见，石榴裙有着悠久的历史，也有着广泛的群众基础。

但细究起来，"石榴裙"这个词大抵还不止是色美的缘故。虽然，不排除古人的石榴红裙是提取石榴红作颜料染色的因素。古人的衣裙环保，染色用的都是植物颜料。像"终朝采蓝，终朝采绿"，《诗经》里的女子做的就是这种采摘"蓝""绿"作颜料的活儿。这样环保的植物颜料染色之技艺延续几千年，要论废弃，或是近百年间的事。现代人的衣裙到底是毁在了机器纺织、化学制剂染色上了。不消说，少了手工制作的精细，更少了染色的安全环保。

扯得远了，回来继续说"石榴裙"一词的色美，兼及形美。"五月石榴红似火"，自然，毫不逊"色"。那"石榴裙"的"形"又当如何呢？还是来看看石榴花的"形"吧，可不都是朵朵花开如铜钟嘛。那瘦瘦的"钟壁"是腰身，那喇叭状的"钟口"是裙摆，每一朵石榴花就是一件迷你版红裙。

小梅飘雪杏花红

这句"小梅飘雪杏花红"是有来历的,出自一首唐诗,全诗如下:

恻恻轻寒翦翦风,小梅飘雪杏花红。
夜深斜搭秋千索,楼阁朦胧烟雨中。

诗题一作《寒食夜》,一作《夜深》。像我一样年岁不小的妇人,有过琼瑶小说阅读经历的,读了这首诗,大抵轻声"哦"一声:"翦"同"剪",原来琼瑶阿姨的小说《剪剪风》,书名出自这里呀。琼瑶阿姨的许多小说,才子佳人的故事呀,不只书中人吟风弄月,琴棋书画无一不精,书名也有好多与诗词关联,感兴趣的人可再去寻一寻。

这首诗题作《寒食夜》应该更好理解。清明节前一天即是寒食节。古人的寒食节是一个颇为浓重的节日,踏青,禁烟火,吃冷食等,此外还有官民同乐的活动:荡秋千。往前头说,不太好找,但唐诗宋词里屡屡可见寒食、秋千同时出现的例子。

"清溪一道穿桃李,演漾绿蒲涵白芷。溪上人家凡几家,落花半落东流水。蹴鞠屡过飞鸟上,秋千竞出垂杨里。少年分日作遨游,不用清明兼上巳。"(王维《寒食城东即事》)王维这首诗里,不仅写了寒食节民间活动:荡秋千,还有"蹴鞠",就是踢足球。

"红深绿暗径相交,抱暖含芳披紫袍。彩索平时墙婉娩,轻球落处晚寥梢。窗中草色妬鸡卵,盘上芹泥憎燕巢。自有玉楼春意在,不能骑马度烟郊。"这是温庭筠的《寒食日作》。温诗人的这首诗表现寒食节风情,不仅景美,还有暖融融的恋情,以及恋人间的室外活动,女子荡秋千,男子蹴鞠。还有室内活动,以及不去郊外踏青的缘由,"玉楼春意",佳人有约呀。

牵扯了这么多，回到文章开头出现的那首《寒食节》：切肤的轻寒刺面的风，梅花如飘雪，杏花正红。夜深里，斜搭上的秋千索静静地悬着，烟雨朦胧之中，隐约可见那座楼阁。

时令，寒食节。天气乍暖还寒，且夜深，自然寒意尤甚。也有秋千影，是"夜深斜搭秋千索"。何故夜深见秋千，思的又是谁的楼阁？当然是昔日红粉佳人。曾经相遇在寒食节的秋千下，相约于佳人的楼阁吧。这又是一年寒食节，佳人何处？睹物思人，恻恻清寒，以及"小梅飘雪杏花红"。正是"惜春常怕花开早，何况落红无数"的惜春之情。惜春，从来都不是单纯的情感，还包含时光流逝的感慨，物是人非的惆怅，等等。

对这一句"小梅飘雪杏花红"颇为在意，还因为那日写《石榴红，石榴裙》，引了部编版二年级语文（上）的一首儿歌《十二月花名歌》："正月山茶满盆开，二月迎春初开放……"古文学博士纪教授问："为什么不是杏花呢？"又说："古书从来都说一月梅，二月杏。"他还说，迎春花没有文化史。他有研究，有杏花专著，当然不是信口说说。

我引的部编版《语文》课本，面对纪教授的疑问，如何作答？只好胡乱翻书，一心求证。

一首编入课本的花名歌，不说所列花名是否考虑到了种植地域，按理文化史的因素应该考虑到，这样才彰显其之代表性，体现一首儿歌的诗之韵味。

看，"小梅飘雪杏花红"，一眼可见"梅"与"杏"在春景中的更替，梅花将尽，纷纷落花如飘雪，杏花正红，接下来就是二月末三月初，寒食至。这样看，纪教授说"一月梅，二月杏"有道理。

有没有道理，看话是谁说的，我说的自然不算。

翻来覆去地把这首诗说到现在，居然忘了说这首诗的作者，晚唐诗人韩偓，挺陌生吧。晚唐诗人，"小李杜"的名号太响亮，又怪大唐盛世光彩耀目的诗人太多，诗歌作品浩如烟海，一个生于末世的诗人，不被人注意也不足为怪，但韩偓却不当不放在心上。不久前，"国家人文历史"公众号还转了一篇文章《唐朝最后的十位诗人：他们如雷贯耳，带走整个时代》。其中，就有韩偓。其实，作者的网可以撒得小一点，比如来一个"晚唐四杰"什么的，韩偓的名字也当在杜牧、李商隐、温庭筠或韦庄之间的，即使排"温韦"之前也应没有争议。这排名，不是我的主意，是顾随。顾随说：假如晚唐还有两个大诗人，还得推李、韩。顾随是把小杜都排在外了的，我喜欢小杜的七绝，所以才说"小李杜"之外方是韩偓。顾随还极为推崇韩偓的一首《别绪》，又强调尤其中间四句好，"菊露凄罗幕，梨霜恻锦衾。此生终独宿，到死誓相随。"翻翻诗集，或者学者文人的读诗随笔，多是因一诗一句成名的诗人，不信去看看潘向黎的《一句能令万古传（1）（2）》。

不仅如此，李商隐也是大为赞赏过韩偓的。如何赞赏的？"十岁裁诗走马成，冷灰残烛动离情，桐花万里丹山路，雏凤清于老凤声。"这首诗有一个超级长的诗题《韩冬郎即席为诗相送，一座尽惊。他日余方追吟"连宵侍坐徘徊久"之句，有老成之风，因成二绝寄酬，兼呈畏之员外》。韩冬郎，就是韩偓，畏之员外是韩偓父亲。"雏凤清于老凤声"，对着人家父亲，赞赏他儿子将来会超过他父亲，可不是很高的赞赏吗？

曹雪芹在《红楼梦》里借黛玉之口指名道姓地说不喜欢李商隐的诗。《红楼梦》第四十回，众人游园，在荇叶渚，林黛玉道："我最不喜欢李义山的诗，只喜他这一句：'留得枯荷听雨声'。"李义山就是李商隐。但曹雪芹即使明确表示不喜欢李商隐，在《红楼梦》另一处，他还是借用一句李商隐的诗。哪里？就是第十四回"贾宝玉路谒北静王"，第十五回开篇即写北静王与宝玉相见。红楼里两个美男子相见，自然隆重些，像林妹妹初进荣国府，前有大段对人物容貌服饰的描写做铺垫，末了，北静王向贾政笑道："令郎真乃龙驹凤雏，非小王在世翁前唐突，将来'雏凤清于老凤声'，未可量也。"

看到吧，就是这句"雏凤清于老凤声"。对父赞子，可不是比那一句

"青出于蓝而胜于蓝",合心合意得多吗?

既然说了这么多,不妨再八卦两句,李商隐还是韩偓的姨夫。中国人最讲究出身,不知加上"李韩"这样的亲缘关系,能不能引起你对韩偓的兴趣?反正我会。自从在《千家诗》里翻到杜审言是杜甫的祖父这一条,为此多做许多额外功课。一个翻书没有计划的人,都是这般浪费光阴的,是一累,也是一趣。

如上文字,耗时一晚,也是额外功课。本意只想问"一月梅,二月杏",不想一入诗文,抽身不及,拖沓如此。

罢了。

谁与我心同

下班回家，先生说哪里有什么饭局，对方嘱我同去。在他进门前，电饭锅里，我已洗净米，按下开始键。他下午在城区开会，中午提前回来做的菜还剩一点，够我一个人吃。一个人的晚餐，草率一点无妨。这些，都构成我推脱不出门的借口。

当然，即便没有这些借口，我也不想出门，不想应付那些不够熟的、不太亲的面孔才是最大的缘由。

翻书，潘向黎写她"独处无聊时在纸上默写唐诗，往往会选李商隐"，心生一悦，是那份"不料前贤与我心同"的喜悦。虽然，也许沪上潘才女未必比我年长，但论学问，她高，借来这句她借用过的句子也算贴切。

说到李商隐，初接触小李的诗，是念初三那年，有一次，语文老师讲课讲到动容处，唰唰唰，于黑板上板书那首著名的"相见时难别亦难，东风无力百花残"，写完后又说，小李还有很多"无题"诗，写得都超好。我可以肯定地说，当时，我除了对这首诗的前四句略有印象之外，后四句压根儿记不住，也没弄明白。我素来记忆力还不错，比如能背整本英语书。中考那年，我的英语老师跟我考同一张试卷，分数下来后，我去学校填志愿，我的班主任跟我说的第一句话就是："你的英语成绩比汪老师还高。"我是二十世纪八十年代后期的初中生，至于为什么会出现我与老师同场考试，分数比老师高的这种现象，除了我记忆力好，勤奋，会背英语书外，还有历史原因，大家懂的，我不赘述。就是这样以记忆力赢了英语老师的学生，当时，我怎是背不下来这首《无题》后面的四句。但李商隐这个名字和老师灌输进耳朵里的"无题"诗这个印记却在。

后来，读师范。三年的时光，有很多机会感受无聊，也有很多机会为了不显无聊，故作清冷与高格的独处，翻唐诗，还是李商隐的诗易入心。纸上划拉的诗句是"锦瑟无端五十弦，一弦一柱思华年"一路写下去，直写到"只是当时已惘然"。一遍划拉下来，再也没忘记过。就此自创一种记忆法，每每遇背不下来的文字语段，便纸上划拉。到底也不是自创，"好记性不如烂笔头"是古训，我不过是醒悟得晚罢了。一位有书法爱好的文友，他也说，那些诗我不是刻意背的，练书法，写几次就记得了呀。这又算是"与我心同"。

就在今天下午上班去，课间办公室里太吵，自我屏蔽外界声响的办法还是纸上划拉这首《锦瑟》，写到"此情可待成追忆，只是当时已惘然"，顿笔。想想，快三十年的时光了吧。因为这句诗，顺带让那首 Right Here Waiting 在耳机里循环无数遍，绝非因为旋律动心的缘故。很多喜爱的旋律，单曲循环一段时间之后，就放下了。这点，今天那些少男少女，面对一段纠缠不清的恋情，大抵可以这样，当断则断，断也无伤。Right Here Waiting 独独例外，只能是因为《锦瑟》，喜欢这首诗，连带喜欢借了这首诗里的词用作歌名的歌，你是吗？是。当言笑晏晏，道"与我心同"。

有一次，给学生做讲座，题为《李白的月亮》。这个题一点都不新鲜，稍微读点唐诗的人都知道，只够糊弄小学生。真想讲的，其实是《李商隐的雨》。这个题"李商隐的雨"也不是我想到的，是毕飞宇，他在清华大学做讲座，即是《李商隐的太阳，李商隐的雨》。能跟毕说"与我心同"吗？不能，高攀不起。他讲李商隐的太阳，说的是那首《登乐游原》，讲雨，自然是"巴山夜雨"的雨：君问归期未有期，巴山夜雨涨秋池。何当共剪西窗烛，却话巴山夜雨时。这首诗编入初中语文教材，每届初三，模拟试题里必有诗句填空：何当共剪西窗烛，＿＿＿＿＿＿＿。每次，都有学生写"却话巴山夜语时"。学生写错一个字，整句诗不得分，可惜得很。好不容易把一首诗背下来，一字之误，前功尽弃。但又得佩服我们的孩子脑瓜灵活，"夜语"确乎比"夜雨"暖心得多。时隔多年，每每想起孩子们的错误，总觉得是自己的教学失误，没讲透"李商隐的雨"的缘故。离开中学多年，这个错误竟然是没有机会弥补了，不能不是遗憾。跟小学生讲李商隐，难"与我心同"。他们不会像我一样，初三时的语文老师板书一次"相见时难别亦难"，就此中了"小李之毒"半生。为什么不会，相遇早了点。读书，和恋爱差不多，是要"时""地""人"，机缘巧合才可以。

就像此刻，深秋之夜，我本来是拒了饭局，胡乱翻书，后来想到写此篇，欲收笔之时，又想到《红楼梦》第四十五回："不想日未落时，天就变了，淅淅沥沥下起雨来。秋霖脉脉，阴晴不定，那天渐渐的黄昏时候了，且阴的沉黑，兼着那雨滴竹梢，更觉凄凉，知宝钗不能来了，便在灯下随便拿了一本书，却是《乐府杂稿》，有《秋闺怨》《别离怨》等。黛玉不觉心有所感，不禁发于章句，遂成《代别离》一首，拟《春江花月夜》之格，乃名其词为《秋窗风雨夕》。"

我不厌其烦地录下这么一大段文字，以期觅得"与我心同"之人。《红楼梦》里，曹雪芹借黛玉之口明确表示过不喜欢李商隐的诗。他真不喜欢吗？不说他写北静王与宝玉相见，他借北静王之口拿李商隐的"雏凤清于老凤声"一句赞宝玉了。就是这一段，再结合黛玉作的那首《秋窗风雨夕》，读到末一句"不知风雨几时休，已教泪洒窗纱湿"，与李商隐诗"何当共剪西窗烛，却话巴山夜雨时"就有共情之处，一诉离情，一诉思念。诗的创作氛围如此高度一致，能猜测一下曹雪芹写此一段，实有"巴山夜雨"的余韵缭绕眼前的缘故吗？

愿汝与我心同，也算一喜。

中年的心情

古文学博士纪教授给报纸写"红楼槐梦"系列专栏,我连续看了几篇,很期待他后面如何去写。他给我看了下写作提纲,拟写章节有六十几个,其中有《红楼梦与〈桃花扇〉》《红楼梦与〈长生殿〉》《红楼梦与〈西厢记〉》《红楼梦与〈金瓶梅〉》《红楼梦与〈西游记〉》以及《红楼梦与〈儒林外史〉》等。我跟他说,要把这些书重读一遍才好。

重读《西游记》与《儒林外史》多次,中年的心情,书中多有会面。

花果山为王的美猴王、跟菩提祖师学艺的悟空以及大闹天宫的悟空是少年悟空、青年悟空,身怀绝技也目空一切。跟唐僧西天去取经的悟空一步一步走向中年,慢慢褪去盛气、燥气,修一身静气。

一部《儒林外史》,书生众生相,每每把书翻到后头,又重回书的楔子部分,还是来看看王冕。少年王冕孝顺、才情格外动人,中年恬淡,直至终身的隐逸情怀分外难得。

中年,是一个人一生的分水岭,就像一条河流,走到下游,是浊浪,还是清流,取决于周遭的环境侵蚀,也取决于自身的沉淀。

胡竹峰的《雪天的书》录有胡适诗:偶有几茎白发,心情微近中年。做了过河卒子,只能拼命向前。

那个作画并附几句诗的老树也是这般写诗,"人生忒嫌无趣,天地却总有心。一饼古代月亮,一直照到如今。""远山秋云乍起,平野渐次苍黄。小院瓜熟蒂落,手边一茶微凉。"打油的味道,却句句入心。

中年的心情,是一个颇好的命题。

当当网下单购《长生殿》《桃花扇》《西厢记》《牡丹亭》,四本书98.8元,当当网满100元,减50元,凑单买了汪曾祺的《人间草木》,另外还买了潘向黎的《梅边消息》,共花去碎银103.10元,心下以为颇值。

中年心情，凡事只循心下喜悦，不论物质上的消耗。对于书，也少了年少时书店里辗转踅身，终究囿于囊中羞涩的窘迫。活到中年，终有一癖。中年的心情，一己癖好，欢愉与否，也在物质上的自由度。曾经说，买房买车要斟酌，买件衣服大抵不用犯愁，何况区区几本书。

人到中年，多美的华服也掩盖不了底子里的浅薄。岁月加在肉身上的重负，灵魂或可在书中翩翩起舞。

前些日子买回来的胡竹峰两册书《不知味集》和《雪天的书》，罗伯特·史蒂文森的《一个孩子的诗园》已翻完。潘向黎的《看诗不分明》翻了几页，是喜欢的那个样子，本就欲同时购买《梅边消息》，也欲从《看诗不分明》里能不能见出喜爱的成分，再寻也不迟。

中年心情，凡事忍耐而慎重，不会贪多求全。中年的胃，再像少年时囫囵吞枣地贪食，终究会坏了胃口的。中年的阅读，也如此。

《牡丹亭》里有一句子"不在梅边在柳边"。潘向黎的书名"梅边消息"会不会与此有关联呢。也或者不是，只是我看"梅边"一词，一时牵强而已。幼年时期，潘父常常教导她"宝剑锋从磨砺出，梅花香自苦寒来"，这或许才是她的书名"梅边消息"的来由。少年哪里会真的懂得"宝剑锋从磨砺出，梅花香自苦寒来"的道理，怎么着也得赖到中年，方才能懂呀。懂了之后，少年寒光闪闪的剑锋藏起，像一株庭前墙角的梅，雪里暗香。

晨起，楼上的妇人又拿起棒槌咚咚响。先生心下怒意起：楼下槌，楼上槌，我也来槌。嘴里说着，手里就拿起我通常冬天泡衣服、避免手碰洗衣粉水、用来捣衣物的棒槌，用力在地板上槌了几下，一边槌，一边怒。不是每一次人家棒槌声起他都怒，今晨他恰巧哪根情绪的弦绷紧了吧。

我说，怒伤身，说也说过了，若有悟性，早就不当如此。既是没有半点悟性，为此生气岂不不值？

中年的心情，尤其不值。年少遇事或可激动，中年应当平和，知流水遇阻曲折迂回，一样可以向前。

不为无谓的人、事耗费精力，不被没有意义的人、事左右心情，是中年。

补记：我写完上述文字，立于阳台，看广场上的几个孩子在打乒乓球。立秋已过一旬，日近黄昏，明显是弱下来的秋气。昨日，纪教授在圈中发了他露台上的山楂已红了的图片，惹来一众"馋虫"讨论吃食的记忆与滋味。他说小城已故诗人诗中有句"酸酸甜甜是童年"。他又说，此刻的黄昏，该下楼台，厨房里捋袖出臂，做饭，招待父母。

中年心情，著书亦可，煮饭亦可。著书为学，煮饭待亲，此等赏心乐事，非中年人不可求。

有多爱，就有多矫情

"是的，她就是这么臭美！她神秘地把自己打扮了很多天。然后在某个早晨，就在日出的时刻，她突然露出了真面目。她如此精心地打扮过，这时却打着哈欠说：'哎呀！我刚刚才起床……不好意思呀……我还没洗漱。'"

这是《小王子》里，小王子爱着的、悉心照料着的那朵美丽的花。你看，她是不是特别矫情。对呀！就是矫情。她不仅矫情，还敏感、虚荣、娇滴滴。她假装咳嗽，期望小王子的爱护，晚上还要小王子给她罩上玻璃罩。

这朵花仗着自己的美丽就矫情吗？大抵不是。小王子是爱那朵花的，她自己后来也承认了，也是爱小王子的。彼此爱着，矫情就矫情啰。读来不觉过分，却是格外有趣。

有多爱，就有多矫情。

爱情里，每一个女孩子差不多都是这个样子。

电视剧《到爱的距离》里有段"老干部"靳东与妻子李佳在地下停车场的戏。剧中，李佳饰演的林念初与靳东饰演的凌远是对夫妻。在停车场，怀孕的林念初问凌远有多爱自己，她让凌远发誓。凌远就发誓，但还没完，她又说要证明。凌远说：誓都发了，怎么证明？林念初说：誓言是用嘴说的，我要你用行动来证明。她说"我走不动路了"。凌远说他去开车，但是，林念初张开双臂。看到这里，相信大家都会想到：小女人的矫情嘛，求抱呗。身为院长的凌远四下看看有没有熟人，虽然顾忌停车场的监控，但还是抱起了林念初。

并没有足够的耐心看完电视剧，但这段情节却记得，一念忆及，仍是暖心的感觉。

还是爱嘛。爱有多深，矫情就有多过分。

爱情里，小女人的矫情都会像在小王子那里一样，被照单全收。

他懂她的撒娇是希望自己怜惜她，他还懂她的小把戏后面藏着的是她的柔情。

不要问有没有爱，也别怕她的矫情让你多么难为情，怕的是不懂。多少青春的笔记，因为不懂，写满悔恨。也有多少婚姻里的怨怼滋生，仍不过是因为不懂。

像凌远那样，哪怕顾忌熟人的眼光，也还是选择接受小女人的矫情。抱了就抱了，夫妻间的温情。因为有爱，这些充满仪式感的生活小片段，冲淡了生活里的劳碌与枯燥。

家中最小的妹妹，古灵精怪的九零后小美女，520之夜，美酒、玫瑰，两个人的烛光晚餐，说不尽的温馨浪漫。

还真别问：庸常生活，需要如此精心吗？

当然需要了。美酒，香氛，矫情的添加剂。

爱没了，情淡了，才会懒得精致，把悠长的时光过成每一天的寡淡，没有期待，也不值得回味。

如此，爱情里少不得矫情，过于一本正经就不太像生活，或者说有点"矫枉过正"。

小王子和那朵花的爱恋

读《小王子》第八、九章，读到小王子和他的那朵花之间美丽温馨的爱恋（请注意，我用的是"爱恋"，动词意味，而非名词意味的"爱情"。认真品味，你会发现其中的微妙之别。当然，我最初用的是大家常用的"爱情"一词，后来我发现不够准确）。

你看，那朵花：

看到花苞长得那么大，小王子相信这朵花将会出奇的漂亮；可是她躲在花萼里，迟迟不肯露出美丽的容貌。她慢慢地披上衣裳，将花瓣一片一片调整好位置。她不愿意像罂粟花那样皱巴巴地（罂粟花是皱巴巴的吗？有些版本翻译为美人蕉。美人蕉见过，花瓣并不是皱巴巴的）出现。她要彻底盛放出美丽的光芒。是的，她就是这么臭美！她神秘地把自己打扮了很多天。然后在某个早晨，就在日出的时刻，她突然露出了真面目。她如此精心地打扮过，这时却打着哈欠说："哎呀！我刚刚才起床……不好意思呀……我还没洗漱。"

这朵花矫情、敏感、虚荣、娇滴滴，她假装咳嗽，期望小王子的爱护，晚上还要给她罩上玻璃罩。

小王子情不自禁，但他也说："你千万不能把一朵花儿的话当真。我们只要凝望着她们的模样，闻闻她们的芳香就好。我的花朵让整个星球弥漫着香味，但我却不懂得为此而高兴。那几句关于虎爪的胡话让我很生气，但她其实是在撒娇，希望我能怜惜她……"

"可惜从前我什么都不懂！我应该看她的行动，而不是听她的言语！她为我散发芬芳，点亮我的生活。我不应该离开她的，我应该看出藏在她那些小把戏后面的柔情。花儿的心思好难捉摸的！当时我太小了，不懂得爱是什么。（爱是什么呢？）"

离别前，那朵花跟小王子道歉，她向他表白"是的，我是爱你的，你却什么都不知道，这是我的错。"她还骄傲地不让小王子看见她的眼泪。

小王子和那朵花之间的甜美爱恋，就像一段年少的温馨时光。

所以，作者说："我恳请读到这本书的孩子原谅我把它献给一个大人……献给这个大人从前当过的孩子。所有大人最初都是孩子……"

一本书，好与不好，有时在于它陪你是长久还是短暂。这本书陪伴你的童年，也会陪伴你长大，成熟，以至老去。

克己复礼

　　《论语·先进》："颜渊问仁。子曰：'克己复礼为仁。一日克己复礼，天下归仁焉。为仁由己，而由人乎哉？'"

　　"仁"，儒家思想的核心。南怀瑾先生在他的《论语别裁》中解释："'克己复礼'就是克服自己的妄念、情欲、邪恶的思想、偏差的观念，而完全走上正思，然后那个礼的境界才叫仁。""仁"是境界，不是表象。这里"境界"一词用的是文艺上的概念，指人所能达到的修为和程度，是抽象的概念。王国维《人间词话》里有经典的"三境界"说是也。他还说过："词以境界为最上，有境界，自成高格。"这句话套用到一个人的身上就是：做人当仁，有仁，也就自成高格。

　　在街头，看见乞丐，我们也会顺手丢下一个或者两个硬币给他们，这是"仁"吧。丢下硬币的时候，我们心里鄙视，不屑：有这份乞讨的耐心，做什么不成？甚至怀疑，他不是真的乞丐吧。看似"仁"的举动，却绝无半点"仁"的心理。这在你就不是一个"仁"的境界。你不过是用慈悲的举动，掩盖了你心里邪恶的念头，这怎么能算是"仁"呢。

　　有个朋友，一天下班回家的路上，在一个池塘边，看见一条鱼在岸上蹦跶。他说，本能地也想去救它。可他到底不是佛教徒啊，哪里能做到那样。转念就想到，这不回家可以烧一盘红烧鱼嘛，大快朵颐，多好。他就用手指勾了鱼走，那鱼还在路人好奇地注视中挣扎。走了一段路后，那鱼居然猛地一蹦，掉到草地上去了。朋友再去抓，看到鱼鳃出血。他心里一动，到底还是在放生与一盘红烧鱼之间，选择了放生。

　　俗世中的人嘛，总还是要杀鱼、吃鱼，吃的欲念，生的欲念。一条鱼，被杀、被吃是它的命运，可它也可以选择挣扎。朋友挣脱自己吃的欲念，放生一条刻意求生的鱼，这一过程不同于他任何一天买鱼、杀鱼、吃鱼的过程。彼时,是人在生的过程中,要对付饥饿,满足胃口,来求生。此时,却是克服了一己私欲,满足了一条鱼对于生的欲念。由己的生,顾念到他的生。一念之慈,即为仁。佛家说的"放下屠刀,立地成佛",也是一念之慈。一念之慈,成佛,成仁。

曾点的理想

壬辰年正月初六，在西门吴先生家与众人聚。酒至微醺，吴先生转述一段话："阳春三月不郊游，有负天时；窗明几净不读书，有负地利；高朋满座不饮酒，有负人和。"

《论语》中有这样的一段：

> 子路、曾皙、冉有、公西华侍坐。子曰："以吾一日长乎尔，毋吾以也。居则曰：'不吾知也！'如或知尔，则何以哉？"
>
> 子路率尔而对曰："千乘之国，摄乎大国之间，加之以师旅，因之以饥馑；由也为之，比及三年，可使有勇，且知方也。"
>
> 夫子哂之。
>
> "求，尔何如？"
>
> 对曰："方六七十，如五六十，求也为之，比及三年，可使足民。如其礼乐，以俟君子。"
>
> "赤，尔何如？"
>
> 对曰："非曰能之，愿学焉。宗庙之事，如会同，端章甫，愿为小相焉。"
>
> "点，尔何如？"
>
> 鼓瑟希，铿尔，舍瑟而作，对曰："异乎三子者之撰。"
>
> 子曰："何伤乎？亦各言其志也！"
>
> 曰："莫春者，春服既成，冠者五六人，童子六七人，浴乎沂，风乎舞雩，咏而归。"
>
> 夫子喟然叹曰："吾与点也！"

孔子及几位弟子，个性最为鲜明展现的语段，当算这一节。南怀瑾先生说，子路的急性子，冒冒失失，这里可见。但子路后来是在卫国的政变中战死的，死得很光荣。身受重伤，但整肃衣装，端坐而死。有激情的人都是急性子，大政治家、勇士，无不如此。

冉求就显得谦虚一些。公西华端肃，像外交官。

最妙的是曾点。老师与其他同学聊天的时候，他在一旁悠闲地鼓瑟。瑟，古琴的一种。李商隐有诗"锦瑟无端五十弦，一弦一柱思华年"。瑟，五十弦，音繁。曾点鼓瑟，老师问他话，他才恍然乎答："莫春者，春服既成，冠者五六人，童子六七人，浴乎沂，风乎舞雩，咏而归。"

春天了，冬天的冗装一换，换上舒适的春装，大家一起去郊游，到沂水去游泳，唱唱歌，跳跳舞，优哉游哉，再快快乐乐地回家来。

堂堂孔子的高徒怎么能就这么大志向，未免境界太低了些吧。

"莫春者，春服既成，冠者五六人，童子六七人，浴乎沂，风乎舞雩，咏而归。"你不能说曾点的理想不远大。什么样的社会环境下，什么样的人生境遇里，才能享受这样的悠闲时光？战乱频繁的春秋时期，无疑不可以。因此，那是理想。曾点的理想，孔子的理想。

后世欧阳修的《醉翁亭记》里也有类似的表达，"已而夕阳在山，人影散乱，太守归而宾客从也。树林阴翳，鸣声上下，游人去而禽鸟乐也。然而禽鸟知山林之乐，而不知人之乐；人知从太守游而乐，而不知太守之乐其乐也。醉能同其乐，醒能述其文者，太守也"。与民同乐，应是大理想。

联系前文吴先生的话，"阳春三月不郊游，有负天时"。细想，觉得曾点的话里还暗含玄机。不负天时，就是顺应天道。道，是大原则。阳春三月，和风送暖，天赐良辰美景，怎可辜负？辜负即是违背。再说，阳春三月，惊蛰过后，虫蛇都出动了，何况人乎？但国不定，民不安，则人鲜生闲情逸致。"国破山河在，城春草木生。感时花溅泪，恨别鸟惊心。"一样的春景，不一样的心情，不看也罢。天随人愿，人应天时，才是自然。遵循自然，天地安乐。

小欢喜

"小欢喜"这个题目是借的一部热播剧的名。我很少看剧，是觉得时间不够多，但有点热度的剧名还是略知一些。其实，这个剧名也并没有多新鲜。文艺青年们甚为追捧的日本作家村上春树有本书《兰格汉斯岛的午后》，书里有篇文章《小确幸》，那些"微小但确切的幸福与满足"就是"小确幸"。"小欢喜"，与之然。

圈中有位小友，下班回家的路上拍了一段小视频，及踝的驼色长大衣，踩着一地碎金子似的银杏叶，跳跃的步子，看着都欢喜。我道：好美！她快速地回：一抬头，看见满地银杏叶，马上下公交。"文艺女青年常干的事，为了一片树叶都能走半个城，何况满地树叶如金。"这"为了一片树叶都能走半个城的事"不知可有人干过，我所干过的类似的事是：清晨，为了一碗面跑半个城。

多年前，我们住乡下，偶尔起个大早进城，坐一个多小时的车在城西的车站下来，走几步出来，就进了红光市场外的吴克昌面馆（申明：不是打广告，除了喜好绝无交情）。这一吃就是很多年。一来是就近；二来是进一趟城不容易，不会把不多的时间用来耗在寻一家面馆上头。说来，吴克昌面馆在小城也颇有些年头。在这什么都速朽的时代，一家面馆能存在个十来年算得上有来历，况且，这吴克昌面馆的存在应该远远不止十来年，至少是儿子三五岁时起，他就喜欢上那里牛肉面的口味，到如今儿子已大学快毕业，算算，该是多久了呢。他喜欢，自然我也喜欢，我们因此吃过很多很多次。儿子后来进城读高中，我也跟他进城，住在离城西很远的地方，他因为功课紧张，我们都疏于惦记这里。后来，他上大学去了。从学校回来过暑假，有一天早晨，他问，哪里找吃的去？要不去吴克昌？他虽然问，但这样的问话多半不需要我的回答。我没作声，看看外面盛夏的日头尚未显淫威，我开门，儿子跟上。他骑车，我坐于后座。不说话，我们骑车从城北到城西南，横跨半个城，进吴克昌。一筷头的面，放进一碗清亮的牛肉汤里，几片薄薄的牛肉搁在面上，打开我们的一个盛夏清晨。

后来，这样的事情我们依旧干过很多次。有趣吗？有，小欢喜。不只味蕾上的抚慰，还有填满心胸的自足。无此经历的人怕是难以体会，有位同好的朋友不诧异。他说定点吃面的地方有两三家，吴克昌也是一周会去两三回的。当下心会，他也住得远，料他要一周去吴克昌两三回，也必得像我们一样跑半个城。

当年做学生，正是学业紧张的初三，马上要面临升学考试，学校偏偏搞什么朗诵比赛。我却在紧张里有按捺不住地兴奋，一个人认认真真地准备了高尔基的《海燕》。然后，去找语文老师，兴致满满地背给他听。后来，班级里被老师选上去参加朗诵比赛的人却不是我，而是另外一位女生。平常，她的语文成绩差我很多。我自认为自己对一篇文章的理解力要比她强，用自己的声音去诠释一篇作品不会比她差。如果真有差距的话，大概是我的口音不为语文老师所喜。那些要命的前后鼻音不分的缺陷，以及混乱的平翘舌音，是我在一所非本乡学校里不能抹去的自卑。那三年里，我很多次作为年级前三名上台领奖，学校的文化墙上也经常会有我的作文，即使有这些支撑，也不足以消除我的自卑。这次朗诵比赛没被选上，当然更是挫折。

但人有自卑未必是坏事，被挫折碾压才是坏事。中学毕业后我考进师范，第一天入学，我就在教学楼的墙上读到一句话：说普通话，写规范字。

从走进师范的第一天起，练好普通话就成为我的动力。当然，这里还有足够好的氛围，老师、同学、开设的课程，这些都是我练习普通话的环境。早读课上，有人补觉，有人做数学作业，我却只干一件事，大声读书。同寝室的一位女同学平翘舌音分得很清楚，我们一起抱被子去楼顶晒，她给我纠正"晒"的读音。我们一起去食堂的路上，她给我纠正"吃饭"的读音。就这样没过多久，我的那些发音缺陷就好很多。到我走上工作岗位，好像就有人听出来我的普通话不简单。做学校元旦晚会的主持人；给乡政府广播站录音；在有军人参与的千人抗洪的现场担任广播员，现场改部队通信员的稿，现场播音。后来，学校有参加区级的演讲任务，第一次演讲，独自摸索写稿，独自一人站在自家的穿衣镜前试讲。一上台，居然拿了那个比赛的预赛第二，决赛时那个预赛第一的选手却莫名其妙地忘词，第一的荣誉落到我头上，区委书记颁奖。这时，距离我被老师拒绝参加朗诵比赛已经过去二十多年了。再后来，又多次参加演讲比赛，有几次不佳，但也还是拿过几次第一。录制音频参加《小学语文教师》的朗诵评选，拿到全国一等奖。

　　这些年，支撑着我的，其实一直是那一年我独自准备高尔基的《海燕》，兴冲冲地背给老师听。老师，他一定不记得了。他种在一个少年心里的挫折，其实是小欢喜。

　　我们在这世上的所有经历，略作变通，都是我们心底的小欢喜。

入清凉境

"借问酒家何处有,牧童遥指杏花村。"杏花开一千年,落一千年。小杜一首《清明》诗,杏花村美名传扬一千年。

小城池州的杏花村,清人郎遂为其著《杏花村志》,载古杏花村有十二景,村有名胜曰湖山、虎山、钵顶山、芙蓉岭、西湘、茶田岭及清凉境等。

这前几处名胜不过是得天然而生的湖光山水,唯在西湘烟波与茶田麦浪间,在古县城通往郊外的途中立亭,名曰"清凉境"。亭为青砖黑瓦、梁柁木结构的江南民居样式。其有别于民居在于亭建于古道之上,四面青砖,遮风挡雨,两扇门对开于梁壁,与古道相通,门头青砖上刻"清凉境"。

旧时,清凉境旁有栖云庵。"一庵栖岭上,直欲接飞云。竹翠千竿合,峰青四野分。山僧能煮茗,游客且呼群。颇觉清凉好,开樽醉夕曛。"(张绁)

想见,古驿道旁松柏森森、翠竹潇潇,隐天蔽日,古道上来来往往的行人歇脚于此,听风听雨,抚琴煮茗,也是有的。庵堂的钟声悠扬,凉亭里游人的喧哗,一静一动,也是有的。

"倚杖陟湖山,步入清凉境。烟外得钟声,云中见僧影。松风六月寒,花雨三春冷。未足登临情,攀萝穷绝顶。"(汉阳诗人李必先《游清凉境》)

"庵结当山径,亭空古路旁。草青弥野望,松韵入风长。饮酒同人醉,烹茶借佛香。相从呼我辈,携手两三行。"(鹊岸佘心传《清凉境》)

很难说,是亭借庵的宁静,还是庵借亭的清凉,总是二者兼而有之,互为因果。

如今，栖云庵已不存，古道松柏翠竹亦不存。独留清凉境在风风雨雨中几度毁损，几度复建。现时的清凉境，古道行旅的功用已不存，长亭送别的功用亦不存，但它仍是青砖黑瓦的模样，掩藏于四围的楼群之间，像一位旧时江南女子打扮的丽人立于衣香鬓影里，落寞而孤单。

谁又能说，这不是真的清凉境？佛家云：入清凉境，生欢喜心。

有一次，跟几位书画界的朋友一起，看他们现场铺纸落墨。有使如椽大笔，恣肆挥洒的；有不遵汉字书写规律，玩行为艺术的；有笔走龙蛇，狂放不羁的……

素来孤陋寡闻，本也不通书画艺术，难分好坏，亦难说喜恶，兀自走开。走开的途中，在长桌的尽头，看一位模样清秀的女生，小小年纪，执一杆羊毫小笔，默然无声地端坐在一群男士中间。移动的步子为她停下来，目光停留在她一笔一画、中规中矩地抄写周敦颐的《爱莲说》上。

"出淤泥而不染，濯清涟而不妖。"那一刻，四围的喧哗似乎消散了。一纸莲花的清逸，一室的清凉。像一顶青荷撑出一片小小的绿荫，是莲荫一般的一片清凉境。

一世有一世的繁华，一时有一时的活法。人、物，无不如是。

便也是，生欢喜心，即入清凉境。

寿命这个话题

寿命这东西不好说。

乾隆皇帝活了八十七岁，很不容易。虽说有太医院的御医随时侍奉着，但看看乾隆皇帝的妃嫔、儿女们，不也有御医们伺候着，可是，多是比他早死的。我看《如懿传》，隔几集乾隆皇帝就送别一个儿子，隔几集又送别一个女儿、妃子。

话说，秦始皇怕死，可是只活了区区四十九岁就驾崩。当然，你也可以说，算是半百之人了，在那个时候也算高寿。

翻《古文观止》，读李密的《陈情表》。李密四十四岁这年，也就是秦始皇死后的四百多年，以侍奉九十六岁的祖母为由婉拒晋武帝的应召。李密生于224年，六个月大时父亲去世，四岁时母亲为舅父所逼改嫁，祖母把他抚养成人。文中关于其家庭的其他情况甚为模糊，那个年代，李密祖母也许并不是独自带着年幼的孙儿过活，大抵是依赖家族支持的。但这到底是一千七百多年前，生活物质条件差，医疗卫生更别提，想想李密的祖母真是不容易。

乾隆皇帝活了八十七岁，算是奇迹。李密的祖母还在乾隆皇帝前的一千五百多年前，能活到九十六岁，算是奇迹中的奇迹。

古人里，彭祖据说活了八百岁，可惜年代太久了，史料不全。学界也说，所谓"彭祖八百"是说彭祖所在的大彭氏存在了八百年，而非个人。又说，纪年方式不同。在尧帝时期，人们大多运用"小花甲计岁法"，也就是以六十天为一岁。那么彭祖的八百岁，实际上只有一百三十多岁。当然，这一百三十多岁已然了不得。但彭祖历来是归到神仙一类的。

寿命跟物质条件、医疗水平是有关系的。现如今，耄耋老人比比皆是，百岁老人也不少见。古人里，乾隆皇帝算是高寿的，李密的祖母是已知的最高寿的老人。古人里，还有哪些人也是活了这么久的？

人活着总该做点什么才好。一个人若不是像李密祖母这样要多陪陪命运多舛的孙儿，或者像乾隆皇帝这样肩负重任，活着没有付出牵挂、没有责任，活那么久似乎也没什么意思。

隔离期，治愈系阅读报告

阅读，是我生活的一部分。

大多数时候，我这样阅读。出差时，旅行箱里除了衣物，一定还会塞下一两本书。跟着我坐飞机、火车旅行过的书，有《了不起的盖茨比》《情人》《一个陌生女人的来信》《雪国》《伊豆的歌女》一类。这类书文艺味够足，故事不太激烈，文字美，在陌生的环境里，深夜睡不着时捧起，有助眠之效。当然，也有薄一点的唐诗、宋词一类，大部头诸如《忏悔录》之类的烧心著作无疑不太适合带着旅行。再早些年，每次从学校回家，包里必揣的是三毛，或者张爱玲。

寒暑假则不同。我是一名老师，假期到来，总是先腾出一两天的时间，彻底打扫家里的卫生，直到每一个墙角的缝隙、每一个置物架的隔层、每一扇窗户包括防护窗的栏杆都洁净如新，方才搬张椅子，从高高的书柜里寻一摞合适的书，堆到书桌一角，这才坐下，坐定。这做派，不算是真读书的人该有的样子，只是典型的强迫症患者的常规举动，凡事前期的仪式感大于过程与结果。

但这个寒假来得不同寻常。

起先是蔓延全城的流感，很多学校的学生被感染。期末考的头一天，市教育局紧急通知，由于流感情况严重，全市城区一年级至三年级的学生从当天下午开始放假，原定于第二天期末考也取消了。我所在年级是二年级，就这样被提前放了寒假。

突如其来的寒假与来不及举行的期末考，让许多学生来不及给自己一学期的努力画上一个句号，不能说没有遗憾。但这遗憾是短暂的，因为短暂的寒假会很快结束，我想，开学后，就是2020年的春天了。

可是，新年临近，寒假过去差不多一半的时候，跟随春运的列车由武汉、湖北各地蔓延至全国的新冠肺炎疫情越来越严重。

"一只南美洲亚马逊河流域热带雨林中的蝴蝶,偶尔扇动几下翅膀,可以在两周以后引起美国得克萨斯州的一场龙卷风。"

武汉封城的第二天,大年三十,与武汉隔着八百里地的我生活的小城,第一例新冠肺炎患者确诊。

早在因流感提前放假的时候,我略略扫过"武汉华南海鲜城""新型冠状病毒肺炎"等词汇,以为它大概和我们这里的流感一样无关痛痒,无非发烧、咳嗽,像我们的孩子提前放了假,减少聚集大概很快就过去了。

可是,"无穷的远方,无数的人们,都和我有关"。

网络上,有关新冠肺炎的海量信息持续涌出,自上而下紧张布局,防控措施一条接一条地发布。自此,方才觉悟灾难来临。

大年三十这天,我一边准备年夜饭,一边跟计划准备家族十人聚餐的大嫂不停地商量,晚上的聚餐取消,哥仨各自在家过除夕。所幸说服有效,一家三口吃的年夜饭。大年初一,我早早醒来,瞄一眼新冠信息,在班级群内发了一行字:"大家新年好!建议大家春节期间不走亲访友,减少家族聚餐。"

新年的祝福也是有的,外加一句尽可能轻描淡写的提醒大抵也有制造恐慌的迹象。第二天,群内再补一句:"家长朋友们尽可能不外出,即使无人的地方也不要去,陪孩子们读读书、玩玩游戏,安静居家,不恐慌。"

这样的安慰不知道效果如何,但自我安慰除了读书别无其他。什么样的书才称得上治愈系?我想,当是能抚慰被不断刷新的新冠肺炎确诊病例数、死亡病例数,以及被封的武汉城里流传出的日记、图片和前方记者的报道带来的心跳加速吧。回到书桌前,每年的必读书《红楼梦》,制订的阅读计划中要完成的几个戏剧作品《西厢记》《桃花扇》《长生殿》等,还有因为读唐诗,获朋友借阅的《韩偓论稿》这部学术性很强的书籍,此刻都没有办法让我安静。借用我跟朋友说的一句话就是:这个时期,看不了这类书。我想，如果说经济基础能够决定上层建筑，那么时代背景左右人的心境一定是没错的。

心不静，自然折腾。书柜里重新翻出来置于案头的有毛姆的《月亮和六便士》，迟子建的《额尔古纳河右岸》，鲁迅的《呐喊》《彷徨》等。清一色的小说，有故事、有人物、有人物的悲剧性和民族的悲剧性。

《额尔古纳河右岸》里写到鄂温克族的驯鹿瘟疫，《月亮和六便士》写到塔希提岛上斯特里克兰的麻风病，瘟疫和麻风病都是传染病。

"我们在瘟疫发生的那段时间没有搬迁，因为不愿意让瘟疫蔓延，殃及其他乌力楞的驯鹿。"（《额尔古纳河右岸》）

塔希提的土著发现麻风病人，会将其杀死。

自我隔离以防传染，还是杀死麻风病人以防传染，都是人性。

然后，我还翻开了《呐喊》，读《〈呐喊〉自序》，读《药》，读《狂人日记》《阿Q正传》。

自此，我便静下来，一周出门买一回菜，每日居家，先生做饭我洗碗。我们餐桌上交谈的话题永远是新冠疫情，除了来自一线记者采写的新闻，来自疫情高发地的图文，没有什么能吸引我过多关注。文艺界铺天盖地的诗文书画，声嘶力竭的抒情，软弱无力的口号，不过是矫情的鸡汤，不过隔靴搔痒，不过博人眼球，不过是赚取点击率或自我感动，自我淌几滴虚情假意的泪。疫情之后，这些不会留下半点尘埃。

除了生死，没有大事。

"我觉得我们现在真的要重新从鲁迅出发，反思中国人的国民性，无论在灾难之中，还是在灾难之后。"

"灾难文学的唯一伦理，就是反思灾难。"

这两段话是出自湖北作家李修文之口。读了《新民周刊》对他的采访《口述：李修文：我的心是乱的，现在没法写作》之后，我意识到自己为什么挑出《呐喊》。

餐桌上，我说得最多的一句话是：安宁世间，你永远看不出一个人最真实的样子。恶人，只在灾难来临的时候才露出狰狞的面目。

生死面前，才显人性。

封城、逆行、隔离、排查……假设一万种有效预见，不抵解决当下困难的一个高效决策。

救亡先于追责。求生的本能一定先于理性选择。人在灾难中不断修得应对灾难的方法，以及面对灾难的勇气。

隔离期，治愈系阅读，能够让我们有别于抢 84 消毒液、双黄连口服液、口罩的人，有别于热衷聚集叙旧抒情的人，有别于欺瞒、奔逃的人，有别于吃人血馒头的人。

愿我们隔空相遇在一本书里。是治愈，也是自愈。一切安好！而那些战斗在前线的人们，也都凯旋。

相，有多重要

相，人之相貌、外貌。相，之于人，有多重要？

人说，相由心生。看似玄乎，实则不假。男女相悦，"巧笑倩兮，美目盼兮"，或者相貌堂堂，总是先入为主，所谓一见钟情多半因"相"取之。"相"之表现于外在的美，以心理学之晕轮效应强化了才貌双全的定论。虽不能排除"金玉其外败絮其中"，也不否定"蛇蝎美人"，但这往往不是归结于外相与内质的不协调，而是归罪于美之外相，后天缺乏内修的支撑，可惜了的意思。

俗语有"坐有坐相，站有站相"，还有"坐如钟，站如松"，这两句，都是强调人之"坐相"与"站相"的重要。

何种"坐相"才妙？坐如钟，这句就说得很明白。旧时人家堂屋里的茶几上多有一座钟，木制座，玻璃的罩子，里面悬挂着摆锤，所以也叫摆钟。座钟，是利用摆锤的周期性振动（摆动）过程来计量时间。座钟如果自身不稳定，摆锤摆动不均衡，自然就不能准确计时。坐如钟，就是叫人坐相端庄，身体像钟一样不晃动。民间有一句话，"男抖穷，女抖贱"。话说得不中听，挺吓人，理解起来却也不难。那些一坐下来就抖腿抖肩的男人，小动作，是真真不好看。至于他是不是一脸"败相"，倒是没有深究。而那些坐没坐相站没站相的女人，多半是不稳重，搔首弄姿总是有的。

何种"站相"才妙？站如松，就极好。松，姿态挺拔，器宇轩昂。疾风劲雨，也鲜见能奈松如何？更有"岁寒，然后知松柏之后凋也"。外相的庄严，内在意志力的坚韧顽强，一如松。还应当是外相庄严之因内化为骨子里坚韧不屈的果，或者内在坚韧不屈之因外化为外相庄严的果，这大概是相由心生最好的诠释。

孔子有众多弟子，喜爱的弟子不乏其人，孔子常常评论他的弟子，往往"一语定终生"。不知道的，以为孔子是看相的出生。但孔子不是相师，他是圣人。圣人之言，言出必慎。

"闵子侍侧，訚訚如也；子路，行行如也；冉有、子贡，侃侃如也。子乐。""若由也，不得其死然。"这第一句是孔子对几个学生的评价，"闵子骞在孔子旁边，温和恭顺；子路刚强亢直；冉有、子贡滔滔雄辩。孔子很快乐。"（李泽厚《〈论语〉今读》P232）后一句，孔子说，"像子路呀，恐怕得不到好死啊！"（同上，P233）"得不到好死"，过去在乡间，这是一句咒人的话，轻易听不到，往往在那种蛮不讲理又好事的妇人邻里之间吵架时方才听到。孔子是喜爱子路的，虽然他知道子路有性格缺陷，但也不至于咒他。但孔子在"行行如"里看出子路的未来，子路的人生结局。子路后来在卫国的政变中战死，死得很光荣。"行行如"，有两种理解，一是刚强亢直，二是坐不住，好动。子路性刚而勇，"有勇""无谋"往往同在。"行行如"的"坐不住"，大抵就是行动快于谋划，孔子做出子路不得善终的结论大概就是来自这里。这是"相"之关乎一个人结局命运的最深刻的实例，不容轻视。

宝相庄严，这是佛教里称庄严的佛像。庙堂里的菩萨，没有一尊佛像不让人不生敬畏心。台湾作家朱天文的书里写，"菩萨为什么都是低眉的？因为慈悲。"慈悲心，生庄严相。

中医还给人建议：正确的睡相是向右侧卧，微曲双腿。

这中医给的正确睡相，几乎就是卧佛的相。卧佛，是佛涅槃时的相。涅槃，象征着佛陀的修行圆满、果报已尽，将进入无生无灭、自在无碍的境界之中。凡人忌谈生死，佛陀涅槃是超越生死，无所谓生，也无所谓死，生亦是死，死亦是生。

孔子从子路的"行行如"相，看到子路的人生结局。中医强调正确睡相之于人健康有益，在这一点上，中医引导人接近佛，打通生死的连接。人生无大事，无外乎生死。相，关乎生死。

李白：才华这枚标签

"床前明月光，疑似地上霜。举头望明月，低头思故乡。"（《静夜思》）这是蓬头稚子咿呀会唱的李白。

"长风破浪会有时，直挂云帆济沧海。"（《行路难·其一》）"仰天大笑出门去，我辈岂是蓬蒿人。"（《南陵别儿童入京》）这是初入烟火尘世、不知江湖深浅的热血青年追捧的李白。

"昨日登高罢，今朝再举觞。菊花何太苦，遭此两重阳？"（《九月十日即事》）这是一入尘世屡屡碰壁的狂傲青年引为知己的李白。

"南湖秋水夜无烟，耐可乘流直上天。且就洞庭赊月色，将船买酒白云边。"（《游洞庭湖五首·其二》）赊月买酒洞庭边，这是游历人生后到底通透随性的李白。

……

哎！李白。这个大唐王朝的"诗仙"，也并不只是以诗惑人，他的文章也是独具一格。

《与韩荆州书》，今存《李太白全集》，《古文观止》也有收录，就写得"清新峻拔、流畅自如"。

青年李白，漫游荆襄。时任荆州长史的韩荆州韩朝宗举贤任能，人皆敬慕。

才华这枚标签，总是期望等到那赏识的人小心撕下，一睹器物芳华。

《与韩荆州书》，是李白写给韩朝宗的一封信，确切地说是一封自荐信。

毛遂自荐，实则是很不好拿捏分寸的一项决定。才华与能力的显现，往往是要建立在信任与赏识的前提之上。

如何去赢得对方的信任和赏识呢？"白闻天下谈士相聚而言曰：'生不

用封万户侯，但愿一识韩荆州。'""有周公之风，躬吐握之事，使海内豪俊，奔走而归之，一登龙门，则声价十倍。"一来用众人的景慕打底，二来以周公的声望作比，终究归结为这一句，"愿君侯不以富贵而骄之、寒贱而忽之，则三千之中有毛遂，使白得颖脱而出，即其人焉。"

这封自荐信的开篇写得不俗吧。单就那一句"生不用封万户侯，但愿一识韩荆州"就足够重。不知这么重的夸赞是否有群众基础，若真来自于荆襄大地老百姓的口耳相传，还算不过分。若只是借老百姓的口，卖弄自己的才华呢？韩荆州这个人在唐朝也就是一个做过左拾遗、京兆尹、按察使、荆州长史一类官的人，倒是他的父亲和孙子说是做过吏部侍郎，也就是人事部的副职。后人也觉得一般人等担不起李白这个大才子这么夸，有糊涂的人就把韩荆州的名生生按在了"文起八代之衰"的韩愈头上，殊不知此韩非彼韩。后人都生疑的一句夸奖，未必韩荆州自己没有自知之明。

才华这东西有时也真害人。文采好，可夸饰得过了，就显得不真诚。何况，自我也真不谦虚。"十五好剑术，遍干诸侯；三十成文章，历抵卿相。虽长不满七尺，而心胸万夫""必若接之以高宴，纵之以清谈，请日试万言，倚马可待"……谦虚这品德，在华夏大地是有时代根基、有文化土壤的。你不看看，姜太公治世之能臣，可是时机不成熟，也只好日日拿一根钓竿坐于碧溪之上，只待那有缘人。孔明先生雄才大略，都得刘玄德三顾茅庐。不能到你李白这里就可以置谦虚于不顾。纵然才华了得，也得娓娓道来，漏一分藏半分才好。这般咄咄逼人、步步紧追，让人家韩荆州如何是好？你见过许多地方长官，拜会过很多朝中显贵，那又因何来我韩荆州这里呢？我见你，还得盛宴相待。大唐王朝是重诗文才华的，可你除了诗文了得，也不见有其他过人之处。

"倘急难有用，敢效微躯。"虽是自荐，到底急了些。据说，李白这封自荐信投递出去以后，并没有换来韩荆州的另眼相看，倾力举荐。终究是没能成为韩荆州曾经举荐过的严协律、崔宗之、房习祖、黎昕、许莹等人之外的李太白。不走寻常路，以一封自荐信的文采，就想求得赏识，几率本来就不大。"千金难买相如赋",才华的影响力素来不抵,但也真真害人。

李太白,还是李太白,只是侯门的热酒香茶于他也不好饮。才华这枚标签,倒是匹配仗剑天涯、举杯邀月的潇洒风姿。

八斗才高终缄口,一书自荐亦难成。韩荆州去无人识,唯见谪仙得令名。

(注:文章结尾原为:"八斗才高亦缄口,一书自荐终不成。世人不识韩荆州,凡尘可留谪仙人。"后经池州学院纪永贵博士改定。)

蜉蝣记

> 寄蜉蝣于天地，渺沧海之一粟。
>
> ——苏轼《赤壁赋》

2020年1月1日 多云 星期三

富景垚阅+共享书店落地小城，新年第一天举行开业典礼，受活动主办方邀请，参加诗词朗诵会，现场朗诵林徽因的诗《你是人间的四月天》。

……
　　你是一树一树的花开，
　　是燕，在梁间呢喃，
　　你是爱，是暖，是希望，
　　你是人间的四月天。

左手是爱，右手是暖。新年的愿望，唯愿繁花似锦如四月。

2020年1月7日晨 大雨有惊雷 星期二

上周五（1月4日）染流感（自诊），发烧、咽疼、咳嗽，持续两三天，周一请了一天假，今天仍没好透。早晨临出门时下大雨，还伴有惊雷。冒雨骑车去学校，戴着口罩上了两节课。

班上患流感的学生很多，这一天29人来上课，因流感请假的22人。依据市疾控中心的指导意见，确诊流感的人要居家隔离一周，一个班级超过三分之一的人感染流感，班级应放假。此前一周，学校里有多个班级放假。

上午最后一节课前，临时召开班主任会，通知原定于明天上午举行的全区一年级至三年级的期末考，市区小学都不考了，原因自然是流感。

下午，朋友圈里几乎都是关于提前到来的寒假信息。我回复同事：失落吗？不是。是什么呢？没有做到慎始敬终吧。我也在朋友圈写下一段文字："慎始敬终"是喜欢了很久的一个词语，谨慎地开始，完美地结束，才好。日本小说家渡边纯一的小说《失乐园》里，女主人公凛子是一个书法老师，她写过一幅书法作品：慎始敬终。

（注：后来的某天，读《古文观止》，在大唐宰相魏征的《谏太宗十思疏》里读到"忧懈怠则思慎始而敬终"，一时兴会。哦！原来在这里。）

2020年2月3日 阴 星期一

近日，翻了两本书，一是毛姆的《月亮和六便士》；二是《额尔古纳河右岸》。

《月亮和六便士》里写到斯特里克兰的麻风病；《额尔古纳河右岸》写到驯鹿瘟疫。

鄂温克族的驯鹿瘟疫，塔希提岛上斯特里克兰的麻风病，都是传染病。最原始、最有效的阻断传染病的方法是隔离和消灭传染源。

"我们在瘟疫发生的那段时间没有搬迁，因为不愿意让瘟疫蔓延，殃及其他乌力楞的驯鹿。"

塔希提的土著发现麻风病病人，会将其杀死。

自我隔离以防传染，还是杀死麻风病病人以防传染，都是人性。

（注：这段日记，后来我几乎整体挪进新作《隔离期，治愈系阅读报告》。写作若不把自己放在当下的时代语境中，不能称之为写作。）

2020年2月15日 雪 星期六

写《闲翻书，说寿命》发在公众号，返回朋友圈看到朗诵坊的柏柏老师录了杨绛先生翻译诗人兰德的那句：我双手烤着生命之火取暖，火萎了，我也准备走了。

窗外，一场春雪似乎已经停了。谁也不知道一朵雪花从来到人间到消融成一滴水到底有多长时间？

那些逝去的生命也就像一朵雪花吗？

（注：读《古文观止》上李密的《陈情表》，遂作《闲翻书，说寿命》，文章的题目改为《寿命这个话题》似乎好些。文章的结尾是：人活着总该做点什么才好。一个人若不是像李密祖母这样要多陪陪命运多舛的孙儿，或者像乾隆皇帝这样肩负重任，活着没有付出牵挂、没有责任，活那么久似乎也没什么意思。）

2020年2月16日 晴 星期天

外面，雪后晴暖。我的楼下，休闲广场上空无一人。楼边这所幼儿园空无一人，那个红色的尖屋顶，多像童话故事里的城堡啊，曾经承载着很多幼儿甜蜜的梦吧。

孩子们，你们依旧居家读书、锻炼，在窗前的阳光里玩着小游戏。很多年后，这个被剥夺了的春天应该成为你们一生最深刻的经历，这段经历不断提醒我们在成长的过程中不论遇到什么状况，先学会安静，学会善待自己、善待他人、善待自然，不断成长为我们自己喜欢的那个样子。

2020年2月17日 晴 星期一

2月17日，天气晴。只记得这个常规日子，翻了日历才知道是农历正月二十四，周一。白岩松曾经逗大家玩的那个游戏，估计很多人像我这样中招，不知今夕何夕。

我坐在这里的时候多，对着一扇窗，铁栅栏的缝隙里是蓝天，是人家阳台上晾晒的衣物被褥。樟树枝头，总有许多鸟们飞来飞去，一声一声，交头接耳。

也去前面阳台上晒衣晒被，看楼下的广场上活动的人多了几个。

我们的群里，有同事误发红包，也许并不是误发，有人手快抢了，又赶紧还回来，被吓坏的样子。久被压抑，一个小小红包打开情绪释放的端口，隔空临屏都能看得见的人间热闹，嗅得出的人间气息。

先生准备煮午饭的时候，发现厨房里水龙头台子下面的水管坏了，喷水。关了闸阀想办法，然后想到上届有个学生父母开洁具店，而且他们一家住在同一个小区，可以减少出入的麻烦。微信里一问果然行。只是难为学生的父亲特意跑一趟远在火车站的店，取回水管，也给换好了。留他吃饭不合适，想小时候在家，母亲教我们正月里不能麻烦别人打白差，给现金他不收，微信里发红包也没收，真是过意不去。就希望疫情快快结束，祝他们生意兴隆吧！

朋友圈里，一位同学晒献血证，说是响应号召。回复他：不会是第一次吧？迈出第一步不容易。他说：真的。我跟他开玩笑，绝无从道德上绑架他的任何意思。这世间的生活气息，本不需要都像新闻联播，一本正经地去说话。我们虽年已不惑，即使第一次去献血也不足为怪。

我贪念这世间的温暖气息，那些重的、痛的，一一划过。夏天的时候，轻衣薄衫，一不小心就在这里那里留下的伤口，冬天捂着捂着，那些伤口的痕迹也就不见了。人间那些重的伤痕，没有这般好捂。可是怎么办呢？总是治伤为主，不能把那些伤口一次又一次揭开，流着脓血警示后来人吧。

刚刚还读了一篇文章，写一个女人被确诊新冠，她的丈夫第一时间收拾衣物带着孩子离家。还写了一位护士感染新冠，居家隔离期间，她的丈夫每天变着花样逗她开心，哄她吃饭。逃离染病妻子的人未必就能逃出生天，陪同妻子抗击病魔的丈夫未必就会看不到明天的希望。

生与死，是人性的显影液，照出真人与妖魔鬼怪，照出勇敢、无畏与自私、懦弱。

午餐桌上跟儿子说，2003年非典，八零后还是孩子，今天，八零后是这场战争中的中坚。那些早早预言八零后是垮掉一代的人其实过于杞人忧天。人在灾难中长大，八零后是，你们这些九零后、零零后也会是。生于忧患，死于安乐。

2020年2月21日 雨 星期五
添砖加瓦，我知道你会读。
瓦刀，你还会读吗？
我可以肯定你不会。
要不你读读试试？
不许看我辛辛苦苦查的字典。
在家待得闷吧，效仿一回白氏幽默。

（注：读《古文观止》中韩愈的《圬者王承福传》，译文中看到"瓦刀"一词，注音为"wà"。朋友圈里编发这段文字逗大家一乐。）

2020年3月1日 多云 星期天
明天，3月2日，全省网上授课。前两天就开始统计班级内每个学生的各种观课渠道，制作撰写美篇《3月2日，网络授课前，我们要做什么》，发布班级群。提醒家长朋友们要做好的几件事情，包括课表、手机闹铃设置、为孩子准备课本文具、为孩子选择并提供稳定的观课渠道、督促孩子每天安排合适的室内身体锻炼、督促课外阅读等。并对孩子们说，希望你们可以做到：自3月2日起，直播课堂开始传授新课，每堂课前准备好当堂课的课本以及作业本、笔，认真听课，适当记听课笔记。严格按照课表时间上课，每天按时完成老师布置的教学任务。偶尔不能按时观看的要及时点播，做到今日事，今日毕。也对自己说：网络授课采取"双师课堂"形式，任课老师与学生一起观看授课视频，布置当堂课的作业，以及课后答疑、查看作业完成情况，批阅指导订正并统计打分。

组建五个学习小群，制定线上学习打卡表格，共有健康打卡，按时观课，当堂作业完成，体育锻炼、眼保健操，课外阅读五项内容，制定网络授课时期学生成绩评定办法，表格化收集反馈每个学生的每日学习情况，招募志愿者家长每日提醒、督促小组内的每个成员实时观课、及时提交作业等。

年级组内要求每位老师每天提前网上观课，安排一位老师主笔撰写预案、整理视频课要点及布置预习与作业，备课组讨论后定稿，制作美篇，待学生观课结束后发布各班级群，供家长朋友们指导学生巩固学习时方向更明确。年级组内每日观课后，安排一位老师收集老师、家长、学生的观课学习情况及建议，并反馈学校。

2020年3月2日 雨 星期一

《安庆晚报》发表《火光照亮的人生——读〈额尔古纳河右岸〉》。

《额尔古纳河右岸》中有一句"人们的出生是大同小异的，死亡却各有各的走法"。

我写给自己一句话：隔离期，治愈系阅读告一段落。

批阅书写作业，发布作业信息反馈，查看订正，耗时比平常上课多出很多时间，但基本上在心理预期内。长时间使用手机，虽然眼睛有点不舒服，还是能证明组建的学习小群效果明显。群小人少，减少滑屏时间，批阅检查略快，而且能做到不漏下一人。昨天发布美篇《3月2日，网络授课前，我们要做什么》，文前引用了这样一句：诸葛一生唯谨慎，吕端大事不糊涂。这句话是明代李贽的自题联，毛主席曾借用来赞扬叶剑英，南怀瑾先生在他的《〈论语〉别裁》中也用作一篇小标题。

大事有准备，小事不马虎。谋划有方，执行有力，是做好任何事的原则。

2020年3月7日 晴 星期六

《中国校园文学》推出《隔离期，治愈系阅读报告》。

编辑张佳伟老师联系我的时候，新年后我第一次出门寻春，正在归来的车上。写作这篇的时候，小城有十多例新冠肺炎感染者，大多在我家小区外一条马路那边的市医院集中就诊。再读此篇时，我还能感受得到自己当时的心情。

现在，我们池州城在院新冠肺炎确诊病例已于前两天清零。第一次出门，看莲花台广场上满天的风筝，看平天湖水清澈如镜，蹲在池塘岸边看沉睡的残荷，还上齐山，看绣春台下那几株开了满树洁白花朵的玉兰。走在湿地公园，我们的头顶上飞过无人机。我猜想，曾经无人机记录下我们这个城市寂静无人的街道，今天，它大概也记录下我们慎重迈出家门的步子。

文章的结尾我写到：愿我们隔空相遇在一本书里。是治愈，也是自愈。一切安好！而那些战斗在前线的人们，也都凯旋。

后记

整理我于2020年1月1日至2020年3月7日的部分日记，题为《蜉蝣记》。

蜉蝣这一类原始而美丽的昆虫，朝生暮死，古老而又年轻。一切微小的生命，都如蜉蝣，人亦如此。

我是一名教师，也是一名散文写作者。写作需要在场感，要把自己放在当时的历史语境下去写作。教育者，也要有在场感。新冠肺炎疫情面前，没有人可以置身事外，每个人都是亲历者。我不会渲染与矫饰，只是记录在这场新冠肺炎疫情中，我经历了什么，想了些什么，又做了些什么，如此而已。

写到这里的时候，获悉安徽省在院新冠肺炎确诊病例也于今天清零。

一切安好！还是人间。

火光照亮的人生
——读《额尔古纳河右岸》

"人们的出生是大同小异的，死亡却各有各的走法。"

这是迟子建的小说《额尔古纳河右岸》里的一个句子。这句话并不特别新鲜，托尔斯泰的读者一定记得起来，这句原是脱胎于托翁《安娜·卡列尼娜》的第一句：幸福的家庭家家相似，不幸的家庭各各不同。

伟大的作品总少不得个人命运、人际悲欢、民族灾难等，伟大的作品还一定会触及人性的本真，生活的真谛。

居住在额尔古纳河右岸的鄂温克族人，他们逐驯鹿而居，随驯鹿觅食而迁，在严寒、猛兽、瘟疫的侵害下求繁衍，在日寇的铁蹄、"文革"的阴云乃至种种现代文明的挤压下求生存。就像书中的"我"笑着问自己的丈夫，谁把他的酋长废了的？这位鄂温克族最后的酋长，瓦罗加低着头说，"是光阴"。

时光是一条永不停歇的河流，我们分居在河流的两岸，终究都要学会与光阴握手言和。

一个民族最后的酋长被光阴卸下身份，许多人在雨里、雪里走着走着，也就散了，只剩下"我"。"我是雨和雪的老熟人了，我有九十岁。雨雪看老了我，我也把它们看老了。"但其实，我们看不老雨雪，我们的身后，雨雪依旧覆盖群山、原野，以及我们的坟茔。

小说家都是阎罗殿里的判官，大笔一挥，一个人的结局就定下了。

作者写"有一些人的结局，我是不知道的"。但她温情的笔触下，也冷冽地给了父亲林克雷击；给了瘸腿达西与狼复仇尸骨不存；母亲与尼都萨满为情所困疯癫而舞，倒在篝火的灰烬旁；第一任丈夫拉吉达身为族长为寻找失踪的驯鹿，疲惫犯困冻死马背；"黄病"侵袭，一族人只剩下他一人的拉吉米；小达西开枪自杀，杰芙琳娜为夫殉情；妮浩这个萨满，她每一次跳神救活一个人，自己的孩子就要死去一个；第二任丈夫瓦罗加为救放映员，被熊揭开脑壳；依莲娜投水自尽；出生两天就夭折于风雪中没有名字的姐姐，以及那些因为种种因素来不及看看这个世界就胎死母腹的孩子……

生而不易，难诉离殇。

《额尔古纳河右岸》里写得最温情动人的是风声，父亲林克与母亲达玛拉在希楞柱里制造风声，与希楞柱外面的风声相和。"我"在希楞柱里看它尖顶处小孔里的星星，像擎在希楞柱顶上的油灯。"我"在明亮的星光里长大，在风声里长大，也与第一任丈夫拉吉达、第二任丈夫瓦罗加在很多很多的夜晚制造风声。那么动听的风声盖过了雨雪，盖过了狼嚎，盖过了姑姑依芙琳的怨怼和嫉妒。

依芙琳一生都不快乐。她嫁得坤德为妻，生子金得。知坤德曾慕蒙族女子，再不肯与坤德同房，终身与坤德婚姻不谐。为子金得相得对象妮浩，却被侄子鲁尼捷足先登，为此看不得妮浩与鲁尼夫妇亲密，不肯说半句好话。后为子金得求娶歪嘴的杰芙琳娜，金得恋慕妮浩，不肯屈就，结婚当天吊死于一棵枯树。玛利亚的儿子小达西慈悲，执意娶回杰芙琳娜。坤德丧失独子强行同房让她痛不欲生，即使怀孕也独自出去滑雪一天终致流产。她还把仇恨的目光投向玛利亚，当然，玛利亚也为儿子娶回她的寡媳终身不满。两个不快乐的人缔结的仇恨，造成弥漫在整个氏族上空的阴云。

一个人自愿选择黑暗，即使有阳光，也照不亮他眼前的路。不快乐的人生，摸索着在黑暗里前行。

不曾想就是依芙琳这个终身不快乐的人，她走得格外从容。一生胆小的丈夫坤德老了被一只黑蜘蛛吓死，她嘲笑：当年他要是胆大，娶了他心爱的蒙古姑娘，不娶我，我和他都会过得快乐。她嘲笑归嘲笑，坤德死后，她就成了寡妇。妮浩的儿子玛克辛姆脖子上生了烂疮，疼得整夜整夜地哭。她说：我现在是个寡妇，这病不就是我吹几口气就能治得了的吗？

这里，小说留有漏洞。妮浩是萨满，她能治得了别人的病，却没说她为何没有治自己儿子的病，留下这个漏洞由依芙琳填补。

"依芙琳哆嗦着手，伸出那根已经像干枯的枝桠一样的手指，在玛克辛姆的脖子上画圈……当她颤抖着吹完最后一口气时，轻飘飘地倒在了篝火旁。火光一抖一抖的，映照着她的脸，好像她还想张口说话似的。"

心怀善念的人口吐福音，心存恶念的人语关恶毒。如果依芙琳能再开口说一句话，是祈福，还是咒语？但她再也不能开口说话，玛克辛姆脖子上的烂疮果然好了。火光终于照着她走完生命的最后一程。

幸晤蓝桥

初遇蓝桥，是少年时的夜晚，通过收音机听电台里的电影录音剪辑《魂断蓝桥》。

你若太年轻，大抵不明白这句话里的相关信息。但你若像我一样，容颜有足够的岁月加持，应是会明白，这与二十世纪八十年代的经历有关。刚刚打开的国门，经济上的开放姿态，文艺上异域文化的渗透与浸润。《魂断蓝桥》是好莱坞四十年代的作品，但经典从来都不惧岁月的淘洗。上海电影译制厂给很多优秀的外国影片配音，通过收音机传遍千家万户。我是其中的听众之一。

他与她在战争的背景下相遇、相爱。他门第高贵，是军人，她舞姿颇佳，但只是以舞谋生。他欣赏她优美的舞姿，爱她绝美的容颜。战争来临，"覆巢之下，岂有完卵"，乱世之中的爱情像珍宝一样奢侈，又像玻璃一般易碎。离别之后，她误读报纸上的信息，以为他已战死沙场，生计无着，堕落风尘。再相聚，他带她回到自己的家乡，但她迈不过去自己内心里的卑微与难以启齿的过往生涯，不肯辱没玷污了他的身份和地位，婚礼前夜绝望地走向初相遇的蓝桥，葬身车轮下。炽烈的爱情、恼人的离情、耻于开口的隐情和无限惋惜的伤情熔于一炉。罗伯特·泰勒与费雯·丽演绎了经典的才子与佳人一段悲惨的情缘。

恕年少无知，当时只以为那座缔结爱之缘、也终结爱之缘的桥，名字就叫"蓝桥"，甚至还颇为傻傻地想，若能一睹蓝桥，像玛拉与罗伊那样相遇于蓝桥，多么幸运。

一切皆有机缘巧合，或许是水塘边两只缠颈交喙的水鸟，或许是春夜窗下哀哀不息的猫叫，还或许是开屏的孔雀，也或许是春帷一揭，天地间肆意盛开的花朵，一颗少年的春心豁然开启。

幸晤蓝桥，恰是我少年心思浅浅不为人知的羞涩与涌动。终不愿像玛拉那般美丽又卑微，却又是多么期盼生命里有一个"他"，像罗伊一样帅气多情又高贵。

"人间玉容深锁绣帏中，是怕人搬弄。想嫦娥，西没东生有谁共？怨天公，裴航不作游仙梦。劳你罗帏数重，愁他心动，围住广寒宫。"（《西厢记》二之四琴心）

再晤蓝桥，是此时，手上一本《西厢记》，是相国夫人赖婚一章后，莺莺与张生借琴传情。

这前有一见钟情为惊艳，张生筹谋谎借厢，才子佳人互酬韵，字字句句诉衷肠。忽然间有祸事到，贼人欲掳莺为妻，相国夫人许金诺，张生巧借义兄威，退敌有功盼结缘。怎奈何，相国夫人请宴为赖婚，愁煞一对有情人。

一边是张生一腔热泪难咽热酒，一边是有情的莺莺难违母命劝张生。幸得红娘聪慧机灵，劝得张生月下会莺莺。

这将会未会时，是红娘指教莺莺看月阑。这一段便是莺莺见月阑，望月愁心。

月中嫦娥空寂寞，甚为熟悉，裴航游仙却不甚明了。若是其他时节也就罢了，"好读书不求甚解"的事多是常做。但读的是金圣叹批的《西厢记》，其友斫山语："王羲之若闲居家中，必就庭花逐枝逐朵细数其须……"在此语的逼迫下，跳过不甚明了的情节于读书人是大罪过，这便去一寻究竟。

有传说，裴航为唐时秀才，游鄂渚，路过蓝桥驿，见女子云英姿容艳丽，以月宫中玉兔用的玉杵臼，娶了云英，夫妻双双入玉峰，成仙而去。裴航遇云英，有情人终成眷属的好故事传于多个话本中。裴航的蓝桥，分外情真。

另有，《庄子·盗跖》："尾生与女子期于梁（桥）下，女子不来，水至不去，抱梁柱而死。""尾生抱柱"的这座桥，据考证在陕西蓝田县的兰峪水上，称为"蓝桥"。这便有了相爱的男女，一方失约，而另一方殉情，曰"魂断蓝桥"。

　　幸晤蓝桥。蓝桥是旧梦，年少的懵懂，执着求而不得的哀伤，其实世事都有向上的空间，都有转圜的余地。蓝桥，是尾生抱柱而亡的蓝桥，是玛拉遇上罗伊的蓝桥，是张生与崔莺莺的蓝桥，也是裴航幸遇云英的蓝桥。

书结方胜

"我只道拂花笺打稿儿,原来是走霜毫不构思,先写下几句寒温序,后题著五言八句诗。不移时,翻来覆去,叠做个同心方胜儿……"(《西厢记》卷三三之一前候)

道这张生与崔莺莺两心相许,不料到相国夫人失信,推脱别辞,一对好鸳鸯情重相思苦。这小姐一早打发红娘来探张生心意,张生书成一封,"……相思恨转添,漫把瑶琴弄。乐事又逢春,芳心尔亦动。此情不可违,虚誉何须奉?莫负月华明,且怜花影重!"恋之深,款款心意一书成。巧手翻覆,叠成同心方胜,"又颠倒写鸳鸯二字",方托红娘相送。

方胜,是古代一种首饰,形状是由两个斜方形一部分重叠相连而成。古时于春日或其他节日,剪制胜形图案作为装饰。方胜纹,因其形,喻同心吉祥,象征无穷无尽的美好。又因其为两个斜方形压角相叠,故又称同心方胜,表示心连心,象征男女之间坚贞的爱情。

你可还愿意空出一段闲光阴,拂笺、走笔、叠胜、署封,一字一句总关情,曲曲折折意万重。情也深重,意也慎重。效张生,慕莺莺。

偷梦之罪

人上四十，作息是严格按照养身专家的指点来的。

晚饭后，书读到那么百来十页，困倦之虫就悄悄地爬过来，沿着懒散的腰身直爬到双眼眉间。人从书桌边起身，路过客厅，电视机里抗日神剧的枪声似也没能撵走睡意。跟家中的那位也没有招呼，人往床边走去，大抵是夜半十点左右。素来瞌睡大，即使一个人去焐冰冷的被窝，也不会改变头一挨枕头就睡的习惯，一睡到天明。

也有些时候，酣梦被搅。比如此刻，午夜 11：56 分，楼上棒槌声声，一声一声像小木锤直敲脑袋。拉被蒙头，声音小了，睡意却是走了。楼上的棒槌声停了，吧嗒吧嗒的脚步声响过几下，又静了。欲静欲醒，罢了罢了，这一夜的好睡（我不敢说是"好梦"）是被楼上的妇人偷走了。

"没有比盗窃更十恶不赦的事情了，阿米尔。"

这是小说《追风筝的人》里爸爸对小阿米尔讲的。

爸爸对小阿米尔说，"当你杀害一个人，你偷走一条性命，你偷走他妻子身为人妇的权利，夺走他子女的父亲。当你说谎，你偷走别人知道真相的权利。当你诈骗，你偷走公平的权利。"

这楼上的妇人，夜半棒槌声声，大抵非寻常。许是梦游？许是精神障碍？有病当治，这时不时地偷走别人的睡眠，别人的梦，也是重罪一桩。

奶奶病重的时候眼泪汪汪地说："丫儿，苦病难害哟。"人之生，吃喝拉撒睡，就是乐，就是幸福。缠绵病榻，这病的苦，不仅仅是吃喝不香、拉撒不爽，还有长夜梦不酣。

楼上妇人，偷梦之罪，是剥夺了一个人享受睡眠的权利。你可知？

这偷梦的罪，并不比偷了邻居园子里新鲜的蔬菜事小；不比抢了他人的玩具事小；也不比夺人妻女、要人性命的事小……偷窃是罪。罪本来就没有大小之分。

阿米尔的爸爸说："要是有人拿走不属于他的东西，一条性命也好，一块馕饼也好，我都会唾弃他，真主也救不了。"

偷梦有罪。心底里却不怕被人唾弃，没有信仰，无论真主，或者耶稣，还是我佛如来，都不怕。我即使好言好语地欲要讨回我的梦，怕也不会有半点羞愧难当。

罢，罢，罢。

第三辑　水乡记

水乡记

少年时期，居于圩区。很多人大概不了解"圩"是一个什么样的概念。但汉字本身就很奇妙，有些事物你或许没见过，概念模糊，但透过汉字，就能琢磨出个大概来，"圩"也是这样一个字吧。"土"字旁，水乡泽国之地，筑土为堤就是圩。圩堤上，盖房为家。圩堤外侧，长河碧波。圩堤内侧，水田种稻，沟渠养鱼、种莲、种菱，这就是"鱼米之乡"的图景了。

多年前，安徽高考试卷中折煞考生的那首诗如何写来着：

"交流四水抱城斜，散作千溪遍万家。

深处种菱浅种稻，不深不浅种荷花。"

这首诗的题目是《吴兴杂诗》。吴兴，浙江湖州之地。自宋以来"苏湖熟，天下足"的湖州，典型的"鱼米之乡"。我不奇怪清代诗人阮元写这么浅近的诗，他应该是有深刻的圩里的生活经历吧。倒是安徽高考试卷的出题者，不知可有圩里生活的经验在里头，或许也是有的。卷起裤管爬上田埂，洗尽泥腿坐进书斋多少年，到头来多多少少还是很佩服自己圩里生活的祖辈们，没读过多少书，可是生存的智慧一点不少。这智慧，是现代象牙塔里的莘莘学子们恰恰缺乏的，这就出题考考他们。

扯远了。

圩里生活，菱藕鱼虾、水草荇菜都是寻常物。只是采菱挖藕、捕鱼网虾都不是少年可以为之的事情，撇开水的危险系数不说，也还有技术含量。倒是常常在放学后拿一根长竹竿去沟渠里捞水草，担回家喂猪。还拿一根竹竿，一端绑上带齿的镰刀，水塘沟渠里割水葫芦、菱角菜，也是喂猪。

那些水草，一律在清幽幽的水底生根，水有多深，它长多长，长出水面，伸出一小截脖子，摇摇晃晃地呼吸。捞水草时，人站在岸上，只消伸出长竹竿在水草丛中朝一个方向转动几下竹竿，拖上来，就是一竿水草，伸手一捋，水草滑下，如此往复。

水葫芦生长迅速，一大片水域，蔓延开去，密密层层，都看不到水面，绿油油的全是水葫芦嫩生生的叶。割了水葫芦的叶，它的根还悬浮于水面，隔一段日子，又长出嫩生生的叶，直至入秋水凉才罢。

菱角菜有两种，一种叶紫色、叶片硕大肥美，结紫色的大果实，果肉松脆可口，茎叶人也可食，称为家养菱角菜。还有一种野生菱角菜，叶绿色，叶片略瘦，结的果实小，果肉硬，茎叶人也可食。但那时我们捞起菱角菜，无论家养的、还是野生的，摘一些长得好的茎叶做菜，剩下的都喂猪。那些菱角菜尤其长得妙，细细的茎像人的小腿，那粗粗鼓出来的"小腿"有许多细小的孔，捞水草无聊的间歇，手有一下没一下地捏，噗嗤扑哧地响着。那响声，像放学路上，路过人家的荸荠田，伸手拽几根荸荠叶，荸荠叶细长而中空，一路噗嗤扑哧地捏回家去。

写到这里的时候，我想到现代学生，他们没有我们这些好玩的经历，只好上课拿橡皮、卷笔刀撒气，啃呀，戳呀。有操心过了头的教育专家撰文说《一块橡皮就能看出孩子上课认不认真》。他们一定忘了自己的过去，谁都有那样施虐的童年。不过我们掐的是一根根茎，一根根叶，即使遍地茎叶，也没有人恐慌我们是问题儿童。人人都有童年，不知道如何长大，在人群中惶恐，也在人群中兴奋，害怕长大又期望长大，羞于被人注意又期望被人注意，我们都在用自己的方式缓解内心的矛盾与斗争。

思绪总是游离，但这游离是自然的，无论何种文学，最终要走向人心。由己及彼，才合理。所以，还是要允许我不断有一些心思的游离。我最终也不是多么想还原我的或者你的过去，我还是想触及更多人，年长的，有生活经验的，要懂；年轻的，没有生活经验的，更要懂。文字，存在的意义对于过去没有任何意义，过去已然过去，好的文字它都是属于未来的。未来有没有人懂，才是文字产生的意义所在。

后来读书，诗文里"软泥上的青荇""水中藻荇交横"的"青荇""荇"，每每读起来，只觉口齿留香。止不住的想，这"荇"是那些水草中的哪一种呢？但我回到曾经生活过的水乡，在熟悉的沟渠河塘，我并没有看到少年时期的水草。荇，那么美的荇，终究只是一个诗文里的名字了吗？

在霄坑,访竹问茶

春天,是天地万物恋爱的季节,动情的季节。鸥鸟、鸣虫,一树一树的繁花,都是。天为幕,地为床,轻风和暖阳,为一对一对的情侣沐浴、熏香。

但如果你恰巧不年轻,生命的日历恰巧翻过春天那一季,长长短短的生活正过得不紧不慢,不温不火,不亲密也不疏远,更不适宜碰上一段艳遇,搅动一颗欲动的心。那么,春天不适宜与梅相约,与海棠共醉。桃红梨白又如何,"开到荼蘼花事了"。

暮春时节,适宜去拜访竹或者茶。

清明后,谷雨前,气温适宜,我们在霄坑,访竹问茶。这春天走到清明后,随处一望,无一处不绿。嫩绿、翠绿、浓绿……天地万物绿得分明,绿得有层次。即使是常绿的香樟,也悄悄地褪掉了很多的老叶,另换了嫩生生的容颜。菜花早谢了灿烂的金黄,结一地一地的绿荚。野菜们都老了,荠菜们朝天举着白色的小花朵。连芦笋们也老了,细长的绿叶从泥土里向上生长。

我就在这样一个日子,去皖南一个叫霄坑的地方访竹,问茶。

梅、兰、竹、菊"四君子",梅的傲似红袖添香的佳人,若即若离。空谷幽兰,是贤达,一世修为凡人不可触。菊是秋菊,凌霜飘逸,是隐士。所谓隐,总是经历过了这世上的繁华与热闹,卸掉了虚名与俗利,才能称之为隐。佳人、贤达与隐士,都不是普众性的。"四君子"的隐喻意味,唯有"竹"更像多年老友,清雅淡泊。竹叶之秀,竹竿之挺,竹根之硬,莫不动人。

这些都是故纸堆里获知的信息,并不能代替自我探知。

城市不断地演变进化,各种稀奇古怪的物种占领了城市的池畔、路旁，一年四季的花开花落，让人分不清季节的更迭。城市绿化越甚，人与草木越加无法亲近。城市也有竹，这里一丛，那里一丛。搞不清楚何种来历的竹，在城市的公园里抱朴守拙，难显真性。

霄坑多竹。这往霄坑去，越往山里走，眼随山野转。苍天阴沉，青山无语，一山一山的竹，竿瘦，叶黄，漫山遍岭的黄，像青山的病入膏肓。那翠竹呢？多么绿得深沉，绿得通透，像翡翠的珍贵，才担得起"翠竹"之名的呀。这是老了吗，是病了吗？多么深的担忧在心里头堆积。

曾经去访一片松林，高大秀挺的松直插云霄，松涛阵阵，松针绵软。可是走近了去看，一棵又一棵的松树外皮被割伤，每一道伤口下都吊着一只塑料袋，每一个伤口都在不断地滴着松油。松油，在人世奇货可居。人们等不及一棵松树缓慢地滴答松油。松林里，很多高大的松树，伤口久久不愈，营养匮乏，拦腰折断，最终死于某一场风雪中，徒剩断枝残躯。"要知松高洁，待到雪化时。"人的贪婪，终究毁了松的一世名节。

这竹叶的黄，会不会也是人之过度挖笋，伤根？

走近了，再走近了看，探枝眼前。老竹叶仍是黄，但新生的嫩竹叶也冒出细针似的叶片。同行的一位林业界朋友说：这时节，母竹都尽量少吸收营养，以养新竹。根连根，心连心，老竹叶如何不黄？待新竹长成，黄叶换新叶，又是满园翠绿。

冬笋、春笋，还有笋衣，都曾填补过味蕾上的空白的。这访竹之旅，再次填补真正识竹的一片空白。

这世上的新旧更替，原都是像母竹这般动人的吧，无私无畏。只有人的那份贪婪，违背了天道规则，才要了老松的性命。

霄坑多竹林，霄坑还多茶。

午后倦怠，一杯香茗置于案头，杯中叶片舒展、浮沉，袅袅清芬在鼻息间缠绕。东坡云：从来佳茗似佳人。

品茶如相问。

现代社会，城市森林是巨大的名利场，即使孤标傲世的"四君子"，梅、兰、竹、菊也不能免俗。人，不仅贪婪，还俗。当然，这不能免俗的是人。我不多言，诸君自有所见。

去访霄坑茶的出生地，方知这世间万物自有品性，要论"四君子"的委曲求全，茶却独独不肯屈就。

世间之人爱茶、品茶，把茶的种种妙味、韵味玩弄舌尖、笔头，但所涉及的都只是茶的另一种姿态，或者说是茶的今生。但要确切探知茶的前世，除了与茶朝夕相处的山里人，余者未知其一二。

就说这霄坑茶吧。霄坑河源起龙池宝地，霄坑大峡谷绵延悠长，龙池的水曲折迂回，这一路流经山间坡地，溪涧山坞、山高林密，茶园一一隐藏其中。山上竹林众多，植被丰富，山中常年云雾缭绕，空气湿润，日照短，土层厚，这些都是养成一株茶优秀品质的必备条件。这清明前后，正是茶芽初长成。辛勤的采茶人攀山越岭，种茶、养茶、摘茶。只有他们知道山有多高，茶有多幽；云有多轻，茶有多清。这采茶季节，每一株茶树上都留着他们指尖的温度；每一片进了她们腰间布袋里的嫩芽片，都带着他们的呼吸体香。烘炒房里，杀青、揉捻、干燥成茶，那置于案头的一杯清芬，每一缕升腾起的袅袅雾气里，应该都有他们生命的轻盈。

没有人可以将一株山里的茶，在城市的烟尘里养成清净的模样。茶到底是"养在深闺"的"佳人"，你不信也不成。

在这一点上，茶比竹略略幸运。

后记：霄坑这个地名现如今为贵池区梅村镇霄坑村，旧为"肖坑"。曾经，肖坑地产的茶自然名为"肖坑茶"，但"肖坑茶"之名已被先行注册。人之物欲、占有欲与生俱来，以注册之名行占有之势，素来有之。不太清楚何人有远见，品茶之余嗅出"肖坑茶"之名的魅力与价值。肖坑茶不知，就像山、水也从来不知自身价值几何。"肖坑茶"最后只好以"霄坑茶"之名立世，说来也算机缘。肖坑，以肖氏人聚居名之，籍籍无名数百年。到了现代，肖坑人发现山区贫瘠之地可种茶。自此，茶香四溢，茶名远播。但肖坑人不再是肖坑人，成了"霄坑人"，茶也因之名为"霄坑茶"。

走进霄坑，沿着绵延25公里长的霄坑大峡谷而上，看飞瀑流泉、看密林茶山，看沿街的老妇人在门前的簸箕里挑拣茶叶。她的膝边，年幼的孙女拿小锹、小铲玩沙子。这就是现世安稳，岁月静好。凝神间，一丝微笑爬上唇边，道一声："霄坑"之名好呀。"霄"为"天"，可不就是"天坑"嘛。唯"天威"最可敬。

这世间一切贪婪之人，说话行事，都不妨问问苍天可准？

青阳散记

　　一行人，花了两个半天在青阳走走停停，山、水、人、物，一一呈现，能留下多深的印象呢，不过是浮光掠影罢了。山、水、人、物没有奢望在所谓文人墨客的笔下永存、不朽，他们只是一种存在。

　　一切存在即是不朽。

——题记

神龙谷的水

　　"蛇有蛇路，鳖有鳖路。"

　　这是幼年时期，我的奶奶常常对我说的一句话。如今，奶奶去了另一个世界，很少有人再来跟我说这些浅显又深奥的人生道理。我相信，水一定也有一条可供它自己行走的路，就像蛇，就像鳖，就像这世上的万事万物。

　　这一天，我们一行近百人抵达青阳的神龙谷。

　　神龙谷，这是一个不太美的名字，与街头那些光影闪烁的招牌"丽人馆"之类相似，俗艳的名字，博得一刻的回眸罢了。倒是"神龙谷"位于青阳县南阳乡清泉村这点实实在在，一点不虚。"清泉"，想想都美。山谷幽深，浓荫蔽日，溪流潺潺，飞瀑流泉……有没有神龙藏渊，其实没有那么重要。

　　神龙谷的水会飞。一股泉，像大鹏脚踏悬崖，纵身一跃，有力的双翼展开，凌空滑翔而去。

　　神龙谷的水会隐。一条溪，就在脚底下，像歌唱的孩童，一会儿露出如雪的面颜，一会儿分开乱石，藏身林间，跳跃着远去。

神龙谷的水欢乐。一脉清泉，薄如帘，从高高的崖顶垂落，风拂帘动，侧耳倾听，帘后似有美人怀抱琵琶，正是"大珠小珠落玉盘"的意境。

神龙谷的水幽静。苦木潭白瀑挂壁，潭深不可测，潭水幽如翡翠，静如处子。瀑声喧哗，深潭无语，正是"既媕娅於幽静兮，又婆娑乎人间"。

……

神龙谷的水，与山石相亲，与林木交欢，给苍苔绿意，携手明月清风唱和。

神龙谷的每一滴水，都有自己行走的路，跃悬崖，飞断壁，钻罅隙，探石缝，一滴一滴汇合，一滴一滴凝聚，积水成渊。从轻盈走向轻盈，从洁净走向洁净。

神龙谷的水流向山外，养山民万代，护村庄千秋。人，敬畏山的威严，遵循水的规则。

那些俗艳的朝圣，必将是妄念的渊薮。这样想着，希望我们这一行人闹嚷嚷地来，用神龙谷的水清清浊世的眼，清清浊世的肌肤，清清浊世的灵魂，然后，屏声静气地离开，神龙谷依旧回到它作为"清泉"的过往。

神龙谷的水依旧走它的路，我们也走我们自己的路，从哪里来，依旧回到哪里去。

杨梅村的人和物

在青阳，我们还去了一个村庄，杨梅村。

村口，有一棵树，有人认出来，那是杨梅树。杨梅，这个叫一叫名字，就能"止渴"的酸甜滋味；这个想一想酸甜滋味，就能口角流涎的名字。

"杨梅村，有很多很多的杨梅吗？"

这个问题，在我们抵达杨梅村的时候，被不断地提起。

但实际上，杨梅村并没有很多很多的杨梅。一座村庄，并不能靠一些杨梅树撑起来。

杨梅村很古老。古门楼的一砖一石，依旧残留历史的痕迹；勤业堂蔓生的野草青苔，依旧散发人文的气息。一栋一栋粉墙青瓦的老宅，门前，干净的水泥地面；屋内，古典的木质穿枋构造。檐下，燕子筑巢，老燕子与小燕子分巢而居，叽叽复叽叽，飞进又飞出。一只肥猫蹲在廊下，它懒洋洋的身子像是久无老鼠与之捉迷藏，清高孤独得很。有筛子米箩挂在窗下，也是长时间地没有派上过用场，积了厚厚的灰尘。杨梅河穿村而过，年岁已高的妇人，依旧蹲在河边的石板上，就着浅浅流过的水清洗衣物。巷子里，一位老妇人领着她的孙女在走路，一只大黄狗跟在她们后面。见到我们的队伍中有人举起相机，没有见过世面的小女孩一个劲地往奶奶身后躲，倒是大黄狗，一点儿不怕人的样子，狗模狗样地在镜头前搔首弄姿。

杨梅村很年轻。文昌阁临溪背山，隔溪而望，这座始建于乾隆年间的古阁，飞檐凌空，修葺一新。村庄里，也还有多栋高大崭新的民宅，一色的瓷砖贴面，朱漆铁门，颇有威风。

每一座村庄，都有它的气韵。杨梅村，可以没有杨梅，但它有自己的人和物，流水和时光也一一经过。

剩下的一品锅

到了青阳陵阳，没吃过陵阳一品锅，不算来过古镇陵阳。这也像人们说的"不到长城非好汉"。

在陵阳的第一顿晚餐，招待我们的自然也是一品锅。圆桌中央，火炉燃起，一口大铁锅内热气腾腾，满满当当。

一桌十人，男人女人都有。女人们爱美，晚餐多半潦草，象征性地伸伸筷子，揿几根豆角、青菜，大抵就说吃饱了。特殊时期，无酒的招待，有人道"好"，但男人们实则是无酒不欢，一顿晚餐结束得迅速。等到离席，不记得桌上还有什么其他的菜肴，只记得离席时，瞧见一品锅内所剩大半。有人说：这家的一品锅拿过什么金奖。什么"金奖""银奖"，在一个人人懂得病从口入的浅显道理前，即使美食当前，也多有克制。我相信很多人跟我一样，关于一品锅内的所有，那锅内依次铺了什么五花肉、豆腐、金针菜、陵阳豆腐干、山芋粉丝、干豆角、干竹笋以及锅边贴的米粉圆子等，并不是一一尝出来的，都不过是道听途说来的印象。剩下大半的一品锅，还有一品锅的滋味，但已经没有了一品锅的名头，不过是残羹剩菜，真是可惜。

想想幼年时期，到了冬天，餐桌上除了萝卜就是大白菜，餐餐一样，顿顿相同，虽说是饥不择食，很多时候也是没有什么食欲的。也有些时候，母亲用了一小块肥肉炖了一锅秋天里晒的干萝卜丝，就觉得是美味了。猜想这陵阳一品锅的诞生，大抵也是辛勤的山里妇人，闲时晒干了金针菜、豆角、竹笋、粉丝，存到新鲜时令蔬菜缺乏的冬天，就当地特产的豆腐干加肉、米粉圆子一锅炖熟，成了当地待客的一道美食。美食有多美，滋味是一重，制作者细密的心思又是一重。从这后一重意思来看，陵阳一品锅怎么都算是一道美食。道"良辰美景奈何天"是遗憾，美食当前，被慢待也是罪过。

但时过境迁，人之无限膨胀的欲望在世间的洪流里左奔右突，美景糟蹋，良辰消逝，美人错遇，都不再是哀伤，何况一锅搞不清楚来历出处的乱炖。

这世上的山川河流、花草树木、器物美食都有来路与去路。希望那剩下的一品锅，也能有它的去处。离席的时候，垂首默念几声六字心咒，还希望收拾餐桌的服务人员，也能诵几声心咒，布施给六道轮回中的众生总是好的。

我们从这世间经过，布施，是给别人一条路；受施，是给自己一条路。在时光的隧道里，我们不确定下一个轮回会遇见谁。

唯有珍惜！

小城的鸟们

> 小城美不美，你说了不算，我说了也不算。鸟们说了，才算。
>
> ——题记

城市上空的雪乌鸦

小城的冬天，像羞答答的女孩子，迈着慢吞吞的步子出场了。

起先，还是十月小阳春的暖阳高照着。突然，一股寒流南下，雪花铺天盖地，让你猝不及防。猝不及防的可能不仅仅是人，还有那些躲藏在暖阳下的鸟儿。忽然，一夜醒来，无处觅食了。城市的上空，一下子就多了许多黑压压的鸟。那些鸟，头上顶着一抹儿白，身上披着黑色的大氅，呼啦啦地一忽儿往南，呼啦啦地一忽儿往北。

这是雪乌鸦，雀形目鸦科的一种。

乌鸦为杂食性，吃谷物、浆果、昆虫、腐肉及其他鸟类的蛋。虽有助于防治经济害虫，但因残害作物，故为农人捕杀的对象。幼年时期，做得较多的事情，就是拿一根竹竿，在即将收割的稻田旁，赶麻雀或是乌鸦。似乎麻雀居多，乌鸦较少见。但麻雀的多，比之乌鸦的少见，人们还是更讨厌乌鸦。俗语说：乌鸦叫，祸事到。贫贱百姓家，日常收入只够一家人勉强过活，若遭突如其来的小病小灾，也是难以应付。因此，是怕有一点点风吹草动的。而乌鸦的叫声嘶哑，不大好听，兆头不妙，便担上了恶名。

近些年，小城的绿化越来越美了。更美的，是道路旁冠大荫浓的樟树。樟树是常绿树，春天时节换叶开花，结圆形小果子，果子内有白色的籽粒。这些果子，是一些鸟类的食物，雪乌鸦便是其中之一。

小城的市树就是樟树，樟树在城内随处可见。有一小区名为"樟树湾"，想来那个小区应该是樟树尤其的多。"看见樟树，就看见了家。"多么温馨的一句广告语，曾经让我无限向往。

雪落下来了，坐车行驶在小城的路上。头顶上，一忽儿一群雪乌鸦呼啦一下飞往路这边的一丛树，忽而又呼啦一下飞往路那边的一丛树。在城市的上空，它们黑色的身影显得颇为壮观。也许，少有人知道它们是雪乌鸦，曾经在人们心中没有好名声的乌鸦。再或者，即使知道了，也没有人再对它们的出现心生不快。美好的日子里，树木和鸟儿都是我们的朋友。也或者说，是与树木、鸟儿结为朋友，才让我们的生活越来越美好。

岑寂的寒冬，仰望城市的上空，成群的雪乌鸦飞过，乌黑的身子，嘶哑的叫声。请你挥一挥手，对它们说："你好！"

八哥八哥满天飞

这两年，我们租住在城南。小区规格高，进进出出的车子禁止鸣笛。小区远离市中心，也远离了喧闹。

每个周末，我为能享受那份难得的安静而心悦。睡觉，读书，习字，从不被打扰。

仲春时节，最后一股寒流好像也走远了。气温慢慢回升，即使下着细细的雨，也还是感到暖融融的春意。

手头上是一本新到的《散文》，封二上是关于二十四节气"惊蛰"的一段文字：二十四节气之三。二十四节气中，只有这一个是以动物习性命名的。仲春时节，春雨频频，春雷相随而来，天地震动。"万物出乎震"，飒飒细雨和滚滚惊雷，唤醒了沉睡一冬的走兽和昆虫，它们纷纷离开蛰居的洞穴，来到春风春雨里。无论植物或动物，自然生灵们贪婪地吸收着天地的滋润，尽情舒展生机。

眼睛盯着文字，心底里确乎收到关于春的消息。

忽一时，耳内听到一阵不太熟悉的鸟鸣。鸣声清脆悦耳，像鸟们随意的交谈，也像聚会的欢歌。丢下书，走到阳台上，循声望去。只见，前面的一栋楼顶上，有一群鸟。

它们或在平台上欢快地跳跃，姿态轻盈优美。或檐下振翅一飞，短短一程，又歇到另一处平台上。大约是幼鸟，正在练习飞翔吧。

它们有黑色的羽毛，特别之处是尾翼外侧带白色。高高飞起的时候，我注意到翅膀下面也各有白色的斑纹，成"八"字状。

观察到这些后，我确定它们是一群八哥。

远看，它们像燕子，或像乌鸦。但八哥，体型比燕子大，比乌鸦小，叫声比燕子响亮。燕子成双结对，而它们是群居。乌鸦也结群，但乌鸦的叫声沙哑，不动听。

对于八哥的了解，除了影视剧中的关于八哥是观赏鸟，易被驯化，能学人言，几乎一无所知，也不曾见过。

这一次，应该是初见。无法考证，昔日小城是否也是这样八哥八哥满天飞。

八哥是留鸟。那它就是选择在此居住了，繁衍生息，而且大概是很早就来了，只是以前不曾注意到吧。

后来，每一次进出小区，不免仰头刻意看看那些八哥。它们的身影出没于绿树和楼群间，飞翔、闲步、跳跃、欢歌。日暮时分，阳台上歇一歇，但见西天新月如眉，绿树、楼群渐渐隐于暮色中，听着它们一阵噪鸣，即又安静，大略是归宿了吧。那一刻，越发觉得天地俱静，内心柔软。

在城市，能够初识一种鸟，并与之毗邻而居，似乎觉得自己格外幸运。

一个城市，鸟雀成群，鸟鸣阵阵，那当然也是一座城市的幸运。

窗台上安家的斑鸠

租住在城南的时日,我们很少回到位于城北的家。

年前,回到家中。这一日,午睡起来,从卧室出来,经过储藏室外,听到一两声咕咕的叫声。推门进储藏室,见储藏室外的西边窗台上正歇着一只鸟。我一进来,它一惊,飞走了。窗台上,它已做了窝,窝里下了两只蛋。刚才它叫,或许如同母鸡下过蛋后,咯咯叫两声吧。但它既然怕我,还是不惊扰它了。开窗拍了两张照片,还是关了窗户,走开了。天色暗淡,看不真切,不确定它是什么鸟。

心想,其间有一次回来,是发现窗台上弄得很脏,但没料到是鸟做了窝,只以为是鸟粪。因为匆忙,也顾不上打扫。好在不太勤快,若是,大概就毁了它的窝了,哪里还有今天它在此下蛋呢。

走开后,仍惦记这是一只什么鸟,它什么时候还会再飞来。小时候,看母亲孵小鸡,每天给母鸡娘娘放窝(母鸡暂离孵蛋的窝,喝水、啄食就是放窝),都要找一件焐得暖和的绒被盖在孵化的蛋上,以防止孵化的蛋凉了,孵不出小鸡来。现在,这只鸟受到我的惊吓,飞走了,也会让它的蛋受凉影响小鸟的孵化吧。但我的担心原本多余。一只蹲窝的鸟,它母性的本能远远大过它对人类的恐惧。过不多久,它又回来了,继续蹲窝孵蛋。我再靠近看它,它安详自若,没有惊慌。这样得以好好观察它。鸽子差不多大的体形,颈部的羽毛是五彩的,长长的尾巴,外形比鸽子漂亮。观察到这些,上网搜寻资料,了解到这是一只斑鸠。

因为在家住不久,即使过年,也懒得开窗打扫窗台。这样,得以保留斑鸠的家。现在,既发现它在此安家、生儿育女,自是要给它一席之地,不可惊扰。而且每日的功课中多了一项内容,不时推开储藏室的门看看它。天冷了,风大了,多有担心。每次,只见它静默蹲窝,不见它的伴。但懂得多的朋友说,斑鸠孵化,雌雄轮流分担。屡屡所见,唯有一只斑鸠在担任孵化职责,那另一只大概是去觅食了。

年后不久，儿子开学了，我们依旧回到租住的城南。临走的那天，天下着很大的雨。隔窗看看窗台上的斑鸠，它依旧安详蹲窝。撑出去的防盗网，恰好替它挡风避雨，遂关门放心离去。

租住在外的日子，闲聊中，我们偶尔还会想到窗台上的斑鸠，仿佛它是我们的亲人或朋友。

有资料说，斑鸠孵化要十八天。过了几天，还是抽空回去看看。一进门，第一件事就是去看看斑鸠，只见它的身体似乎格外臃肿。心想，它的翅膀下该是护着它可爱的孩子吧。看看临走时给它留的米粒，都不见了，应该是吃完了。再开窗放一点米粒在窗台，它一惊，走开几步。窝里，正是它的两个毛茸茸的宝贝。

在钢筋水泥筑就的城市高楼中住得久了，感情好像也钝化了些。一只窗台安家的斑鸠，似乎给坚硬或者冷漠的生活中滴进一点柔软或者温暖的催化剂。我愿意相信，鸟是自然的精灵，能够与之为邻，能够获得它们的信任，是无上的荣幸。我也愿意相信，我们这个城市，是我们美丽的家园，也是鸟儿们美好的天堂。

天池左右

小城池州东南郊,峻岭环抱中有幽谧处,是九华天池。

站在天池风景区的入口处,导游小姐说,我们进入景区,从左边的石板路沿峡谷上天池。回来,将不再走回头路,而从右侧乘景区观光车下山。同行的吴兄说:"要不我们从右侧坐车上山,回来从左侧走下来。"是左,还是右,举棋不定。我知道吴兄的心思,他无非是不爱跟在导游后面,听她聒噪而已。但随人流而去,大家还是一致选择从左侧而上。

一入峡谷,人就跌进画境。

右侧,溪流在卵石上跳跃,从罅隙处钻出。溪浅处,水流如线。溪深处,水清如镜。左侧,山花隐约,古藤扶壁。修竹森然以高,乔木翳然以深。

行经处,间或遇到一处异石,凛凛然突出于道路之上。及至到得近旁,方才发现可以从石缝间钻出,或攀扶梯,踏石阶而上,各有情趣。渐行渐远,但见路旁一棵神树抱石。树影婆娑,流水潺潺,奇花异草,馥郁芬芳。出臂挪身,与树亲一亲,恍然乎似觉入得仙境。

转眼处,又见草丛里一块石碓。蓦然间,从仙境跌落凡尘。说是石碓,其实已只剩碓锤,而没有碓窝。谁还记得石碓的岁月呢?在很久远的年代,石碓被委以重任。人们用石碓打糍粑,用石碓舂米。男人力大,担任踩碓锤的任务。女人手快,蹲在碓窝边及时扯动粘在碓锤上的糍粑,或是搅动碓窝里的稻米。男人与女人互相配合,碓锤与碓窝不断磨合,最朴素的相濡以沫,大略就是这样了。最朴素的生活,在凡尘,也如在仙境。

这一路,或行"悬河蹊径",或探"法海遗踪"。远望,"龟趣天成";近则,廊桥遗梦。热了,暂栖"清凉洞"。累了,卧歇"龙椅石"。慧心玲珑,识得"丑石"上的每一处坑凹都是妙处无穷。芳心微动,才把"千姿树"旁的两块石头，怎么都看成是"心心相印"。

走着走着，总是要去寻溪流中的某一块巨石歇一歇。人在石上坐下，溪流从脚边流过。人在石上，影在水中。抬眼往上看一看，青山高耸。若说山石是静的，是庄严的，几乎是死寂的。可是，溪流永远是活泼的，生动的。

南怀瑾先生关于"智者乐，水；仁者乐，山。智者动；仁者静。智者乐；仁者寿"有一段高论。他说，智者的快乐，就像水一样，悠然安详，永远是活泼泼的。仁者之乐，像山一样，崇高、伟大、宁静。"智者乐"，智者是乐的，人生观、兴趣是多方面的；"仁者寿"，宁静有涵养的人，比较不大容易发脾气，也不容易冲动，看事情冷静，先难而后获，这种人寿命也长一点。而非常规意义上说的"聪明的人一定喜欢水，仁慈的人一定喜欢山"。

山水从来不曾有高下，智慧与仁慈也不曾有高下。我还说过一句话：山高，望得远；水低，行得远。

亲近山水，顺便想一想山水给予人的启迪，当算得是入境与出境。

终于，近得天池的近旁。始悟"高峡出平湖"，何不谓"天池"。只是这天池，非天成，乃是那个火红的"左"的年代，无数"右派分子"与"劳改犯人"，没有先进的机器设备，靠的是手提肩扛，方才垒出这巍巍大坝，集水为库，灌溉山下的万亩良田，造福一方百姓。如今，筑坝的人怕是垂垂暮已，抑或已经作古。只是这水，映出他们的身影如故。

归路，坐上观光车从天池的右侧迅疾而下。左行一路而上的风景，电影一般在脑海里回放。

天池在上，它无所谓"左"，或者"右"。山水，没有高下，又何曾有左右。只是，你来天池，别忘了，风光在左，思想在右。

静静的北园

池州城内有一座山，名曰百牙山。

百牙山并不高，山上有著名的百牙塔，建于明万历年间，迄今已有四百多年的历史，尚保存完好。

山上，现立有池州籍名人姚依林的铜像。面南，山脚的右侧是市府大院。左侧，是一个偌大的市民休闲广场。广场前，是百荷公园。

每至黄昏，广场上人头攒动，健身的、溜达的、跳舞的。公园里，荷香四溢，灯光璀璨，乐声悠扬。每一段绕湖的石径上，都是三三两两晚锻炼的行人。夜晚的百荷公园，用热闹非凡来形容，真是不过分。

从百牙山上往北顺石阶而下，就是百荷北园。

相比之百荷公园的人气旺盛，百荷北园就显得尤为安静。

山上，树林阴翳，禽鸟啁啾。每至夜晚，越往深处走，灯光隐约在树叶间，越发昏暗，更是人迹罕至。一个人走，不免心生惧意。

但恐惧似乎也是多余的。因为，沿路的石椅上总会静悄悄地坐着一对人。当你走过的时候，是尽可能地放低脚步声，唯恐惊了他们。

还有比这样的去处更适合恋人待的地方吗？清风拂面，灯光幽暗。以林荫创造一个暂时的，可又如此浪漫、温馨的二人空间。走累了，坐下来歇息片刻。彼此相拥，或是轻声低语。大概只有在夜晚成群出没、飞翔于树林之上的野老鼠们才看得见、听得见吧。

下得山来，就是山坡上的一片草地。草地开阔，只零星地保留着几棵年岁不小的树木。像风烛残年的老人，欣悦地看着北园的今天。

也有春光明媚的午后，孩子们在这片草地上、那几棵树的周围打滚、奔跑、放风筝。那情景，像极了儿孙绕膝的天伦之乐。

似乎，也只有那些孩子们会钟情于这片空旷的草地。追蝴蝶、逗蚂蚁。除了一阵又一阵随风荡漾的、孩子们的笑声外，这片草地还是安静的。

穿过草地，能看见北园的几个小小池塘。池塘里，有种了荷的。可是，因为岸上的树木众多，遮挡了阳光，大抵也是长得不够茂盛。大多数的池子里是种了睡莲的。睡莲就更不起眼了，只这里一丛、那里一簇，贴着水面，悄悄生长，悄悄开花。

睡莲是安静的，也是可爱的。

有一个黄昏，一个孩子蹲在池边看水中的睡莲，惊奇地问："妈妈、妈妈，下午的时候这些睡莲开得可好看呢，为什么现在花瓣都合上了啊？"

她的妈妈笑着说："睡莲困了，它要闭上眼睛睡觉了啊。"

那个孩子喃喃道："哦！它要睡觉了，那我就不吵它了。"于是，他起身轻手轻脚地走开。

池与池之间，是逶迤而去的石径。石径旁，按区域各自种了梅花、桂花、桃花、桂花、美人蕉，还有一片葱郁的竹林。

北园，说它是安静的似乎也不合适。你想，一个不大的园子，种满各色花木。一年四季，花香四溢，蜂蝶飞舞，禽鸟飞鸣，哪里就真的安静了呢。

但除了蜂蝶禽鸟的闹，人到了这里，似乎还是想安静下来，至少它是适宜让人安静的地方。

在岸边的椅子上坐下来，看看池中的睡莲或是游鱼，是安静的。流连在梅花的一缕芳魂中，想起那句"零落成泥碾作尘"，也不适宜高声吟诵。看着草地上快乐的孩子们，你还是不想多说什么，只是安静地看着就是融入。

我一直以为，北园的安静是因为它不够精致、奢华。却不知道，一个能够让人安静的地方，像智者的气场，靠近它，周身似乎都被罩上一层光环。

走到北园北边的尽头，就到了我的家。

如果有一天，你发现我似乎安静很多，那或许是北园的赐予吧。

望华楼路上好风光

  初春，温暖午后，与夫共骑电动车往平天湖。

  阳光下，平天湖波平如镜，湖水净如一枚蓝色透明的玉。沿环湖公路前行，初春的风，尚有凉意。湖畔一处温暖的山坳，远望，不知名的树头就像白玉兰枝头矗立的朵朵花苞。疑惑间，停车走近细看，原来是一群歇息在此处的鸟。弄出一点声响，那停歇在枝头的群鸟呼啦啦振翅高飞，成百上千，体型硕大，双翼张开如鹰，煞是壮观。但无疑不是鹰，灰色的羽毛更像某种鸥鸟。这时，走过来一位在此地打扫卫生的阿姨，我问她情况。她说：这里背风暖和，这些鸟一个冬天都在此，有时更多。站在鸟们歇息的山坳下往南看，碧水蓝天，望华楼的风姿在远处的山峰上清晰可见。

  告别那些鸟，往望华楼去。左转入往大学城去的路，便看见左侧有一条上山的砂石小路。将车停在路旁，沿着砂石路前行。初时，路平缓。行约十来分钟，路面坑洼，地势略陡，渐难行。夫偶尔蹲下身子，地面上拾起一块黑乎乎的石头，说是铁矿石。我不信，他说你掂掂，很沉。又走了几分钟，路旁有一块断裂的记事碑，上面记载了此处为废弃铁矿区恢复工程建设事宜。铁矿或许开采尽了，或许出于保护平天湖畔风光，终止了铁矿开采。无论哪种理由，大抵都是好的。走到铁矿厂废弃的厂区，就到了望华楼地处的山脚下。

  望华楼是一项未完成的工程，世事风云变换，或许并没有完成的机会了。上山的路越发陡峭，几乎有七八十度，尚未铺设台阶，不过是当初运送建筑材料的工人上上下下走出一条路来，以及像我们这样的后来者，仰慕望华楼，一来一往，即使人迹不盛，大抵也能踩出一条路的模样。虽说路陡难行，但山不高，也就多喘了口气，不及背上出汗，就到了山顶。

望华楼巍峨的楼体、红漆的墙面，在蓝天下、松林间颇有雄风。

夫不怕累，继续爬楼去。我却懒得上，楼下逛逛。

向西俯瞰平天湖，湖与湖畔绿树相映以及更远处的城区楼群，正是一幅绝妙的山水城市画卷随着转动的视线，慢慢展开。

恁是多高超的丹青高手，似也不能绘其美妙。一幅画，展现的只是一时之景。像我，此刻登望华楼，看的也只是此刻风景，一年四季，以及流年里的变换，我只在此后多少段安静的时光里，脑海里漫游勾勒。

一望尽风华。望华楼，取其名，是否因为此意呢。

栖息的鸟群，废弃的矿区，望华楼下尽收眼底的平天湖光，此为我之与夫初春游记。

如果你来，或许那将有另一番记忆留存。

源溪行，缘溪去

一

源溪，是一个村庄，小城的一条河流白洋河的源头。

源，水流所从出的地方。溪，山里的小河沟。一般情况下，河沟窄的地方称为溪，宽一点的河道就称为河。这样说来，溪都是河的上游。所有的溪，最后都流成宽阔的河，奔流，汇聚，最后归向大江、大海。"百川东到海"，即为此意。

我生活的小城池州，北临长江，南部山区有多条河流汇聚长江。这其中，有白洋河。

白洋河，曲曲弯弯，绕城南一圈，悠悠荡荡，才在城西南拐角处遇到长江的一条支流——秋浦河，汇聚融合，入长江。

白洋河，也叫清溪河。"清溪清我心，水色异诸水。"这是大唐诗人李白游历池州时写的《清溪行》中的诗句。

对于一条藏在唐诗里的河流生出好奇之心，几乎是理所当然。好奇心的驱使，去寻找一条河流的源头也几乎就是顺理成章。

源溪行，缘溪去，是也。

二

出城南行，通往源溪的路并不好走。所有的溪流出山，奔向大江、大海的路大抵都是这样，不会很好走。

源溪之"源"，还有"事物的根由"之意。在源溪的尽头或许能够一探究竟吧。

乘坐的车停在一片树林的边缘,大家下车,说源溪村到了。

一块开阔的山坳里生长着一片高大挺拔的树,金钱松、黄栎、楮木、枫香、青檀、河柳、板栗、望春花等。每一棵树的高度与树干的粗细都显示了它们颇有年头,参天耸立,蔚然深秀。有知情者介绍说,这片树林有三百多棵树,百年以上的树木也有一百多棵。

头顶上,正是四月雨后的艳阳,咋咋呼呼地让人有点害怕。沿着树林里卵石铺就的小径走过去,遮天蔽日,如伞似盖。走走停停的步子,仰视的姿态,是难以抑制的敬慕与反复的猜疑。

这无疑是一片人工林。所见的人工林,栽种同一种树木的多见,像这样杂种的人工林却不多,即使杂种,大抵也不会是种类如此众多。何况,这些树木的生长习性不同,品性似也不同。金钱松与河柳,如何也不会是同类;望春花与黄栎与青檀自然也不是一条道上的。

"一棵树,一棵树 / 彼此孤离地兀立着 / 风与空气 / 诉说着它们的距离 / 但是在泥土的覆盖下 / 它们的根伸长着 / 在看不见的深处 / 它们把根须纠缠在一起。"

在这块山坳,这些不同种类的树枝柯相触,根须纠缠。都道良禽择木而栖,不知道路过这片树林的飞鸟,例如乌鸦与喜鹊会不会恰巧做了邻居?

出树林,一条通往村子的山路渐渐向上。村外路旁,又遇一棵高大的树,枝干盘曲,冠大荫浓。仔细瞧一瞧,竟也不是一棵树,而应该算是两棵树,椰枫与青檀合株为一体,不分彼此,正是"神秘的连理树"。

转过连理树,就是村庄了。

村庄的外面,溪水长流,泠泠然如练似缟。千年前的南宋时期,秋浦曹村(现属贵池棠溪)族人迁居于此。偏安一隅的王朝,大抵会让人们无端生出慌张,迁居或许正是为了带领族人找一个更加安全的地方,以躲避战乱,或者避免饥馑,像桃花源中的的黄发垂髫,在远离尘世的地方,怡然自乐。

辗转、迁徙、定居，在颠沛流离中，有没有获得神祇的指引？我相信是有，这是我站在缟溪曹村口一棵千年古银杏树下得出的结论。

自以为是的人不少见。在一棵树下，一棵千年的银杏树下，人不免畏怯三分。从冰川期存活下来的古老树种，大概可以告诉你，此处不凡。千百年来，人丁兴旺、人才辈出的曹氏族人，也在曹氏的族谱上留下这个讯息。

一条缟溪，溪东住着曹氏族人，溪西住着金氏族人，缘溪而上，还有柯姓一族的村庄。每至正月，三族共兴盛大的傩事活动，锣鼓喧天，铳炮齐鸣，古老的傩舞从古跳到今，敬天敬地，祈求五谷丰登。

缘溪走得越远，越靠近溪流的源头，看溪看树，看人看事，似乎每一滴清流都有讯息，每一片树叶也有讯息。但似乎又模糊，又飘忽。

站在古银杏树下忧心忡忡的村支书说，曹氏一族最兴盛的时候，有万余人，但现在只有几百人了。土地贫瘠，山高路远，很多年轻人出去就再也不回来了。

再也不回来了！

会不会有一天，只剩下这棵银杏树，还有那棵"连理树"，以及村口的那片树林，只收留着南来北往的飞鸟，却再也留不住子孙的脚步。

许许多多的村庄就是这样消亡的。

一座村庄的建立，在历史的长河里行进了千百年，它的消亡或许只是瞬间。

三

源溪最深处的一个村庄，是徐村柯，也是白洋河的源头所在。

村庄几乎四面环山，只一个缺口处，一条弯弯曲曲的路沿着山脚往里延伸。目极处，红瓦白墙的一溜房屋依山而建，蓝天青山作背景，清新养眼。村庄前的山坳里，是梯田，一级一级铺陈开来。油菜花的黄，与野生红花草的红花相互映衬，以大团大团的绿作底子，像新嫁娘床上的被褥，俗是俗了点，却朴素喜庆，让人不由得欢喜。

我无法掩饰自己的欢喜，一路"呀呀"惊叹。感叹村庄的美丽，也感叹这里如此幽静。

人越行，境越清。一身的躁气似乎丢在山外边，泠泠溪流的声响牵引着脚步。夹岸的山越高，溪流里乱石嶙峋，真像是山这个淘气的孩子，一生气，把他平时爱玩的那些石制玩具呀，一股脑儿地倾倒下来。只是气消了，也要记得把这些玩具收回去才好呀！可是，任性的孩子，哪里知道倒出去容易，收回来难。"覆水难收啊，覆水难收。"

山山水水里兜转，哪里就能找到河流的源头了。山有多高，水就有多高。人在山水面前，如此微小。找到源头又如何？一条河流的源头并不会透露给你多少它来去的痕迹。

踏过乱石丛，一刹那的顿悟，明白这些乱石就是山一生气的结果，是不是有一瞬的豁然开朗？

源出为溪，溪流成河，汇聚为江，入海，这一路的山高水长，走得辛苦。灌溉良田，护佑村庄，是源的和风细雨；洪流汹涌，毁村灭地，是源的怒发冲冠。

人懂得了源的情绪，大抵会在河流的面前理智一些吧，但愿如此。

四

源溪之行，似乎窥探一线山水的秘密，比如那些树，那些石头。都是暗示，都是指引。

村庄的不断消亡，城市的不断建设，好像都藏在一条河流的走向里。

守护，还是逃离？建立，还是湮灭？逃离，也是回归；建立，也是毁灭。

沧海桑田，有时就是一念间。一念起，一念灭。

城中寻春

惊蛰已过，站在楼上，能看见楼下的白玉兰开得正盛。风过去，花瓣纷飞如雨，洁白的花瓣落在暗黄的草地上，说不尽的邂逅。春天，应该是恣肆的。城中玉兰，那一树的洁白，于狭窄的空间里到底把春意逼到局促处，留不住目光。

下班，手插衣袋，步行回家。出校门，没有走常规的路线，上长江路再拐清风路，而是直行，进入未修完工的一段路，上城十四路。

走一条未走过的路，为的是城中寻春。

城十四路也未完工，路的一侧是两个新建小区，另一侧是一片山坡，山坡上种满油菜。此时，油菜花正黄。吸引着我的目光、牵引着我的脚步的，正是这片油菜花。

一条未完工的路，自然人不多。偶尔，有人声飘过，是背着书包放学回家的孩子，像我一样心怀好奇，不走寻常路。

站在山坡下，举目金黄，夕阳的余晖里，璀璨耀眼。还未到油菜花盛开的时候，若是盛开，满山坡的黄花，当是蜜蜂嗡嗡乱飞，这片山坡怕就是为了蜜蜂放歌搭建的舞台吧。舞台下，我或许依旧是如约而至的观众，对着满山坡的黄花、满山坡翩跹的蜜蜂，兴许也会高歌一曲，谁为谁喝彩还不一定呢。

除了油菜花，山坡低处，豌豆花也开了，洁白的花瓣，像嫩生生绿着的豌豆叶上歇着一只只白蝴蝶。尚未牵藤的豌豆旁各插了一根树枝，待到日后，豌豆苗攀到一根根树枝上，苗攀到多高，小蝴蝶也就飞到多高，那会有多美呢。

还有蚕豆花，花冠也似蝶，色白，有红紫色斑纹。记得有人说过，蚕豆花开似眼。可不是嘛，那白的部分是眼白，那红紫色的部分是眼珠，正是滴溜溜乱转着的、清澈的眼。瞧着瞧着，呀！这春天。

我也走着走着，瞧着瞧着，呀！这城中春天。

嗵的一声，一脚踏空，路到尽头，春在身后。

第四辑　时光乱

芭蕉雨，芍药风

书房面北，楼高五层，抬眼望，是一线蓝天。窗下有一棵香樟，亭亭华盖，高出半窗，撑出一窗绿荫。在这一窗绿荫下，度春，度夏，度这世间的冷暖炎凉。

一个在外地上大学的孩子说，冬天回到这里，熬过春天，又快过完夏了，还不知道秋风里能不能回到学校，说好的求学季居然在家历经四季。

我也是。在这绿窗下，听过雪粒落在樟树叶上的沙沙声。那是一场春雪，落了一夜，第二天就是天晴。雪落的沙沙声里，我问过自己，不知道一朵雪花从来到人间到消融成一滴水到底有多长时间？也不知道那些逝去的生命，是不是也像一朵雪花？

除此以外，今年的梅雨季也很长，长得像新冠疫情隔离的日子，望不到尽头。

一日又一日，坐在窗下，坐在这里，听雨。叶的密，雨的急，一滴滴、一声声，汇成急促的鼓点，似呜咽，似喧哗，破窗而入。

"芭蕉得雨便欣然，终夜作声清更妍。"（杨万里《芭蕉雨·芭蕉得雨便欣然》）芭蕉雨，落在黄梅天，实难有欣然之情。

旧时黄梅天，日日看雨落在人家的瓦楞上，溅起一片迷蒙的水雾。门前的池塘里，水一寸一寸涨上来，漫过堤岸，漫过沟渠。远远地看，田野里的稻禾抽穗、扬花，就等着天晴，照几个日头，稻子就黄了。举步即达的颗粒归仓，却迟迟没有到来。母亲也没有等那个冒着雨、戴一顶斗笠、腋下夹一只葫芦瓢来找她借一瓢米下锅的邻居妇人开口，就赶紧从米缸里舀了一瓢米给她。妇人讪然有羞涩，捧着葫芦瓢又走进雨幕里。"何日是个头呢？天不给人活路，人总不能见死不救。"母亲看着妇人离去的背影说。我的母亲大字不识一个，但她每每语出惊人。

何日是个头呢？春风里，窗下这棵樟树脱去旧衣裳，我坐在这里。它终于换得一身翠绿的新衣，我还坐在这里。它的一身新绿，又老了，我依旧坐在这里，听风听雨，听世间的潮来潮往。

这一年，武汉封城，除夕逆行；这一年，淮河的大水，王家坝泄洪；这一年，洪水漫至乐山大佛脚下，成都人在雨缝里，登上高楼，遥望西边清晰的雪山。网络上盛传一张拼图，一张高楼后的雪山，一张一辆辆车泊在洪水中的街道上。川籍名师李镇西老师说：千年之后，成都人这样领会了老杜诗"窗含西岭千秋雪，门泊东吴万里船"里不一样的意境。

风雨亦同，世道人心。"芭蕉叶上雨难留，芍药梢头风欲收。"（《牡丹亭》）硬的芭蕉收不住雨，软的芍药耐不了风。那一涧绰约的芍药，原是靠着一石一坡躲那一缕东风，方才留得一寸仙姿。芭蕉听雨，听出这世间风雨的喧嚣与凌厉。亦如怀素，折一片蕉叶，蕉叶上写字。字有字的流畅飘逸，人有人的洒脱不羁。

风雨从来打不垮不屈的灵魂，倒下去的都是立不起来的肉身。

从一声吆喝里挣脱

"卖冰棍啰！卖冰棍哎！"

旧时六月天里，稻田里挥汗如雨，这一声声悠长的吆喝声像一朵云飘过头顶，送来一缕清凉。手里的镰刀似乎越发锋利了些，右手挥镰、左手握禾，勾了头一顿忙活，不觉一趟稻子割到头。直起腰，汗珠滚过眼睫，滚过脸颊，滚落下颌，无声掉落在稻茬上。人上了田埂，隔着一块稻田，卖冰棍的人推着一辆自行车等在田头的大树下。从每一块稻田里陆陆续续聚拢来买冰棍的大人、少年。两分钱一根冰棍，有时大人也是舍不得吃的，眼馋、嘴馋的少年多半抵不过那一声声擦过耳畔的吆喝声。

"卖鸭蛋！卖鸭蛋！"

一个中年男人的吆喝声在楼下已经持续很久。很久是多久，我也估算不出来。

在这吆喝声里，我把脏衣服扔进洗衣机里，回到书房查看了班级院事通打卡信息统计，通知了几位未打卡的，又在钉钉里发布了今日书写作业，批改了昨日的书写作业，以及前两日个别人的补提交作业。洗衣机工作结束了，发出嘀嘀的提示音，我从书房出去晒了几件衣服，再回到书房，吆喝声还在楼下。有没有人听到吆喝声，产生购买欲，下楼去买，或者路过，停下来看一看中年男人的鸭蛋，不得而知。我所能知道的，只是不曾间断、不曾改变音调高低、起伏变化的吆喝声。

这是新时代的吆喝，录制音频，电喇叭里循环播放的吆喝，一声声钻入耳膜，聒噪闹心。

小城繁华热闹的西街口那里久已懒得去逛，懒得去逛的原因是街道两侧店铺里的电声吆喝，互相比拼的喇叭音量震耳欲聋，坏了心情。

循环播放的喇叭，复制的吆喝声，听觉上的疲劳，磨损了心理期望，只想远远逃离，快快挣脱。

穿行在现代城市丛林，高楼与高楼没有辨识度；行道树与行道树没有辨识度；门脸与门脸没有辨识度；行人撞脸、撞衫，依旧没有辨识度；巨幅广告牌，从一个路口延伸到无数个路口，一样的底色、一样的字体……时代感，城市画风，不过是Ctrl+C和Ctrl+V的结果。

视觉上的疲劳，降低了人的审美能力，也降低了人的创造性。

人若丧失了独一无二的审美趣味与创造性，人就是机器。机器都是被Ctrl（控制）的。当无数现代感控制了我们的听觉系统、视觉系统、嗅觉系统、触觉系统，我们不再是我们，是无数被复制的产物。

"世界上没有两片完全相同的叶子。"我们却终究做了复制时代的囚徒。

味道

初秋时节，秋风微凉。女友着一件色彩艳丽的长袖蕾丝裙，从阳光的那头婀娜而来。正是凌波的微步，若有若无的凝思，仿佛疏离，却又如此亲近。目光遥遥地投给她，是懂得，也是欣赏。慢慢走过去，手搭上她的肩："颇有味道。"她只不言，侧脸一笑。

彼此都是懂得，再没有比"味道"一词更好的形容了。

词典里解释，"味道"通常指"气味或滋味"，也指"抽象的情味、意味"。在我们俩的心底，"味道"一词也许还是偏向于最初的"气味"，哪怕隔着远远的距离，我们嗅得到彼此身上的气味。

一个人，到底是有一种独特味道的。一件衣饰，一个眼神，一抹笑容，一个举手，一个投足，都是味道。

相传，美女西施有心口疼的毛病，故她常常蹙眉。大略美人的那个蹙眉也是颇有味道的。要不隔壁的那个东施怎么就效仿了呢。可是，效仿得了那个蹙眉的动作，却效仿不来美人的味道，反而显得装腔作势，恶心透了。

《红楼梦》第二十三回，《西厢记妙词通戏语　牡丹亭艳曲警芳心》里写：宝玉携了一套《会真记》，走到沁芳闸桥边桃花底下一块石上坐着，展开《会真记》，从头细看。正看到"落红成阵"，只见一阵风过，树上桃花吹下一大斗来，落得满身满书满地皆是花片。宝玉要抖将下来，恐怕脚步践踏了，只得兜了那花瓣儿，来至池边，抖在池内。那花瓣浮在水面，漂漂荡荡，竟流出沁芳闸去了。

难得宝玉如此心思细腻柔软，落红成阵，他只惦记脚步践踏了一缕花魂，要把它抖落在水里。但黛玉原是比他心思还要细腻，她说："撂在水里不好，你看这里的水干净，只一流出去，有人家的地方儿什么没有？

仍旧把花糟蹋了。那畸角上我有一个花冢，如今把他扫了，装在这绢袋里，埋在那里；日久不过随土化了，岂不干净。"

后来，在第二十七回里，黛玉悲作《葬花吟》。那是心里揣着一腔无明正未发泄，又勾起伤春愁思，因把那些残花落瓣去掩埋，不由得感花伤己，哭了几声，随口念的几句。

这两个有情人，有过初相见时一如重逢的惊愕，宝玉说，这个妹妹哪里见过的；有过同看《西厢记》时的爱情表露，一个是"多愁多病"的张生，一个是"倾国倾城貌"的崔莺莺。但我总觉得，黛玉仍不是那个崔莺莺，她是葬花的林妹妹。她一个人的味道，宝玉似也不曾懂。

读中学的时候，有一个午休，窗外飞来一只麻雀，掉落在教室里，被淘气的男生们愣是给弄死了。其时的我大抵是义愤填膺，颇为仇恨的：这是一个生命哎，怎么能这么残忍？后来，我应该是请另一位女同学从家里拿来锄子，用了自己的手绢包了麻雀的身子，葬在教室外的树下。现在想来，我做是这样做了，年少的青涩，效仿黛玉葬花的成分居多，到底少了几分味道，也是矫情得很。正是：由来葬花唯黛玉，再来葬花笑煞人。

读丁立梅的文字多年，喜欢她温情脉脉地写一花一草，一鼎一镬，小欢小喜，小怒小悲，透着俗世里的妖娆丰美。那些文字，在我看来篇篇都是精致的散文，好看耐看。但有人对她说：你写小说吧，来一个华丽的转身。她说，我清楚我站在哪块土地上，朴质的根，朴质的茎和叶，一株狗尾巴草的样子，如何华丽得起来？我真高兴她如此懂得自己。她就是散文啊。小巧的，朴实的，秀美的。我认同小女子也能写气势恢宏的长篇巨著，但她可能写散文更合适。

沈从文的小说《梦与现实》里写到两个女孩子，一个说：我可是个俗人。是无章句无韵节的散文。另一个却说：你这个人本身就像一首诗，不必选字押韵，也完完整整。

我暗自揣测，自以为是无章句无韵节的散文了，在懂的人眼里，就是比诗还有着更耐人琢磨的味道了。一个人，终究是自己首先懂得自己是何种味道，才能赢得更多的理解与尊重。

辛晓琪有一首歌，《味道》："……我想念你的笑，想念你的外套，想念你白色袜子，和你身上的味道，我想念你的吻，和手指淡淡烟草味道，记忆中曾被爱的味道。"

如果留不住爱情越来越远的步子，但能留住爱的味道，足够一生回味了。

笑意盈盈

  一张笑脸，不仅是一个图示、招牌，甚至不只是一种生活方式，它更是一种精神，一种力量。

——题记

一

  千里远行，疾驰的车经过一个又一个高速路收费站，年轻的收费员一律笑脸相迎，礼貌微笑服务，直到服务完毕，仍微笑着侧目注视我们离开。

  朋友说：她们处在监视器下，必须一直保持着职业微笑。

  虽然是职业微笑，少了一点生动与发自内心，但到底好过僵硬与冰冷。

二

  许多年前，在乡下，工资进出在小镇唯一的一家银行。

  有位同事的妻子是银行窗口的职员。她日日上下班从校园里经过，不开笑脸，不打招呼，很多年过去，一如路人。住在校园里的同事很多，大家下班后打球、散步、聊天，如同家人，但没有人见过她的笑脸，听过她的言语。偶尔，去银行存取款，不见她的特别礼遇，亦如路人。我只道她生就一副苦瓜相，也不计较。

  有一日，再去银行。一脚跨进银行大门，见她在柜台里仰脸跟两位男同事逗乐，笑容甜美生动。我一时惊喜，也微笑着靠近柜台。哪里知道她转身过来服务，笑容倏地滑落，一张脸瞬间像掉在冰窟窿里的一朵玫瑰，挂满白霜，冷冽寒肃。我一时收不住脸上的淡淡笑容，尴尬万分。

笑容很美。所谓"冷美人"与"美人"的距离就只是隔了一层面纱，揭开面纱，大抵面目可憎。

三

偶尔，线上与朋友说话，话到穷尽或是不知道何以措辞时，怕对方以为是不理会，会顺手点一张笑脸发过去。忽闪着乌溜溜的大眼睛、弧度向上的嘴角，在对话框里跳跃着的笑脸图，是那一刻的心情。每一次发完笑脸图，不禁嘴角微扬，想见对方也会粲然一笑吧。

上课的时候，找孩子回答问题。总会见孩子们小手高高举着，自信迫切的样子，叫起来却又嗫嚅着，声小、脸红、呼吸急促，典型的社交焦虑症。这个时候，就耐心地等着，微笑着一直看着发言的孩子，然后，听到呼吸均匀了，小脸上的红晕慢慢淡去了，接着便能听到清晰的发言。

冬日的清晨，上班进入校园，执勤的同事多半站在初升的太阳里，远远看过去，是一幅美丽的剪影。每每那一刻，有一个温暖的词会从脑海里蹦出来：负暄之乐。

暄，是太阳的温暖。所以还有一个寻常词汇，也是如此贴近生活：寒暄。熟人朋友见了，说着看似无关的天气冷暖之类的应酬话，就是寒暄。寒暄着的两个人，脸上都是彼此记挂的温暖笑容。眉眼里的疲倦，似乎突然略多了的几根白发，胖了还是瘦了，把彼此都甚为在意或不在意的点滴变化梳理一遍，道：好好的啊！似乎还言而未尽，但要回家做饭，或是赶着上班，走了。下一次遇见，还是把一样的话题，一样的内容，再寒暄一遍。若是久不相见的两个人，即使遇见，连寒暄的欲望也没有，就是彼此冷了，硬生生挤出的一个笑容便也透着寒意。

笑容，是最深切的体贴，最有力的鼓励，最温暖的惦记。

清晨慢

睡足的清晨，手机闹铃响起之前自然醒。

充裕的时间，足够我慢条斯理地做几个起床前的四肢运动，梳洗完毕，喝一杯水，然后拿起昨夜床头翻过的书，读几页，写几句感慨，这才下楼。

去小区南门口那家面馆，厨房里忙碌的那个身影抬头看我一眼，不用我开口，几分钟后他就端来一碗我要的肉丝面，我吃完，够饱。我吩咐过，煮我的面略少几根。我用了很多年才改掉每次吃饭剩一点的习惯。

这人世的很多道理，非经历不足以懂。有些事，不可以做，有些话不可以说。年少的狂妄与张扬，慢慢收。

骑车行到青阳路菜市场的十字路口，转入非机动车道。新修的路，路两旁也新植银杏、樟树及各色花木，正绿树荫浓。前面两位行人，一男一女，年纪不小，执手相牵，各自拎着从菜市场买的蔬菜早点，步履缓慢。

我不按铃，不想用噪声惊扰他们，只缓缓地跟在他们后面。看着他们彼此相牵的手，并肩而行的背影，突然觉得这个清晨好美。像一首歌，慢悠悠的前奏，让人有足够的耐心等歌声起。

在恒泰的门口，我绕过他们前行，还扭头看一眼，相牵的手，慢慢走，慢慢老。这世间，多少忙碌与惊慌都与他们无关。不只我的车为他们慢下来，清晨的时光也为他们慢下来。

你不慌张，时光就为你慢下来，世界也为你慢下来。

此刻，我懂了这点，似乎也不太晚。

纳春光如许

节气走过立春、雨水、惊蛰，又渐往春分深处。春，形单影只，在城外、城内徘徊良久。

人，居于一室亦久。惜梅已老，叹落红无数。菜花遍野，红杏闹枝，料春深如许。

今天周六，全省网课已上线两周。每日与学生同步观课、整理视频课要点、布置作业、写批改作业信息反馈，长时间地对着手机，眼睛疼。学校给每位老师配了护眼眼罩，累了戴上眼罩休息半个小时。中草药的独有清香，鼻息间缭绕，醒脑也醒心。

茨威格的小说《博弈人生》里的B博士，被纳粹关进空无一人的牢房。无人说话，无事可做，无时间流逝之感，不间断没有规律的提审，单调的时间与空间，摧垮人的精神。但他偶于一次审讯时偷得一本棋谱，自此，他背棋谱，在脑子里自己与自己下棋。

人在牢狱，牢狱未必就能困得住人。

这段日子，看过很多人立扫把，或者在盐粒上立鸡蛋。一位朋友在圈里把"降龙十八掌"默写了一遍。少年时期迷金庸，不料很多年后金庸还可以一解新冠肺炎之困。那些爱过的山河、经过的岁月，历过的事，都不是灵魂的羁绊，是我们倾心付出的锦绣华年。

"一切有为法，如梦幻泡影。如露亦如电，因作如是观。"这世间的一切，不执着便都不能束缚。

今日一早，日暖风晴。早饭后，把手头上最新的三期《小说月报》送给隔壁检察院小区的吴老师，也顺便从吴老师那里得到一份晚报，上面发了那篇《火光照亮的人生》。这是新年来第一次与家人之外的人接触。我和吴老师各自戴了口罩，就站他家院子外聊了两句即回。在小区门前的水果摊逗留了一会儿，买了一根甘蔗和一个菠萝。

"小时候吃的甘蔗又瘦又细，也不太甜。还啃过玉米秆子，也不太甜，却啃得有滋有味。父母有时候得空，会帮我们啃掉外皮，是多大的福分啊。很多年前，买菠萝，摊主不给削，好像也没有现在这削菠萝的工具。一只菠萝买回来，削好后菠萝肉废掉大半，手指也被扎几根菠萝刺，菠萝甜蜜的香气勾起的食欲到底是被手指的刺痛消耗掉。当然，这也多是家中有孩子，否则也没人愿意跟一只菠萝耗下去。"

摊主削甘蔗、削菠萝的时候，我一个人在脑海里温习了一遍旧时光。化繁就简，也拿出几句与摊主分享。摊主大抵晓得光阴里的曲折，却未必晓得我内心的山光水色。

晓得也好，不晓得也好，不苛求。踩着树木和楼群的影子，触目是阳光里玉兰的一树灿烂，纳春光如许，上楼。人间的气息，也似护目罩里中草药的味道，缭绕身旁，醒脑醒心。

雨浥轻尘

> 天使之所以能够飞翔,是因为把自己看得很轻。
> ——录自唐厚梅《特殊的测试》

她说她是轻尘一般的女子。她爱也被爱。她说她爱的时候,是轻尘落在爱人的肩头。被爱的时候,是一滴一滴的雨,湿了轻尘。她因此极爱"雨浥轻尘"这四个字。她就是如此偏执,带着一点可爱女子的娇嗔和任性。喜欢了,爱了,就一定将这喜欢和爱进行到底。

一次,我跟她闲聊,说到一个典故:

有一天,诗人牛汉的外孙女看见阳台上的花谢了,她对牛汉说:"爷爷,阳台上的花灭了。牛汉说:"不对,应该是谢了。"女孩说:"不!是灭了!因为花是一盏灯。"

她说:"真好!女孩是诗意的。花儿是一个生命,生命是一盏灯。"

然后,她说,她要以《生命的灯》为题,写一篇文章。她说完,招呼也不打,就下了。一个小时后,她再上线,发来她完成的文章——《生命的灯》。思路明晰,语言灵动。我在初读一遍后,觉得行文过于随意。我说:"有点散,但立意好极了。"很多时候,她写文章,都是这样一挥而就。

她把那篇文章搁置了好久。一篇千字的散文,以为她会放弃了。可两个月后的一天,她对我说:"我将《生命的灯》作了修改,因为我爱极了那四个字'生命的灯',我不忍放弃。"我当然明白她的不放弃。像她这样单纯的女子,爱一棵树,一朵花,一株草,一只兔子,一支曲子,一段文字,都是带着她毫不掩饰的率真和执着。

那篇修改过后的文章,内容集中很多。本来立意极高,投出去后,一家报纸在三天后就发了头条，另一家外地的报纸也在一个月后发了。

她说她不一稿多投，这次是例外，但她这次宽恕自己。

跟她说话和交流，是要多几个心眼的。你的思维要能跟得上她跳跃的思维，方才可以。她说"宽恕自己"，那就是真的放任自己一次。而一定是很多时候，她不肯宽恕自己。一个严格要求自己的女子，她比任何人都显得冷静也坚韧。而她心中的大爱，给了她安宁及柔和。一如微雨湿了轻尘的早晨，美好且湿润。

初见她的那回，分别的时候，她轻轻吟诵："渭城朝雨浥轻尘，客舍轻轻柳色新。劝君更进一杯酒，西出阳关无故人。"她说她不是伤感，只是爱"雨浥轻尘"这四个字。握握她稍微冰凉的手，告别，也只是让疼惜一如雨浥轻尘。

我知道时光渐老，只是在时光之外，禁不住会拿起她的文字，读一遍，再读一遍，感觉她就在身边，阳光里轻尘一般地舞蹈，似有若无。

女儿媚

她说，我是男儿性情，投生为女儿胎。

有时，不为什么，坐在一桌子的男性中间，她没有多余的话，只是一杯接一杯地喝酒。

有一回，酒喝多了，坐在那里，她不停地掉泪。一桌子的人屏声静气，不知道她为何如此伤心。也不是号啕，就是眼泪大颗大颗地落。她接过别人递过来的面纸，掩面而泣。也只是肩头抽动，听不到她的哭声。很久之后，她去水池边洗洗脸，对大家说："我没事了，回去吧。"

有时，在办公室。阅卷、备课累了，她向男同事要一支烟，自己点上。左手夹烟，右手执笔，仍是低头做事。她的面目在淡淡的烟雾里很模糊。

那一回，是午夜。几个人从 KTV 出来，来时人声喧闹的步行街已是格外的安静。朦胧的夜气里，灯光暗淡。她自顾走在一群人的前面，哼着歌，嗓音沙哑，曲调破碎支离。然后，大家都注意到迎面走过来一对年轻人。男孩搂着女孩的肩膀，彼此勾着头说笑，旁若无人的张扬，单纯自然的美好。大家看见她的脚步慢下来，再慢下来。然后她不走了，仰头看天。

还有一回，她生病，他陪着坐公交车去医院。远郊开过来的一趟车，一路只见上的人，不见下的。车上的人越来越多，越来越挤。后来，上来一位孕妇，没有座位了。老弱病残专座上的人，目光看向繁华的街景，神情悠闲自若。她站起来，远远地伸手牵孕妇坐在自己的位置上。他站起来，让她坐。她摇摇头，就坐在他的膝上。

细细揣摩她的样子，才发觉她说自己是男儿性情并不对。她实则才是真正的女儿媚。是柔媚，而不妖媚。

她想哭了，不管不顾到恣肆落泪。不是哭闹，不是耍泼。或许就只是那一刻，她心情压抑了，不爱言语，哭一回，释放了心里的压力。不装模作样，不遮掩真性。懂得她的人定会明白，心底有知悉，有疼惜。

累了倦了，抽一根烟，也没有什么不好。烟雾迷蒙里，心境依旧清明。像风缠一回枝头，雨滴一回阶前。

午夜街头看见相拥的身影，是心有所动，心有所牵吧。也或者是忆及某个青春的日子，与他携手，情牵万里，岁月无边。

公交车上，她牵着孕妇的手坐回自己的位置，而不坐他让过来的位置，却被他揽在膝头。拥挤的人群里，方觉她最媚，她最美，如珠如歌，一颗一颗落在心里。

做你手心里的一枚玉

　　常常是路过街边的地摊，看到卖玉石器的，我都会不由自主地蹲下，把玩那些细腻光滑的玉石，或莹洁、或明艳，或是若有若无的绿、或是迷迷蒙蒙的灰。我爱极了。但我分不清它们是普通的石头还是玉，可我爱它们。

　　有一回，买了一个镯子，并不戴手腕上。可喜欢那种触摸里冰凉的感觉，慢慢地传递出手心里的温度。再后来，去过一座寺，有了一个玉佛手吊坠。夏天，脖子上绕着那一根显眼的红绳。同伴会建议，换了铂金项链吧。可我一直不曾换。与其说我是爱玉石，不如说我爱的是玉石给予我的透心透肺的凉。都说：玉是通人性的，玉能养人。贾宝玉的"玉"就刻了"通灵宝玉"嘛。一块玉在人身上戴久了，就会浸入人的血魄，玉就会越来越润。

　　女人爱玉，更希望可以做男人手心里的一枚玉。如玉，收敛了锋芒，低眉凝成的冰肌玉骨，只消那手心里的一点温度，便慢慢地暖，慢慢地像沉睡的莲，绽放。

　　女人期望是一枚玉。当一个男人，用了目光凝视里的雕刻，用了肌肤相触里的抚摸，用了体温暖暖相慰，用了气息脉脉调和，女人便如玉温润，如玉凝滑。

　　因此，沈三白的芸是玉。哪怕"其形削肩长颈"，也是"瘦不露骨，眉弯目秀，顾盼神飞"。这样的注视，绝不是单纯的"情人眼里出西施"。是珍惜！那份珍惜，还是分别恰如"恍同林鸟失群，天地异色"；小别重逢，"遂与比肩调笑，恍同密友重逢"。沈在芸去后，写下近万言的《闺房记乐》，是乐？是悲？但芸就是浸润了岁月之气，也或者她就是沈三白遗落在人间的一枚石头，可她已浸了沈的血魄，凝成玉的莹洁、玉的温润，种在苏州沧浪亭。

　　梁思成的爱人林徽因也是玉。徐志摩可以把她引为知己，金岳霖也可以为她终身不娶。但这些不曾沾染她纯净的心灵，她仍是一枚玉般的晶莹剔透。

　　走近她们，就好像是把一枚玉握于手心。而在人世行走，我始终期望在纷乱的人群里，可以把我冰凉的手放进你的掌心。

女人有泪不轻弹

当一个女子独坐一个角落里哭泣,她应该是没有了哭泣的地方。

家里没她哭的地方,那里可能有孩子无邪地注视。

也不能对着一个闺中密友哭,也可能她本没有闺中密友。婚姻里的琐碎,使她放弃了爱好,也放弃了友情。等到人生的无奈统统展现,她发觉自己是处在一个进退两难的境地,不能前进,也无法回头。

更不能在人群里旁若无人地流泪。年岁地流逝里,已经学会的就是:以最美好的一面示人,以最糟糕的一面对己。不一定是要像别人一样展示优裕,却真的是要给人一点安慰:我很好!

其实一个人最幸福的时候,不是有人可以和你一起欢笑,而是有人可以静静地陪你一起流泪。不问为什么,只须陪你哭过。

没有了可以对着哭的人,也没有可以哭的理由。但要流泪,是女人的专利,那么就去看一部又一部的煽情剧,在别人的故事里流着自己的泪。

生活还是一如静水般而去,记忆的河床里沉淀下来的,全是那些跟眼泪无关的情节。不是试图忘记,而是真的就随流水而去。

青春的季节,可以因为一段触动心弦的文字,流泪;可以因为一段莫名的旋律,流泪;还可以因为一阵风扫落花,流泪;也可以因为一阵细雨滴落芭蕉,流泪……

那梨花一枝春带雨的柔美,只属于一张单纯的脸。当一张刻满沧桑的脸再添冰冷的泪,所能带来的只是凄绝。

青春女孩的眼泪是温暖的雨;一个满脸风尘的女人,她的眼泪就是苦涩的酒。

青春女孩的眼泪是美丽的诗;一个满脸风尘的女人,她的眼泪就是丑陋的伤痕。

青春女孩的眼泪是率性的歌；一个满脸风尘的女人，她的眼泪就是隐忍的疼。

当你已经是一个满脸风尘的女人，那么别轻易流泪，笑容展现给别人，眼泪留给自己。

可是男人永不会知道，当一个女人在跟他相处的年月里，收敛了眼泪，其实也就是收敛了她所有的性情。那个曾经个性张扬的女子，像孩子一样任性的女子，在一点一点老去的岁月里，若还能对他任性地哭一回，是她尚存美好。没有了眼泪，生活在那个女子的眼里也就不再诗意。

舒婷在她的诗《神女峰》里写道：与其在悬崖上展览千年，不如在爱人肩头痛哭一晚。不是心灵如水纯净的女子，怎能写出如此凄绝的句子？爱她，不是陪她一起欢笑，是可以让她在你的怀里尽情地流泪，尽情释放所有的情绪。

女人的眼泪，不一定是因为悲伤，可一定是因为诗意的人生。

女人微醉自芳菲

《菜根谭》有言：花看半开，酒饮微醉。此言包含的意味，自有其绝妙之处。女人与酒的接触，怕是得做到这样才是正途。

或三两闺中密友，或四五男女亲朋，在吵闹的餐馆也罢，在灯光幽暗的酒吧也好。没有什么理由可以让你一如一朵绽放的罂粟，满身闪着极致的火焰。只在笑语喧哗里浅酌一点红酒是助兴，是语言和情绪展现的恰到好处。诉说人生的苦闷，交流婚姻里的无奈，也冷静分析为人处世里的平和与淡然。思维清晰，言语灵动。不是怨尤，不是发泄，要的就是一种倾诉。倾诉完了，沿着路灯延伸处的来路回家。会发现回去的路上，灯光格外的明亮，夜风也格外的清爽。

酒之于女人，是生活与情感的调味品。太多，原味尽失；太少，生活和情感是净水，缺乏足够的抵御外界浮华的能力。

当一个女人频频与酒交手，她的周身就会失去了女性独有的芬芳，那是三月的青草味道。当一个女人身上没有了清新的气味，怕就剩风尘里的酒味或者浓郁的香水味。

而一个女人，也一定不要滴酒不沾。那样无论是应酬还是聚会，你都极扫大家的兴致。兴致尽失里的尴尬，会让你自己周身不舒坦。下一次，也许你就不再去那样的场合。久而久之，你与周围的环境隔绝，隔绝的还有你的快乐或者伤悲。可一个女人，自然地展现她的情绪，才是一个魅力无限的女人。不故作高雅，也不郁郁寡欢。

周末的夜晚，自制一桌佳肴，与你对饮的该是那个与你最亲近的人。平日里的忙碌、焦虑，还加一点不满。此刻，浅斟慢饮，面颊酡红，一点妩媚，一点柔情。细数劣迹，或诉积怨。然后微醉，睡去。待到次晨，阳光灿烂，窗前鸠鸟啼鸣，又是一个清新的早晨。

做一个知性的女人,让酒释放你的压力;让酒美丽你的容颜;让酒调和你的婚姻和感情。千万别醉,要醉,也是微醉,醉在爱人的怀里,让他带你回家。

花开有声（二题）

> 每一朵花开，都有一种奇妙的声音。只有懂的人，才听得清。
> ——题记

水仙的风度

总认为，花草有心。这其中，水仙，算得上是颇有风度的。看水仙花开，是一段美好享受的过程。

清凌凌的一钵水，养着水仙清癯的身子。日日相见，日日不同。每一天，都有微妙的变化。叶片更厚了，更绿了。花茎更高了，更丰满了。

那花茎奇崛地长，直到长得高出叶片几寸几寸高。蕴蓄足了的花苞，慢慢勾下头，开始吐蕊。花蕊慢慢张开，直到高举成喇叭状。那位于中心的一茎，许是养分足，总是长得最高，开得最早。然后，左边的一茎低一些，开了。接着，右边的一茎再低一些，也开了。像奥运领奖台上的队员，一个一个，有秩序地入场。三朵花，或是背靠着背，或是各自微侧着身。不争高，不媚宠。你有你的方向，我有我的高度。

有人说，水仙的花语是自恋。若可以自恋，水仙是赚足了自恋的资本。生的过程，如此丰美，洁净。既然开花了，就落落大方、惊天动地地开在高处。这样的机会，不会日日都有。总得好好地享受过。许还是孤芳自赏，但就是这般端庄着，矜持着，低眉照见盛开的心。都是欢愉，都是兴奋。

人，若向往拥有如花的心情。那么，像水仙这般吧。临水照花的美境，就是这样。清高自处，卓尔不群。

静悄悄的兰

对于花草,我喜欢是喜欢,但缺少足够的耐心与细心。

去年,先生弄回一株兰,很小心地伺候在花盆里。花盆搁在小院里,也浇水、松土,偶尔也看看它。只是,对它终究不上心。那几片瘦伶伶的叶,永远那么憔悴,不见长。远不如一丛韭,割了一茬又绿一茬。到了夏天,有几日忘记给它浇水了。它一直藏在小院的阴影里,也还是越发枯萎。索性,把花盆搁到院子外面的草丛里,连浇水也省去了。想,能活就活,活不了也罢。很长一段日子以来,我几乎没再看过它。

我对花,就如男人对女人。长得不好看,到底是留不住目光。这样想着,也心生浅浅的伤感。但我还是一如薄情寡义的男人,对它无甚好感,又怎么可能顾念它。

偶尔,在草地上坐下歇歇,与身边的人聊天。偶一回头,也看见那株兰,在一丛茂盛的灌木与草地的缝隙间,伸着几片叶,无甚变化。倒也惊奇,它到底还是活着。虽说,难免不堪得很。但万物自有求生的心,由它去了。

旧年已去,新年又来。几日细雨,又几日晴朗。风拂过脸颊,也不再凉,倒有几分贴心的温润。想,这是春二月的风了。一缕一缕,都带着香,携着暖。

斜晖脉脉的黄昏,仍是不经意,坐在草丛里。瞧瞧,有一点绿意。再瞧瞧,就有大惊了。那株兰,开出了紫色的花朵,就一朵。小小的花蕾,包裹在花托中。不敢相信,拨弄一下,是花朵。人都道:空谷幽兰。端起花盆,凑近了嗅,还真是有一种特别的、奇异的芬芳,似有若无,于鼻息之间缠绕。

一瞬间,脑海里就窜出一个词:兰质蕙心。聪明而美丽,这该是喻美好的女子。也只有,那独立于俗世之外的好女子,可以担得起这个美名。

女人如花花似梦,你又当是哪一种?且如静悄悄的一株兰。耐得住清寂,不喧不闹,不争宠。该开花的时候,仍是开花,芬芳醉人。"兰开无语月知心,红尘自有懂君人。"

白菊为霜翻带紫

深秋时节,各种菊花竞相绽放,姿态万千,鲜妍异常。波斯菊的妖娆,大丽菊的伟岸。金菊耀眼,红菊醉心。盆栽菊精巧,野菊花随意。

在乡间,人家门前,常多见普通的白菊。洁白、细长的花瓣,似大方地舒展,又似娇羞地蜷曲。一层一层堆叠,越近花心,色越浅,浅到翻出淡淡的鹅黄、淡淡的绿。有几分清丽,也有几分娇俏。一整个秋天,白菊花寂静无息地开放。霜冷长天,它的叶片都略显枯萎。那些花瓣也憔悴着,可依旧傲立枝头,白色的花瓣渐露出几分紫色来。天越冷,紫色越浓。化作紫色的白菊,已全然没有了当初洁白润泽的娇颜,不由得人不生些许怜惜。

日本小说《源氏物语》里,写到少年夕雾恋上青梅竹马的表妹云居雁。但云居雁父亲嫌夕雾地位低,连云居雁的乳母也讥笑他为"六位绿袍"。因为,那时他不过是补任六位藏人,着绿袍。多年以后,夕雾对云居雁的眷恋之情已感动内大臣,当然主要的是他此时已官至中纳言。此时,他可以着红袍了。他的父亲源氏认为他的长袍颜色红色太深,显得不够稳重,穿浅紫色的长袍就可以了。事实上,夕雾像他的父亲一样英俊气派,但比之他的父亲更沉稳。就是在对待自己的恋情上,也是耐得住重重考验,不动摇。身在朝廷,他一点点进步,一步步高升。不见焦躁,不显轻浮,难得一见的贵族子弟的模范。有一次,他想起云居雁的乳母曾经讥笑他是"六位绿袍",于是摘来一枝花色正变得发紫、十分美丽的菊花送给她,附以和歌道:

"浅绿嫩叶当年菊,
曾料变成深紫色?

当年那句话刺痛我,难以忘却。"

岁月经年,夕雾未必真要和一位妇人一见高低。可能只是欲化身为紫的白菊,一瞬间牵动敏感的神经而已。

"寓居无事入清冬,虽设樽罍酒半空。
白菊为霜翻带紫,苍苔因雨却成红。
迎潮预遣收鱼筍,防雪先教盖鹤笼。
唯待支硎最寒夜,共君披氅访林公。"

这是唐人皮日休的诗《初冬偶作寄南阳》。唐诗里,皮日休的诗无疑算不上什么。但这首诗却好,因为这句"白菊为霜翻带紫,苍苔因雨却成红"。

丛菊傲然,冷冽寒霜里,翻身变作紫色是刚强也是高洁,并不是谁都可以。于人何尝又不是?总要是经历了无数的艰难和阻碍,一点点磨炼意志,褪尽青涩,方显本质。若仅仅遭遇一点风雨侵袭,就颓然,就凋零,才是真的怯懦,真的不堪。

暖暖秋阳里,再经过人家门前的那一丛丛菊,看白菊花俏立枝头,不知道它会在哪一阵寒霜里,悄然变作紫色。只是,心底再不会替它生出怜惜,而是深深地懂得。

寻找五瓣丁香

街头闲逛，遇丛丛而生的花树。叶茂枝繁，花簇如云，或粉白，或浅紫。淡雅之极，素朴之极。气息幽微，似有却无。朋友告诉我：这是丁香。一时有初相见的欣悦与惊喜。凑过去，在满目的繁花中细细逡巡，一脸的肃穆与庄严吧。朋友不解："你干吗呢？"

"寻找五瓣丁香，一个关于幸福的传说。"

应该是很早很早的某个时候，读刘鹏越的小说《五瓣丁香》。小说写的是一段无望的恋情，"文革"的背景，自是多了压抑的气氛。那本书很破旧了，我翻在手里的时候，也正是对情感之事似懂非懂的年岁。但小说里有一个关于丁香的传说：谁能找到五瓣丁香，谁就能找到幸福。很多年过去，小说的情节已经被我遗忘，只剩下这个传说。

其实，我知道，幸福的五瓣丁香无从找寻，也许有遇见吧。能够遇见何其难？张爱玲说：于千万人之中遇见你所遇见的人，于千万年之中，时间的无涯的荒野里，没有早一步，也没有晚一步，刚巧赶上了。

哪里有那么多恰到好处的可能，"时间""无涯""荒野"，绝对无误的时间和空间的聚合，才能成就的遇见。

很多剧情里，繁花似锦绽放的春，柳丝柔风拂面的好，遇见可人，低眉一笑，正欲上前，却看到可人身后的一人轻揽其纤腰而去。仍是晚了一步，再看繁花已黯然。或者，观光电梯里的一对，一个上，一个下。擦身而过，不曾有遇见。

所谓不幸，是无奈。所谓幸，不过是偶然。因为，山的那边仍是山，海的那边仍是海，荒漠的那边也仍是荒漠。

一朵云遇见另一朵云，才落了一场淋漓的雨。一片叶碰着另一片叶，才听得到树叶也有美妙的歌声。

即使遇见最爱，未必就懂得珍惜，也许还是与幸福失之交臂。坐在时光的灰尘里，看不清周遭。王家卫的电影《东邪西毒》终极版，有一个非常好的英文名，*Ashes of Time*，直译就是"时间的灰烬"。人生、爱情、幸福、不幸，无一不是灰烬。可汉字就是如此之妙，"灰尘"与"灰烬"，两个意义相近的词，传达的却是如此千差万别的意蕴。结果一致，过程迥异。灰尘是暗淡，落拓，不堪。灰烬是鲜明，光彩，热情。灰尘是无声无息地死，消散，消失。灰烬是绚烂地生，燃烧，重生。

所有的人生都无所谓不幸。寻找，遇见的路途，风和日丽是悦目，大雨滂沱是悦心。幸福是一个过程，它不是结果。

如此，我情愿种一片又一片丁香林，只为了让你能够遇见，那预示幸福的五瓣丁香。

树树皆秋色

在西外环路旁等人，看远处的楼群，看马路上车来车往，以及路旁默然无声的梧桐。

那些春天里花开得艳而招人注意的树，秋冬异乎寻常，像玉兰，像樱花，像海棠、桃、杏一众，莫不如此。还有那些常绿树，像那种一辈子自我感觉挺好的人，不知是靠颜面混世，还是自恃个人魅力无穷。

在江南小城，深秋初冬，梧桐和银杏算是极为漂亮的树。春夏时节，大众化的绿，显不出风骨与气质。这也像有些人，越活到年纪大，活到老，老而独立风雅，老而有趣却不低俗，卓尔不群。其实，老有老的样子，像梧桐、银杏，也或者枫树。

三十年未曾见过的一众同学聚于一室，未必是苍颜华发，却多少相顾陌生。能够建立起联系的，是一个略有记忆的名字，以及一段可供消遣的旧时光。"我就坐在你身后呀。""你还扔了我从后面飞到你桌子上的作业本呢。"诸如此类，凡此种种，或略有印象，或一无所知。

人的大脑自带过滤系统，并不是所有经历的时光都会留下痕迹。

曾经一个教室里念过书，但毕业之后，人生轨迹不同。少年习得知识，成绩分出高下。青壮年以后，品性辨出优劣。像那些树，春夏秋冬各个不同。

俗眼看尘世，尘世一如丛林。

对一个人的记忆，熟悉声音比熟悉长相更深刻，记得声音比记得长相靠谱。记忆里没有印象的人，即便曾经在一个教室里念过书，也还是陌生人。这和在火车站大厅里等过同一趟车，坐过同一节车厢一样，下车了，还是陌生人。

被屏蔽的人，从屏蔽他的声音开始，不止"良言一句三冬暖，恶语伤人六月寒"，还有那些无谓的聒噪以及虚与委蛇。像常青树，呼呼北风中哗啦作响，格外令人讨厌。清少纳言在她的《枕草子》里写"言语不同"，"相同的言语听来不同者，为法师的言语，男人与女人的言语。至于身份卑贱的人的言语，一定多废话的"。其实，不是身份卑贱者，才多废话，而是多废话，万分无趣，才显得卑贱了些。

　　共同的话题，彼此碰撞的思想，如琴瑟之声，似金玉之鸣。有趣的灵魂，自带高贵，每一句言语，都像秋冬的梧桐树，疏枝黄叶飞，树树皆秋色。

野蒿记

盛夏已然来临，百花仙子次第退场，一场雨后，草木丰美。

校园里，那片栾树林的枝叶也愈加蓊郁。林间的杂草也不甘示弱，阳光里似乎听得见它们噌噌拔节的声音，不断蹿高的身体淹没了林下的每一寸土地。

课间，偶尔会离开办公室的椅子，穿过悠长的走廊，俯身北面的窗前看楼下的操场，以及操场上奔跑的孩子们，当然还有那片栾树林。相比之楼前的大厦林立，视线狭隘、局促，北窗口的风光永远新鲜。

此时，那片栾树林的边缘，除了茂盛的杂草，还间杂着一些炫目的小白花，星星点点，似闪烁的眼，招惹人注意。

即使身处高高的三楼，也无半点犹疑，轻盈的步子踏过一级级楼梯，转眼就到了负一层，穿过篮球场，就到了栾树林边。蹲下身子，目光就与那些小白花媚惑的眼风对上了。

黄色的花心，外缘一层白色的花瓣，花似雏菊，叶各异。每一株上有很多枝，每一枝上又有无数花朵，虽说花朵小，一片植株，开满花儿，也算得上花事繁盛了。

这花到底陌生得很，成片的植株，繁盛的花事类似雏菊，但它哪里是菊呢，花期也不对呀。

野花遍地，即使不识也不耽误心中升起莫名的喜欢，就手摘一束。回到办公室，取一只杯子，插上花，粉嘟嘟挨挨挤挤的花朵在绿叶的衬托下颇有几分美感。凑近了，一股淡淡的清香，鼻息之间缭绕不绝。

椅子里落座，目光懒懒地在花束上流连，越发见得此花更添几分桀骜与不俗。盛开的花朵与将开未开的花骨朵缀了满枝。花朵似也娇弱，花期不持久，偶一挪动瓶子，细碎的花瓣就扑簌簌地落。说是花瓣，也不过是细如银针样罢了，落在桌面上，一如灰尘。开开落落，不过瞬间。在这繁花散尽的盛夏，它恁是拼尽所有，挣得一世芳华。

朋友圈晒了瓶中花，颇为一己的慧眼有几分自豪与窃喜。无人识得野花香，瓶中妖娆自芬芳。

但师友告知：此花乃是一年蓬，为菊科飞蓬属类植物，又名野蒿、白马兰等。原产于北美，只是，因为其强大的繁殖能力和适应性，在我国被列入外来入侵物种名单，并加入中国农业有害生物系统，常危害秋收作物麦类、果树、茶和桑等经济植物，亦能侵入草原、牧场及苗圃等处，且发生量大，危害重。

一声长叹！

就像一个明星狗仔，追捧归追捧，喜欢归喜欢，扒尽所有，仿佛正义之剑下"美狐"真容显现，不过一张"画皮"耳。

野蒿之夏，花依旧插在瓶中。野蒿似狐，狐性之害显而易见，落魄书生一样神痴。

万物本生，因缘际会，谁是谁非，无人道得清。

是为记。

等待一场雪

我对四季并不敏感，冷暖也并不在意。但每个冬天，或灰蒙蒙、或阳光灿烂的日子，总觉得少了点什么。少了点什么呢？当天空中飘来第一朵雪花，我扬起脸、伸出手去接，满心喜悦。

哦！原来我一直在等待的是一场雪。

等待一场雪，纷纷扬扬、飘飘洒洒，似柳絮、似飞花，落在屋顶，落在树梢，落在草地，也落在我心底、梦里。

雪花是冬天的小精灵。

没有雪的冬天，太硬。雪花，是柔软的。薄薄的一层雪花，覆盖在硬朗的松树枝上，松树枝便也柔和许多。如你冷峻的面容，不经意地玩一回小魔术，偶露淘气的模样。

没有雪的冬天，太空。雪花，装点了单调的山坡、草地、广场和树林。下雪了，天地俱静，俱净。雪花，抹去暗淡、灰尘，以及将落未落的枯枝败叶。雪花，像一抹干净的笑容，在喧嚣的人群中，让人格外安静。

等待一场雪。

像等待人生中一次次的相遇、重逢。雪落下来，伫立窗前看雪花飞舞。许是风冷，许是雪光刺目，眼睛略略潮湿。

若离别是寒冷，那牵挂便是寒冷过后的雪意融融。

等待一场雪，是等待一场雪的温暖。

俗世不易，很多东西留不住。雪花似花，却非花。所有的花开都有结果，雪花却不会。

但如果能做一朵雪花，我还是情愿落在你的掌心，化为一滴温暖的水。

玉兰花影

　　春去春又归。清溪河畔的玉兰,又开了满树。

　　小城盛景多,四季花香绕。但玉兰花开,却格外引人注目。

　　首先,玉兰树不多。不像桂花,一条翠柏路上都是,此外还加上北园的一片。也不像木槿,北外环上,整个夏天一路蜿蜒西去的都是粉白的花朵。更比不上杏花,别说杏花大道的路两旁都是,就是各处的园子,也都是杏花打底。市花嘛,得宠。还有合欢,花期长,招人喜欢,也是随处可见的。

　　在小城,等候玉兰花开,就只在清溪河畔。

　　有一段日子,日日坐上11路车,从城南坐到城北,又从城北坐到城南。晃晃荡荡的行程,目光迷离地看向窗外,很多景象都模糊。

　　忽一日,车由秋浦路拐进汇景小区的巷子。路的右边,是小区。路的左边,是清溪河畔的绿地。绿地上,植有各色树木。其间,就有几株玉兰。正是初春,玉兰花开。

　　前些时日,也见玉兰树光秃秃的枝干上、直矗着长矛头子一般的花骨朵,仿佛要刺破苍穹的寒意,早早唤醒春天。这一日,风和日暖,一树一树的玉兰绽开,洁白无瑕的花瓣,独立枝头,仿佛舞台上的芭蕾舞演员,雪白的纱裙,轻盈的舞姿。每一片花瓣,晶莹剔透,温润如玉。

　　见过玉兰花开,深悟"玉质兰心"是最美的词。

　　又一日,车过玉兰树旁,风吹花落。绿茵茵的草地上,一地的花瓣,仿佛绿毯上的白色印花。又一阵风起,洁白的花瓣如蝶,边飞边落。那一刻,心思微动,眼底潮湿。

　　车到站,人下车,办公桌前落座,提笔写:"在车上,见路旁的白玉兰花瓣落了一地。脑海里闪过一个句子:一抬头,你在眼前,仿佛微风吹过，花瓣落了一身。

　　总觉得这么盛大的花开花落，是为着生命中的某个约定吧。花不懂人的心思，人的心思却因花开花落而起伏。

　　玉兰花影又一春。我却搬离曾经的住处，再没有了日日车上经过玉兰树旁，看花开花落。不知道为什么，我却深深惦记玉兰花开。

　　黄昏，细雨。玉兰树下走一遭，风起花落，洁白的花瓣落在发上、肩上。

　　心底里确乎在意你来不来。

　　"一回头，我在你身后，是不是很惊讶？"

　　"是惊喜。"

　　"你来不来都一样，竟感觉每朵玉兰都像你。尤其隔着黄昏，隔着这样的细雨。"

　　一个人的玉兰之约，一个人的对白，一个人的情节，一个人改了诗人余光中的诗《等你，在雨中》。

蔷薇墙外香

"水晶帘动微风起,满架蔷薇一院香。"正是暮春时节,一道铁栏杆,一墙蔷薇。朵朵绽放,满枝灿烂,却是蔷薇墙外香。

蔷薇,谈不上名贵。总是被随意地扦插在篱笆墙角,或是镂空栅栏边。枝干就势攀缘而上,缠上篱笆,或是从栅栏里探出头,就是满墙的叶绿,满墙的粉白花朵。尚未见过还有什么花能如蔷薇这般,把一整个的春天开在墙外。

少时,沿着人家菜地旁的小径去学校。菜地被圈在篱笆墙里,篱笆上就爬满野蔷薇。篱笆墙有多长,野蔷薇就爬多长。逶迤而去,仿佛那就是一堵蔷薇墙。野蔷薇的花期很持久,从暮春只开到夏天快要过去。花香里带着一股子甜腻的气息,很容易让人迷醉。走着那一段蔷薇路,没有不好奇的,总是被那些蜂蝶裹住了脚步。走着走着,就禁不住抬头看看,哪一枝蔷薇开得多,哪一枝蔷薇开得艳。走着走着,脚步就慢了。远远地听到上课的哨子声,突然惊觉过来,紧跑几步,一墙的芬芳总留几缕在身上。一抹花粉在袖口,一抹花粉在前襟,还有一抹在额际。

日日从蔷薇花下来去,从不曾摘几朵。蔷薇是带刺的。即使摘了花朵,花茎很短,很细小,不适宜水养。太寻常,还俗艳,到底不能像栀子花那样被姑娘媳妇插在鬓上。它的盛开,仿佛就只为了在一墙之外,傻媚着。

村子里,有户外姓人家。他们家的大姑娘长得漂亮,田埂上来来去去,还能哼几首好听的歌。母亲说:唱得再好有什么用呢,大字不识一个。她曾经跟跛子剃头师傅家的大儿子结为干亲。哪里是结什么干亲呢,不过是双方父母早作儿女亲家的打算。但儿大不由娘。剃头师傅的大儿子,书一直念到大学。念了大学也还时时来干娘家拜年送节,干爸干娘叫得热乎，却绝口不提亲事。这大姑娘等到人家上大学，毕业，工作，娶了娇妻，终究没能等来如意郎君。三十边上，草草嫁到很远的地方。因为远，总难得回娘家一趟。很多年后见她，拖着三个儿女，一个比一个邋遢，那夫君更是大他一轮，已是花白头发。而她，也不再有少时的半点模样。

就此认为，这女子，有美貌固然好，但美要有分寸。哪怕就像一株红杏，也只是一枝红杏出墙来，七分娇羞三分媚。万不可像那野蔷薇，除了轰轰烈烈的艳，就不懂得一点点的含蓄与内敛。过分的张扬，多是轻薄的喜欢，少有珍惜的热爱。

蔷薇，蔷薇，蔷薇墙外香。或许，蔷薇也有一份受伤的体会。

外衣

写过一个故事。

故事里,男孩带女孩去北国滑雪,被困雪地。男孩展开自己宽大的外衣,裹瑟瑟发抖的女孩于怀中。

热恋的季节,再也没有什么堪比一件外衣的暖。可是,光阴流转。热恋的暖,到底抵不过俗世的风雪,他们还是分开了,一个此地,一个彼地。此后,长长的岁月里,男孩长成男人,与另一个女人过着余生。女孩也长成女人,在另一个男人的怀抱里,做梦……

有些时候,他们的手,仿佛摸到共同的那件外衣,一阵心痛。

文字,只是外衣。爱情的故事,也是。

多好的爱情故事,裹着文字的外衣,一层又一层,看似漂亮,看似暖。灵魂,抽身而退,仍是冷眼旁观的人。

爱他,就让他生,生得奢华。恨他,就让他死,死得凄凉。

玩弄文字的人,就像阎王身边的判官,生死予夺大权在握,把寡味的人生过得有趣着。

与同伴散步,散漫地闲聊着。走着走着,就慢下来。沉默着,一个人发呆。

她转过一圈,问:"怎么,在构思?"

"才不是呢,没这么复杂。"

"我写不来字,也不看书。不像你,过得浪漫。"

披着文字的外衣,看似浪漫吗?

生活里,还有比我更忙碌、更寻常的女人吗?

每天清晨起床,签到、上课、洗衣、拖地、做饭……累了,放上一段音乐,在音乐里睡觉;闲了,抱一本书,躺在沙发里耗上一个下午。

偶尔打牌，输得多，赢得少。偶尔喝酒，三分醉，七分清醒。

有时，遇到一棵树，长在高高的围墙里，树干扭曲着往外长，是为了拼命赶那一缕阳光吧？就会惆怅，帮帮那棵树吧。挪一个地方，它就不用这么辛苦了。也只是一刻的惆怅，很快过去。我，仍是我。树，还是那树。

许多时候，我并不冷。也老了，无须多漂亮。可我，依旧披着文字的外衣，来来去去。还能如何呢？

踏着初春的绿草地，内心里，野草一样蔓延一种情绪。转眼，就是暮春。等不及酝酿，等不及狂欢，就只好搁在文字里，温存着……

年已不惑。收敛的性情，偶尔的凌厉与放纵，也只是在文字里。生活中，一定小心谨慎。

有一个女孩说："我，多傲的一个人哪。可是，他一站到面前，只语未说，我就不自觉地脸热，低头。除了他，没有人可以让我脸热，低头。他是哪路神仙，我，何曾这么狼狈过？"

"别傲气了。认了吧，那是爱情。"

爱到深处是无语，不是谁都能遇见。遇见了，就别放手。灵魂，赤裸相见。何须外衣呢？最真的爱，在彼此的心里。披着文字的外衣，只是爱情的故事。

斜晖脉脉里，不着一言。只希望你的手，始终握着我的手，直达黑夜的深处，生命的尽头。

紫云英的春天

霜降前后，收割晚稻。一望无际金色的稻田，收割稻子的人们，他们手握镰刀、低头弓背，身影被稻禾淹没。稻禾割倒，晾晒在稻茬上，那些辛勤劳碌的身影便露出来，在田间、在地埂，在淡淡的晚风里，在清冷的月光下。一并露出来的，还有红花草，已经在稻茬间长了一二十天，矮小不足寸余的茎，一茎三五片嫩生生的叶。即使如此矮小娇嫩，一块割倒稻子的田，望过去也有一片红花草的新绿。

水稻水稻，在稻子的生长周期中，水是最紧要的。但晚稻扬花期，稻田的管理就进入控水期。晾干田脚，预防稻瘟病，也为收割时田里干燥，劳作更方便些。

在江南，一年早、晚两季稻。人们根据田块的土质，晚稻收割后，那些地势高一点、土质优良、不易蓄雨水的田用来种油菜、麦子等旱作物。还有一些地势略低一点、土质也不太好的田，在晚稻田控水期前，撒下红花草的种子，湿润的土壤，适宜红花草出芽。

万物都有自己的生长规律。红花草的生长规律，侍弄土地的人们摸得一清二楚。不早一点，不晚一点，水分、土壤都合适了，红花草在稻禾的遮蔽下悄悄发芽、生长。稻子割倒收回，红花草就绿了，比越冬农作物油菜和麦子提前绿满一块田。

深冬严寒，即使不怕冷，像那些懂得怀璧其罪的人，虽绿也是以藏为主。麦子是，油菜是，红花草当然也是。冬天的原野里，它们绿着，但它们又长久地无绿之炫目、妖娆，仿佛不见生长，仿佛不见绿。

江南的春天，高明的画师应该把一大幅的春景留给红花草。哦！不，留给紫云英。

红花草，学名紫云英。立春以后，东风一吹，紫云英蓄积一冬的热情与活力，就荡漾开来，由严冬的寸许，长到半尺、一尺、两尺高，细长的茎挨挨挤挤，大团大团的绿，铺满原野。清明前后，油菜花落，紫云英花开。葱绿的叶，细长的茎，每一茎上开一朵淡紫色的花，像一把把袖珍的小花伞，齐齐举着。送给谁呢？哦！当然是送给春天。

春天也真宠着紫云英。风轻雨细，紫云英的花要慢慢开到谷雨、立夏，还有一片又一片紫色的云霞舍不得落。

紫云英旺盛的生长期，茎长花开，是春天的厚待，是它送给春天的礼物，也是回馈赐给它们生存机会的人们。万物相生。人们种植紫云英，是要把紫云英嫩生生的茎叶割回去喂猪、喂牛。割一半留一半，那剩下的一半在立夏前翻作绿肥，栽种早稻。只有那很少的一小块田的紫云英可以长到花落、结荚，作种子，经历生的始终。

如果紫云英有感知，它会纠结于生命长短的意义吗？或者拷问重生与轮回？纠结生死的都是人，睿智的植物们都活得恣肆而坦荡。生便生，死便死，不拘对错，不问意义。

以上文字，是儿时记忆里江南农村的紫云英。现代农业，经历过很长一段时间的化学施肥，农田里也很久看不到紫云英。当然，耕作收割方式也有了很大变化，机器早已取代牛，又取代了人。

这个春天，在江南小城新建的湿地公园，树下桥头，沟渠湖畔，是铺天盖地的紫云英。还是举着那一把把袖珍的小伞，撑出碧空春水里的一帘紫色的梦，仿佛三十多年它都不曾收起过。

好多个黄昏，我流连在这里，骑着单车或快或慢地行进。说是看夕阳西沉，看月亮东升，看云，看水，看飞鸟归巢，看远处的灯火渐明，看夜色越浓……只有我自己知道，我是沉醉在少年时期紫云英的情结里。

每一种花都有花语。紫云英的花语，是期待。

我期待认真地活着，越过严冬就是春，紫云英的春天。

稳妥

睡前的功课之一，听"关灯听歌"，主播张楠每个周六晚上的公众号更新。慢旋律的歌，以及他缓慢低沉的男声，都有助于身心静下来，再静下来，然后进入睡眠，不在乎歌声和他的语声何时停止。

但也有例外，比如今夜。这个晚上，话语主题是"稳当"，他讲了两个实习生的故事。

稳重乖巧、做事从不出错，但没有什么特别精彩表现的女孩。男孩是另外一个类型，状态好时加班到夜里九十点、有好点子；状态不好时就马虎、颓丧、草草应付。老板要留下有稳定后劲的女孩，我的观点却是倾向于男孩才适合策划这个岗位。老板最终采纳了我的坚持，但事实却很打脸。直到男孩离开岗位，我都没有等来他的良好状态。方才意识到：职场中，别小看稳定。

他说：最难的不是加速跑，难的是你在最陡的坡和最平坦的大道都能够保持匀速前行。

这匀速前行的状态，就是稳定。

稳当、稳妥、稳定，等等，都是同义词。

"嘴上无毛，办事不牢。"村庄里的老一辈人都拿这一句来评论一个年轻人的办事不够稳妥，处事能力不牢靠，缺乏经验、思虑不全，容易把事情办砸，造成难以收拾的局面。

"稳当""稳妥"与否，取决于年龄，又不完全是。因为时时处处的"稳当""稳妥"，不能依赖一时的努力造成假象，要的是"稳定"的心理状态。"稳定"除了是一个形容词，它还是一个心理学名词。一个人所处的环境或者心境在一定量的时间之内不会轻易变化，这才是"稳定"。

一个人，情绪要稳定。稳定的情绪状态，才会大事不慌张，小事不敷衍，处变不惊，事事妥当。稳定的情绪状态，兴致高昂时，稳重冷静；兴致低落时，也能勉力勤恳。

在乡间，主妇舀一瓢水，徐徐倒入罐里，装满瓦罐，不洒出半滴。也有做事毛糙的妇人，用力过猛，一倾而下，一瓢水洒出半瓢。再舀一瓢，还是装不满瓦罐。

一时的用力过猛，算不上努力；持续稳定的状态，才有助于事情的完成。

人生在世，大考小考，拼的也不仅仅是能力过人，走得远的都是发挥稳定的人。

说什么一世修行，也不过是站如松、坐如钟，道的都是稳定。

时光乱

临睡前，用微信笔记功能录了一篇课文《狐狸养鸡》。

假期过了大半，班级群里，孩子们经常发朗读视频，我偶尔读几个，示范一下。翻翻整个二年级（上）的篇目，这篇《狐狸养鸡》的童话较长，分成两个部分编入课本，我读的是第一部分。朋友圈发出去之前，写了这么两段话：

"狐狸的本性是吃鸡的。在童话里，一只狐狸遇见一群鸡仔，他居然被这群鸡仔当成妈妈。每个夜晚，鸡仔们在狐狸的身边挤挤挨挨睡着，还很踏实。狐狸是继续做鸡仔们的妈妈，还是吃掉他们呢？

"现实生活，撕开一个又一个触目惊心的伤口，童话里，会有意想不到的结局。

"童话，并不是写给孩子们看的。现在的孩子，休想用童话去糊弄他们。所谓童话不过是成人世界里的自欺欺人罢了。糊弄不了孩子们，就只好来糊弄我们自己。"

文友Y应该是认真地听完了我的录音，因为结尾我加了一句闲话，吊人胃口：猜一猜，这只狐狸会吃掉这些鸡吗？Y写"结局：只要有口吃的，我决不吃鸡。实在没吃的，我含着眼泪吃鸡。狐，没读过书，鸡死得快。狐，读了书，人心狐样，矛盾中，终究吃了鸡。鸡养大了，终究让人吃。最怕让老鼠吃，不如让狐吃了好。鸡，死得其所"。

Y是大人，所以他有如此复杂的内心斗争。如果去问一个孩子，他大概会说，狐狸养鸡，把鸡养得肥肥的，才好吃，才可以多吃肉呀。

养大了，好杀。就这么简单，小时候，家里养的鸡鸭鹅和肥猪都是这样，母亲就是这般告诉我们的。狐狸，就是狐狸。鸡，就是鸡。狐狸不可能养鸡，即使养鸡，也是为了更好地吃。

晨起，做馒头。不太难的技术，昨夜姐姐实验却不太成功。我做起来，轻车熟路，面团发得白而松软，蒸出来的馒头光滑而漂亮。圈内晒晒手艺，姐姐说，看来做什么都要技术。

技术、方法、功力，做任何事情，少了这些大概都不行。

白而光滑的馒头，看着诱人。眼馋、嘴馋的人，大概也不少。有的说，你这馒头是美颜的吧？可我这馒头真没美颜，它就是这么真实的漂亮，漂亮的真实，肌肤上一点皱褶也没有。现代技术，掺杂了太多的虚假成分，即使素颜出镜，也一样被质疑。谎言的世界里待久了，不知道真实是什么样子。我们不容易相信别人，也不轻易相信自己。

C说，这馒头做得跟你一样好看，留一个给我吃呀！

下次，特意做给你吃。

你最好了。

哪里是我好。她的情话如此动听，我当然得更好。

她受到上级表彰，公示发在群里，我特别向她私信祝贺。她说，我是唯一向她表示祝贺的人。

她的好人人可见，能成为唯一向她祝贺的人有点意外，却也不意外。因为，肯定自己的人多，愿意肯定别人的人不会很多。

台风"利奇马"登陆，沿海一带，一片狼藉吧。内陆地区，暴雨降临，暑热消解。

时光乱，心情一如台风过境。或为狼藉，或为消暑，这之间的差异，是与这世界的距离，或者说，是与人心的距离。

那些美，那些温馨

一

人生多爱好，所幸能够爱上读书。闲时吟哦，发觉唯有一个词、齿颊间辗转着，甚美：同学。

二

手机里打进一个陌生的号码，礼貌但显生疏地"喂"一声，却传过来一个熟悉的声音："徐琳好。5号中午在迎江大酒店，一定来哦。"

十八年，十八年不多相见，不多联系，无须介绍，三言两语过后，确乎知道电话的那头是谁。是谁，是十八年不曾入梦，却一定是心底里某个清晰的身影。

三

四个同学玩"炒地皮"。天气有点热，就手卷起衬衫的袖子，很"江湖"的样子。

"你怎么什么都行啊。敢情你在电视里的温文尔雅都是做作的。"

"这个样子好。那个时候，她总给人找麻烦。"

"可不是。半夜里还要送她去医院。"

最真实的样子，就留在你们的记忆里。曾经很柔弱，换来那一个"琳妹妹"的称呼。现在，很灿烂，如同这十月的阳光。

四

酒至微醺。来,合张影。不羞涩,不忸怩作态。一只温暖的手臂就揽在了肩上,咔嚓。还未来得及转身,又走过来一个高大的身影,又一只温暖的手臂重新搁在肩上,咔嚓。

从十八岁的昨天,到十八年后的今天,除了唯一的那个人,还不曾有谁能这样自自然然搁一只手臂在肩上,留个影。但,你们是例外。因为,是同学。这样的照片,搁在文件夹里,找身边的那个人一起来看。告诉他,这是谁,那是谁。欢喜的心情,炫耀的姿态。

五

勾搭着肩,踏着夜色往江边的KTV去。防洪堤高高的,一脚踏空,差点掉下去。但没掉下去,因为有一只手紧紧地拽住了。

一个身影先跳下去,然后张开手臂,一个一个搭上他的手,下去。这样的场景,像电影里的慢镜头,一一重现。

安静的力量

读过的书，也不算少，喜欢的作者却并不多。这其中，杨绛算是一位。极喜欢她翻译英国诗人兰德的诗句：我和谁都不争，和谁争我都不屑。

与世无争，不是性格的懦弱，不是心灰意冷的遁世，是求得心灵之静，以及心灵之净。

一颗心要怎样经受得住俗世的喧哗，方才可以静下来。

一个老人曾经对我说：

孙子和一个女孩在一起玩，孙子把女孩弄哭了。女孩的母亲张口就骂，污言秽语，不堪入耳。骂累了，燥热了，还脱下身上的衣服，指天跺地。小孙子在她的恶骂中张皇，不敢哭，也不敢走。走来走去的行人不知何故，都停下来围观。我也不善言辞，只回了她一句："你骂就骂吧，骂累了，最好是把你骂过的话，都用你脱下的褂子兜回家。"

骂人者，大概会在老人的一句话里现出自己的邋遢与恶俗吧。

生活中，见多了那些事事都争得个面红耳赤的人。

菜场上，为了一毛两毛钱，争。马路上，为了车道，争。家庭中，为了你对还是我对，争。单位里，为了位置、利益，争。

争斗之心甚重，多是心灵不静，心灵不净。

心灵不静，自是怨恨、暴怒、狂躁。心灵不净，就会有违规之举，不敬之语。

家中最小的堂弟结婚，与堂妹同席。聊前尘过往，感叹岁月无情。她说：

"你知道吗？小时候，你是我们的榜样。总是希望黏着你们，想跟你们说说话。黄昏的时候，你们并肩坐在同一条凳子上，看荷花。我一直站在你们身后，以为可以听到你们说些什么。可是，你们似乎一直是安静的，偶尔说话，也不过是耳语。那时，我很小，不懂得恋爱是什么。但看着你们的背影，我想：哦，原来恋爱就是这个样子的。

"那时，还极喜欢看你写的字。夏天，你在门前晒书。我也黏过去。翻着你的摘抄本，向你讨：姐姐，你这个本子都写满字了，还要吗？你说，你喜欢就拿去吧。直到今天，那个抄满诗歌的本子我还留着哦。'众荷喧哗／而你是挨我最近／最静，最最温婉的一朵。'后来，我买了一本诗集，才知道那是洛夫的诗。

"……"

岁月是最沉默的智者，文字是最安静的老师。

当光洁的面容在时光里粗糙，当温润的心灵在生活的挣扎中磨出棱角，是需要一些时候，停下奔波的脚步，回望生命的过往。

一泓清澈的池水，微风中波光粼粼，是格外耀眼。但静水如镜，方才能映出蓝天白云、绿树红花，这份深邃也格外迷人。

心灵也只有静下来，方才如镜。看得清自己，看得清他人，看得清世事万物。

一枚螺丝钉的启迪

炒菜的锅一受热，锅把手上的螺丝钉就会松动，一松动，锅柄与锅的结合就不紧密。每一次炒菜，总要拿螺丝刀紧几次。

这天，菜是先生炒的。饭后，收拾厨房，发现锅把手上的两枚螺丝钉掉了一枚。就问："螺丝钉掉哪里去了？"

"掉在地上了。"他答。

可厨房就那么一点空间，哪里有螺丝钉的影子。

他问："你刚才扫地了？"在他炒菜的时候，我还真扫过。虽然近视不是很厉害，可别指望我不戴眼镜还能看得见地上的一枚螺丝钉。

"明知道螺丝钉掉了，也不顺手捡起来？"这句话，有点不中听，带有责备的意味。

"你把垃圾倒哪里了？"

"阳台上的垃圾桶。"

他在垃圾桶里翻找半天，当然也没找到螺丝钉的影子。如果早知道要费神到垃圾桶里去找螺丝钉，他大概就不会在螺丝钉掉在地上的时候，懒得就手捡起来了。

很多事情都是在初出差错的时候，能够及时补救的。但往往错过了最佳的补救时机，导致无法弥补的失误。

罢了。掉了一枚螺丝钉，虽然锅到底还能用，但拿在手里难免不顺手。

人还在洗碗池边，北窗里的一缕微风吹过，清凉舒爽。掠过额前的发丝，也荡起心底的微思。想家里哪里有废弃不用的螺丝钉呢？一想，还真有了。前几天，刚换下的电视接收器上就有。拿螺丝刀拧下一枚，虽然不确定能不能吻合。

试试。掉下的那个位置螺丝钉要拧到很深的孔里，但螺帽太大，拧不进去。换下原有的那枚螺丝钉拧进去，而把这枚拧在这里。因为孔很浅，螺丝钉比原有的长，居然恰如其分地吻合而且紧密。用过几次，竟然比原来更好，受热之后也没有松动。

原来，就是一枚小小的螺丝钉，未必就是常言所道的"一个萝卜一个凼"。丢失了原有的那一枚，但未必就不会遇上更合适的另一枚。

人生也当是如此吧。

失，未必糟糕。得，或许更巧。得失之间，是生活的趣味，也是心灵的智慧。

你的名字

诗人纪弦有一首写得极动人的诗《你的名字》：用了世界上最轻最轻的声音／唤你的名字，每夜每夜。

一个名字，三两个文字组合，也就是一个符号而已。可是因为这个符号跟一个人联系在一起，就赋予了这个符号以不寻常的意味。

《红楼梦》里，宝玉偷见龄官在雨中的地上画"蔷"字，起初他只以为是小姑娘的感时伤事而已。后来，知道这个"蔷"字乃是一个人的名字。也因为这个人，龄官对他这个大观园里的"红人"表现出厌弃之色。他平生不曾受到过这样的待遇。但因为，他是多情多义的宝玉，他深悟人生情缘自有分定，不计较。

"写你的名字，画你的名字，而梦见的是你发光的名字。"

情动于衷，无以寄托。写你的名字，画你的名字，仿佛那个名字落于纸上，就如同你站在眼前。梦中呼唤你的名字，也如同每一刻的相守，每一声呼唤都能得到应答。也或者是梦醒之后的黯然，那个名字在唇齿之间过一遭，还是像闪电的光芒瞬间照亮周身。

曾经看一部间谍剧，他被敌人抓去，严刑拷打，威逼利诱，试图让他道出他的那个她是谁。他受尽折磨也不曾开口。后来，有人想出一个招数，把那些怀疑对象的名字一个一个地在他的面前念出来，仪器测试他的脉搏与心脏跳动的微弱变化。可以想见，即使是受过严格训练的间谍，不论面部表情如何平淡，但精密的仪器还是记录了他听到那个名字所表现出来的不同寻常的心跳变化。结果，自然是她的信息泄露。很快，她也被敌人抓来。他们在刑讯室相见，敌人告诉她如何巧妙地抓到她。她对他温柔一笑，舌尖一动，吞下早就准备好的一粒毒药。他唤她的名字，泪如雨下，甘愿受刑。她临终的温柔一笑，是甜蜜。他唤她的名字，是心疼,也是心定。

　　情深至此,每一次听见你的名字,都会血液奔流。彼此相爱,每一次呼唤你的名字,都是温暖。至死,他无憾,她也无怨。

　　最最普通的名字,不同时期,被不同的人叫来叫去。唯少年情怯,一声轻唤,换来美人一惊,刹那回眸。从此,你的呼唤,我的名字,惊艳时光。

　　一屋子的人,目光逡巡,先唤一声那个名字,然后,再去做其他事,说其他话。被叫得多了,才发现,"你"是泛指,只有加上我的名字,你的表达才变成唯一的特指。众人之中,每一声轻唤,目光不经意地寻找。确定那每一次的寻找,都能得到回应。确定那每一声轻唤,都有懂得。

　　有人说,每个人的名字都是一个生命的密码。你的名字、我的名字,自然也不会例外。那么这个密码该会打开你的、我的生命之门的哪一重?

少年的自愈与治愈

事情始于那个初夏的午后，中午放学回家吃过午饭，回学校的路上遇到高年级的一个姐姐。这里，我回避说出她的真名，就叫她小芳吧。

小芳的家在另一个村庄，也高我一级，按理，我们不该有很多交集。但事实不然，我们不仅有很多交集，还每天上学、放学都同走一段路。她的母亲和我的父亲都是各自村庄里的小学老师。但这都不是我们建立起联系的理由，最根本的原因是我们都在书包的夹层里塞课外书，琼瑶的、席慕容的、三毛的、陈丹燕的……

现在，不知道有没有人能够明白，这些课外书对于我们的意义。但那时，这些课外书都不是我们老师允许我们阅读的。

有一次早操期间，我们在外面的操场做操，校长带着几个老师秘密搜查了几个班级学生的书包，搜出很多这类书，书被没收事小，还在学校的大会上被通报。

这之后，我们连书包的夹层里也不放这些书了，但这些书还在我们之间流传。我和小芳就是在那次搜书行动后，达成共识。我们都是各自班级里学习成绩很棒的人，每次期末考后学校给年级前三名的同学发奖，我们早就熟悉彼此的样子，也熟知彼此的名字，但没交过心。这次搜书行动后，放学路上，我们俩共有一段"劫后余生"的暗喜：好险哪。

"《剪剪风》就在书包里。"

"我才买的陈丹燕的《女中学生之死》也在书包里。"

然后，我们深聊，平时看的书，回家听的电台节目。再然后，我们放学各自回家，再回到我们分手的路口，交换我们的书。我的书，她大抵都看过。她的书，我多半也看过。我们背离学校和我们的老师，进行着我们自己的图书漂流。

我还给她递过信给某个男孩子。中学时代，何人不曾心底里暗自喜欢过谁，偷偷给谁写过信；或者收到过别人写给自己的信。再不济，也应该给人做过信使。

在给小芳做信使之前和之后，我都收到过别人的信。但这是我和写信人之间的秘密。少年应该有秘密，不为人知。这和我与小芳交换图书有别，虽然，这也算少年的一份秘密。

但被人偷偷喜欢和偷偷喜欢别人，都不太光彩，会成为别人口中、眼里轻视与鄙夷的理由。在和小芳认识之前，一位没有考上中学的女同学，不知在何处探知某个男生给我写过信。有一天放学回家经过她的门前，她特意拦住我，把我拉到一个草垛后，万分关心又万分惋惜地跟我询问细节。但她说话的语气与眼风，让我浑身不舒服，仿佛她考不上中学是多么幸运，而她的龅牙、黑皮肤在我面前也多么干净，多么美。我不需要她的关心，更不需要她的惋惜。在我看来她更多地是想从我口中知道那些"喜欢"的成分，以满足她的某种幻想，或者满足她的"偷窥"。好事者多是通过打听或者传播别人的事来填补自己内心的空白。

这天中午，我和小芳在上学的路上遇到，一同走到学校门口，准备分手。小芳向前走了一步又回头，她面色深沉地说："有一件事我想了很久，觉得还是要告诉你才好。"

"什么事？"

"N的一个日记本里写了很多给你的信。"

"他是我的同桌，他的作文更好。他从没跟我说过呀。"

当然，小芳还描述很多情节，关涉一众人等。末了，归结为一句话，N对你很深情，你不能装作什么都不知道的样子。

我站在初夏的和风里，校门口那棵高大的梧桐树筛下很多阳光的影子，落在地上，像弹珠，跳动着。但我的目光无心追逐，在小芳的话语里，只觉得内心冰凉。这冰凉从我的脚底攀升而上，直至淹没我的脸颊、头顶，我像个溺水的人，一下子崩溃失声。

这个下午之后，发生了很多事情，我都不记得，是一周之后我重新回到学校，别人断断续续透露的。

那个下午，我大哭着回到教室，哭着哭着，就不省人事。老师找来我的家人，把我送到医院。医生给我扎针，头顶、四肢，扎了很多银针，我才安静下来，不哭了，但也不笑了，还不知道疼，吃药也不皱眉畏惧苦，面无表情，所有的人、事、物，在我眼里都是空洞。

从医院回来之后，我又回家休息了几天，等我回到学校，发现同桌换人了。那个作文很好的男生，换成了一个漂亮的女生。我来了之后，她热心地给我擦桌子，嘴里说着："桌子凳子都擦干净了，你坐吧。"

我坐下来，对她略一点头，就算是感谢了。此后，我几乎不跟任何人说话，也没有朋友，就算老师，除了上课回答问题，也几乎不多说话。虽然，我看得出来，老师待我小心翼翼，唯恐态度严厉，触动我的情绪。我的学习成绩似乎更好了。学习成绩好的人似乎也有很多优越感，这优越感不是自我的，而是别人强加过来的。我带着这份优越感，疏远任何人，却还是有人无比羡慕，也无比希望可以靠近，但没有人可以靠近。我不再看以前的那些书，与小芳也不再同路闲聊。我的书包里永远揣着《作文通讯》这类正牌书，早读课上我拿出来读，老师笑咪咪地夸奖："你们看看，作文写得好，就是多读书。"

那个下午，小芳的自以为是带给我的其实不是伤害，而是及时开启的自我防御系统。草垛后，那个龅牙女同学的关心与惋惜是第一重防御。脆弱的少女心是一湾浅浅的海，在陌生的环境因为无人抵达，看似风平浪静。即使小芳的话轻描淡写，却足以掀起狂风暴雨。还因为，在那之前我读过陈丹燕的《女中学生之死》，书中的女孩宁歌早恋，最终死于早恋。在我看来，早恋不会误了宁歌的前途，也要不了宁歌的命。把宁歌一步一步逼向绝路的，是那些探知宁歌早恋秘密的人。

小芳最大的错误，是她说出 N 日记里的秘密。当然，还有 N，他怎么可以造成秘密的泄露？小芳，除了是跟我交换各自爱好、交换图书的人，她永远不会是可以跟我交换秘密的人。她让我给她递过"情书"，但不代表我也愿意像她一样，让少年的细腻心思人尽皆知。我是盔甲类动物，自带防御系统，除了相信我自己，我不准备多相信任何人。

那个下午，我激烈的情绪就此为我心灵的门扉上了一把大锁，喜爱、厌恶、亲密、疏远、懵懂的爱、热烈的友谊……都被我一一关在门外。

后记：

每一个少年的内心都住着一颗叫"爱情"或者叫"异性幻想"的种子，寂寞地萌芽、生长，然后成熟、坠落。"坠落"的是那颗种子，少年在时光的洪流里毫发无伤。那些没有被守护住的"种子"，过早地暴露在阳光下，以另一种方式加速"死亡"。那些青春的祭奠，恰巧都是被掐断萌芽的。

这前一种，是少年期自愈。这后一种，是治愈。大多数人是后一种，看似治愈，其实终身携带伤痕，不能触碰。"我"是自愈。宁歌的死亡，是第三种，没有出路的逃离。

安静的年

"爆竹声中一岁除，春风送暖入屠苏。"

差不多近一千年前，半山先生写下这句诗，他一定没有料到，有一天，他诗歌里的描写不再能描绘元日景象，描述旧年逝去，新年到来。

安静的年。

活到四十来岁，第一次，新年的第一天在安静里睡到自然醒。微雨后的清晨，有贴近肌肤的凉意，贴近眼底的干净，贴近呼吸里的清新，让人不由自主地靠近。

靠近新年，靠近安静。

安静是一种美好，深邃的、无边的美好，不忍拒绝，不忍挪开步子，不忍转过眼眸。

梳洗后，喝一杯水，下楼。

往年，从楼梯口铺陈过去的爆竹碎屑，一直蔓延至大街上的每一扇门前，每一处角落。空气中，散发着浓重的磷、硝气味。新年，脏而且空洞，除了近处、远处、更远处的爆竹声，此起彼伏。

这个年，如此安静。长街上，一把扫帚只零星地带起偶尔跑错地方的树叶或者纸屑。穿黄衣服的阿姨们终于可以过一个不太累的年。如果凡事能想到减轻他人的劳碌，大抵都是一种可贵的品质。

安静，就是一种可贵的品质。安静的年，改变的习俗，成就的是一种深沉的内涵。

踏进水果店，"新年好！""新年好！"你一声，我一声，清晰入耳，入心。

新年的案上，铺一幅长卷，只适宜墨色勾勒。春江碧水波粼粼，寒山数枝待暖日。

新年，安安静静，款款而来。

窗台上做窝，孵卵育子的朱颈斑鸠，咕咕叫了两声，一只飞上远处的枝头，歇一下；咕咕，又叫了两声，仿佛回头看一眼伴侣，飞走了。

斑鸠们也过年吗？安静的年，不会让它们一下子忘记醒来找吃的了吧。

大抵不会。鸟们大抵比人聪明，没有树的城市留不住鸟，过于吵闹的市声也会吓走鸟。鸟，是大自然中的贵族。

安静的年，坐下，也像一个贵族，敛声静气。听着年，这只蹿到人间的小兽，轻手轻脚从身边跑过去，一眨眼，回到天上。此后，它还会不会来到人间捣乱？

安静的人间，安静的年，不适宜捣乱。

越明年，请容我执檀板，唱一曲：安静新年今又是，换了人间。

消暑笔记：香港政府楼下举美国国旗的年轻人及其他

读书消暑，古人之雅事。文友董先生有"书癖"，记得他在某篇文章里列了诸多古文人的消暑目录，我略略看过，没他那份好功力，过目不忘。

我之读书消暑，其实是度假，就是一般人口中说着羡慕、鼻腔里藏着万分不屑的暑假。"暑假"是一个有特别所指的词，何人才拥有？

庸常吾辈，这一份用来谋生的职业，干了近三十年。当年半月池畔求学，适逢七十五周年校庆，作为校庆活动期间的小记者，曾也得前辈校友纪念册上题赠"太阳底下最光辉的事业"。我一直保留了这个纪念册，但我不能违心地说我真是怀抱着这个伟大的赠言忠于此业的。我只能说，职业对于一个人来说，一半是选择，一半也是无可奈何。就像你不能责备一只被温水慢慢煮熟了的青蛙，责备它的不努力，责备它的不尽人事。

这个暑假开始于临市一位同行投江自尽的闷热中。他在工作中惩戒了一位学生，遭投诉，被处分，还要求支付药费。投诉、处分，以及几百块的药费其实根本没什么大不了。即使作为同行，我也认为没什么大不了，不足以拿自己的生命去向这个世界要尊严。但我理解那些人，置尊严高于一切，苟且如我，也还是致以崇高的敬意。

逝者已逝，叹惋之外仍旧往故纸堆中寻求安顿。

这一日翻的是胡竹峰的《不知味集》，读到《油炸鬼的头面以及其他》，天也正热得不近人情，耳目里还有隔绝不了的关于"港独"分子的种种劣行。

"当日秦桧既死，百姓怒不能释，因以面肖形炸而食之，日久其形渐脱，其音渐转，所以名为油炸鬼，语亦近似。"

胡竹峰文中的这段文字录于周作人之《谈油炸鬼》，周作人又引自张林西的《琐事闲录》续编。那两篇文章我懒得去找，读书有时穷究出处，少了很多趣味，不轻松。我翻胡竹峰的文章得此一段，若有人发现这段文字有问题，只好自己一段一段找去。

这段文字来得妙，来得恰逢其会，足可消暑。当然，与千里之外的港地风云有关。天一热，人就躁狂。也许，天凉心静，躁狂症患者不治而愈。

我之所以在读书的间隙，被时事新闻绑架，倒不是来自百度头条，而是弟弟这几日正去香港入境事务处办事。料定"港独"分子翻不了什么天，闹不出什么大事，但弟弟在这个关口去香港政府办事，非去不可，也不免担心。他下飞机、入住宾馆、街头闲逛，一一拍视频、照片，向我们报告街头的平静。在香港政府入境事务处大楼外，他拍了一个年轻人，举着一面星条旗站在路边。星条旗在他手中飘，五星红旗在他头顶飘，马路上来来去去的行人无人停下脚步，无人扭头看他一眼。弟弟说：不知他想干嘛。我回他：能干嘛呀，他就像一个小导游，拉客呗。

我拿这个年轻人比小导游，跟某些新闻里的有关导游们的新闻无关，我对从事导游职业的这个群体没有特别的偏见，也不会因为某条负面新闻就将这个群体的从业人员拉进我的"黑名单"。而是我看着那个年轻人，举着一面星条旗站在港政府大楼下，孤孤单单的样子挺滑稽，挺可悲。

你举星条旗，你去太平洋对岸的那片大地上呀，会有人看你的。要不，你就举着一面小导游彩旗，站在港政府楼下，也比你这个样子强。生存不易，谋生艰难，总能获得支持。哎！年轻人，再不济，像我一样，翻翻新书、旧书消暑，也是好的，至少有趣。你看看秦桧有趣不？尸骨无存千年，居然还能在老百姓的吃食中保留其形。是幸运？还是可笑？

爱与恨，忠诚与背叛，说到底，也就是一份人情世故。

第五辑　玉光阴

生命之花多芬芳

在《〈朗读者〉第二季·纪念日》这期节目中，"量子之父"、中科大副校长潘建伟说，读书的时候，记忆力不好，学不好语文、英语，甚至拼音都念不来，写不来（潘教授的的确确拼音不好，节目中他读爱因斯坦的《我的世界观》那个"观"字的发音就正如他自己说的多了个g。在他的表述中也不是拼音g，而是英语字母的发音g）。读初中的时候，接触了物理，他终于发现还有这么简单的学科。潘教授说"这么简单的学科"这句，台上董卿的表情很有趣，台下很多人目瞪口呆，即使是偏于理科的男生，畏惧物理的人大概也占多数。

人有特长、潜质，不是许多许多人都有"我潘"（这个称呼很可爱，他的学生不叫他潘教授、潘院士、潘校长，都是叫他"我潘"）这么幸运，能清晰地了解自己的特长与潜质。

漫画家朱德庸说自己童年时不快乐，没有朋友，念书不好，语文、算术都不好，只爱画画。朱德庸也是一个坚信自己具有特质的人。他后来才知道自己可能是患有"亚斯伯格障碍"。亚斯伯格障碍，就是人际关系的障碍，对他人情绪的推测力，也就是有心意理论（Theory of mind）障碍的特征。对特定的范畴会表现出特别执着，运动机能也会显现出轻微障碍。但像自闭症一般带有语言障碍与智力障碍则较为少数。对视觉和背诵方面的表现普遍良好，许多科学家和数学家也患有亚斯伯格症候群。

听"我潘"和漫画家朱德庸的讲述，想我们从事基础教育的人，是不是忽略了那些拥有特质的孩子，我们是不是一直在做着扼杀儿童特质发展的事情？

上班去的路上，经过外环路，绿化隔离带里的木槿开花了，漂亮的粉色花朵，从这花儿们并不多见的初夏，它们要一直开到初秋。开得这么美，这么长久的木槿，恰恰选择天气炎热的夏季开花。我就想啊，大多数的美丽花儿都是选择春天开放，可是有些花儿是必定开在炎热的夏天，热得让人很少有观赏它们的兴致，比如木槿，比如紫薇。它们大概也并不是为了吸引人们的观赏兴致而开的，只是开了，独自妖娆。

有些花儿，开在瑟瑟秋风里；有些花儿，迎着呼啸的北风，颤抖的身子，不息的芬芳，"暗香稍稍能相媚，冷蕊娟娟不自持。"有些花儿，娇颜含露；有些花儿，芬芳入梦。有些花儿，开在幽涧；有些花儿，开在花园……

我们惊讶于每一朵花儿可以自由选择开放的时间与地点。可是，我们都忘记了，每一个孩子也都是一朵花儿呀，我们怎么就不能允许他们自己选择开放的时间与地点呢？允许他们以自己的方式开放，自己选择散发何种香味，不是为了取悦别人，只是为了证明自己。

三十多年前，那个念不好语文和英语的孩子，潘建伟，他并不知道自己是可以学好物理的，可是有一天他遇见了物理，然后他就那样沿着物理学这条路，一直走一直走，一步一步站到了现代物理学的顶峰，多漂亮的一朵物理学之花呀；还有朱德庸，那个童年时代跟任何人无法做朋友，什么书也念不好的人，只爱画画，也是多漂亮的一朵漫画艺术之花呀……

每一个儿童，都是一朵会盛开的花，如果落到你眼里的时候，它恰是一株野草，就等一等吧，等待他们花开的季节。

修一身静气

　　面前有两张旧照。一张黑白小照上的少年,是我弟弟,这是他的初中毕业照。另一张合影,是更小的他与爸爸。记忆里他似有一点少年的性格倔强,但因为天资聪颖,书也念得顺风顺水,到底是神色温和多过少年的倔强,一双黑眸静如深潭,波澜不惊。

　　后来,他在京城读书、求职、成家、生子,一去二十多年。这二十多年里,一年能见上面的时候不多。在智能手机尚未普及前,即使偶尔见面,也不记得去拍照。只知道他常常一年到头从这个城市到那个城市,往往一下飞机就直奔酒店与人会面。偶尔回来休假,得空在沙发上坐一会儿,他的一双宝贝,一定左边一个,右边一个,在他腿上爬上爬下。我看着嫌累,嫌他们俩太闹腾。他却习惯,与我们交谈,任他们俩闹去。有些时候,看得出他眉宇间有了与年纪不太相称的疲倦,心疼还来不及说出口,他又回到自己的城市忙碌去了。

　　应该是很忙,姐姐的女儿在北京的舞蹈学校念了六年书,这次毕业典礼,他去看,说:第一次来学校竟然是毕业典礼。他大概想,身为舅舅,外甥女在同一个城市的学校念了这么久的书,他第一次来竟然是毕业典礼,多少觉得有点歉疚。他和化了妆的舞台主角合影,为了看演出,他特意戴了眼镜。合影很多,弟弟还带去了一双宝贝,孩子们也上镜,还有姐姐和姐夫,他们的照片都很好,但弟弟的照片尤为好,神情自然,目光清淡。

　　我夸他特上相。他问,戴了眼镜,显得斯文?

　　我说,不是。

　　以前在家,放寒假的时候,起来得晚,锅里有白粥,或者白粥里有汤圆。锅掀开,粥还咕嘟咕嘟冒泡。吃完后,周身舒坦。人到中年,也是这般温吞柔和。这些都是时间的加持，岁月的恩赐。

少年弟弟，单纯也安静。这份难得的静气，好长一段时间，他忙碌、疲倦，我在他的脸上鲜少看到过，现在又回来了。

时光温和，愿我们修一身静气。

屋檐

有一个晚上，临近儿子下晚自习的时间，雨哗哗地落。担心他淋湿，就拿了伞去公交站接他。雨一直很大，还稍带隆隆雷声。这个季节，雷声本是不多见。深夜的街头，不免让人心惊。

站牌，只撑出一个窄窄的弧形顶，不足以挡雨。站在昏暗的路灯下，雨打湿鞋、裤脚。狂风阵阵，吹斜手中的伞，裹挟着雨丝，湿了面颊，让人感到格外的冷。四处望望，都是高楼，没有哪一栋楼有撑出的屋檐，可以供路人避雨。

没有屋檐的城市高楼，像出生高贵的公主，又生就一副冷冰冰的面孔，拒人于千里之外，近不得，靠不得。

少时，乡下的房子以土坯为墙，四周都撑出宽宽的檐。一则，可以遮挡风雨湿了墙体，也供给路人栖息的地方。现在，家家户户盖上楼房，一楼都有长长的走廊。抬头，就是二楼上撑出的檐。

从古至今，就是这一道道屋檐，保留着乡间最淳朴的人情。

烈日下，赶路的人累了、渴了，歇在任何一户屋檐下，总有人给你端来一张小凳子，替你倒来一碗白开水，或是舀上一葫芦瓢清凉的井水。借着穿堂的风，足以消暑解热。歇够了，起身道句"谢谢"或是不谢，自去赶路。路途中，乌云密布，暴雨将袭，看到一户人家，赶紧跑吧，即使无人在家，也还是有一方屋檐，可以抵挡风雨。

兄弟们都在外面的世界挣生活，乡下的房子里只住着婆婆。暮春时节，回婆婆那里。

婆婆一生勤快。两层的小楼，楼上楼下七八间屋子，都被她收拾得干干净净。屋顶、墙角，不见一丝蛛网。挂在堂屋顶的吊扇上，也不见一丝灰尘。门前的两株香樟，越发葱翠，在檐下遮出一片绿荫。院墙边一株桃，此刻，桃花谢了，正缀满一树的青桃。

　　婆婆在灶间做饭，我在后院的水池边替她洗洗菜。一抬眼，两只小燕子在身前身后飞来飞去。一时惊喜，心想，一定是哪里有燕子窝。四处寻觅，果见檐下有一只燕子窝。

　　燕子是极聪明的。幼时，见燕子都是将窝搭在人家堂屋的屋梁上。现在，乡下也都没有了那种屋梁。见得多的，是燕子选择廊檐下的两道檐角，构筑自己的窝。

　　婆婆说，先时，燕子是要将窝搭在吊扇上，怕它们弄脏地，就赶。但它们到底还是在檐下筑了窝。

　　燕子喜近人类。若没有了屋檐，燕子们何处筑窝？

玉光阴

海岩有一部小说,《玉观音》。这个小说被拍成电视剧,我一边看这个剧,一边吃糖果。晚间黄金档的电视剧,三集连播,电视剧放完了,茶几上的糖果纸就落了一堆。三集电视剧过去,加上插播的广告,大概得三个小时。

好长一段光阴啊,就只是面前这糖果纸一般的乱着。

玉,雕刻成观音,就成了岁月里的珍藏。光阴,可以如玉吗?

先生抽烟以后,我去收拾烟灰缸。禁不住叹息,好光阴就只是这一截一截碎掉的烟蒂。艾略特的诗里写:"六点钟。如烟白昼燃烧的烟蒂。"光阴燃尽了,只剩烟蒂,留不住。

斜阳一寸一寸去,皱纹一缕一缕爬。

看见落红不再伤感;凄风苦雨,也绝不孤单。那些任性的情绪,藏起来,收起来,不再轻易给人看。

切菜做饭的时候,弄伤了手,鲜红的血不断地涌。不惊讶,不哭不嚷。找创可贴缠上伤口,继续忙。

人多的场合,被人伶牙俐齿地抢白,不辩不恼,微微笑。

立夏都过了,气温骤降。到底是不年轻,打底衫外套小西装,露着一截脖子,还是凉。搭一袭丝巾,出门去,赢得不断地回头看。

课堂上,三个孩子睡觉,两个拿着手机挂着QQ。一一打醒几个孩子,再走到玩手机的孩子身边,对他说:"与君一席话,胜读十年书。无聊的闲谈是浪费光阴。收起来吧,君子不多言。"

读书,书里写"我要把光阴过成玉一样,在幽暗的岁月中,散发出厚实而诚恳的光芒,来自内心的玉的品质,不与人争,只在文字的光辉中,赢得时间的赞许"。

有玉器鉴赏家说，一枚玉，经过成千上万次的把玩与擦拭，会形成一种温存的旧气，称为"包浆"。

好光阴流水一般而去。一颗心，在流水一般的光阴里，时时打磨，就会有了玉的温润色泽，不耀眼，不张扬。也是附着上了一层包浆，越老越致密，越老越耐看。

童年的"马儿"

"驾！驾！驾！"

放寒假了，入学才一学期的弟弟，好不容易自由了。此刻，他双腿叉开，骑坐在他自己的凳子上，口里喊一声"驾"，双手抱起身下的凳子起身，挪一步。"驾"一声，挪一步。"驾"一声，挪一步。他独自一个人玩了大半个上午，肉嘟嘟的小脸通红通红，额上也渗出了几滴细小的汗珠。念中学的姐姐都做完两张试卷了，还没见他有停下来的意思。

学校里的窗户、门四处透风，每到放假，大抵会有手脚不干净的大人或者淘气的孩童，撬了门锁或者爬窗户进入教室，拿走我们的课桌或者凳子。学校里那种三个人共一张的长条桌式课桌屡次丢失后，我们需要自己带课桌凳才能入学。放假时，为避免课桌凳再丢失，老师要求我们各自扛回自己的课桌凳。我们入学前，母亲请木匠为我们打的是独立带翻盖桌肚的课桌，凳子是按我们的身高设计的小条凳。家徒四壁的童年，唯有书包里的书、课桌凳算是我们的专属物品。人与生俱来的占有欲，在我们身上早早表现出来。我们的凳子上都写了名字。弟弟未入学前，每到放假他就拿我和姐姐的凳子"骑马"。我俩爱惜自己的凳子，像他那样不知轻重，凳子的腿早晚会被他整散架。以前，他这样"骑马"都得趁我和姐姐跟母亲去农田做农活不在家的时候偷偷地干。我勉强算脾气好的，姐姐若是看见他拿自己的凳子"骑马"，少不得一顿好训。

弟弟自己也上学了，他有了自己的凳子，现在放寒假了，凳子驮回家，有他"骑马"的机会了。我怀疑他之所以玩得不知疲倦，是因为除了天性里的好动，潜意识里多少有向我和姐姐炫耀的意思：看，我的专属"马儿"。他在学校一定也没少玩过，我看他凳子的榫头似已有松动。爸妈看见，大概也会提醒他爱惜自己凳子的吧。但在"骑马"与爱惜凳子之

240

间,弟弟选择的一定还是"骑马"。

相较之弟弟的自得其乐,二叔家的堂弟妹们还幸运得多。我去二叔家找堂妹玩,见二叔双膝跪地、双手撑地,轮流驮着堂弟妹们在堂屋里"骑马"。一声声得意的"驾、驾、驾",伴着一阵阵欢笑,飘出好远。

台湾作家唐诺有一本有趣的书《文字的故事》,书中有一节写漂亮的文字"尾",他引用了朱天心的一段文字:"如此不好意思、怕人注意、更怕人讪笑的盟盟,好天气时,每天仍然骑着马儿上山。秋天的时候,入山前的基本动作是:折两枝盛开的五节芒或者狼尾草,一枝插在外公的裤腰上,一枝插在自己的裤腰上,摇摇摆摆更是两匹俊美的马儿了。山路上,遇到同校的同学喊她,她一脸严肃地谢绝同学的邀约:'现在不行,我要去放马吃草。'"

这段文字是朱天心的书《会飞的盟盟》里的。盟盟是唐诺与朱天心的女儿,论"骑马",幼年的盟盟和我弟弟年幼时一样,无师自通。在她那里,"放马"的"责任"与乐趣,还远远胜过同学的邀约。

部编版二年级《语文》(上)收了陈伯吹的文章《一匹出色的马》。春天的傍晚,一家人出门散步,往回走的时候,妹妹说她很累,央求妈妈抱。爸爸从路旁柳树下拾起一根枝条,把它递给了妹妹,说:"这是一匹出色的马,你走不动了,就骑着它回家吧。"妹妹高兴地跨上"马",蹦蹦跳跳地奔向前去。

"驾!驾!驾!"一声声是得意,一声声也是惆怅。回不去的童年,追不回的曾经。不知你的记忆里可曾有一匹专属的"马儿",驾,驾,驾!或者,像我的二叔,做了谁的专属"马儿",也是好的。

你的情绪是我的晴雨表

我的新书《饮尽世间一杯茶》出版，第一时间送给父亲。父亲读完，写了几页纸的阅后感受。其中写到书中第一篇《爷爷的渔网》，他说"爷爷已经去世二十多年……搅得他在天堂不安宁……读罢此书，我如同喝了一杯苦涩的茶，不是滋味。"我慎重放在书中第一篇的文章，虽然是多年前写的，但自己颇为满意，就是现在写，文字成熟一点，但感觉未必对。我看着手机上他拍来的文字图片，他的字一个一个抄写得工整干净，不像是随意表达的情绪。

此时，正临近放学，一边是校园广播里的音乐，一边是学生的吵吵嚷嚷，这样的环境很容易让人情绪波动。但我收起手机，组织学生整队放学，并没有及时回复父亲。也许他等着我跟他说点儿什么，像他每次给他孙子、外孙写的信，或者他写的小短文，总要我认真看看，改一改。每次回家，也总是妈妈在跟我聊家常，他拿着他写的日记、读书笔记什么的要我表达看法，打断了妈妈的聊天，招来妈妈的不满："你就不能让人歇歇。"我没有中断与妈妈的聊天，一边还是接过他手里的一摞纸翻阅，像翻阅我的学生作文，快速圈点勾画。他满意地拿走我改好的稿子，去他的桌子上再工整地誊一遍。很多年前，他每次在办公室里读到有我和姐姐文章的报纸，总要拿红笔改动数处。不记得何时，他很少改我的文章了，他开始信赖我改的文词字句。

但他文字里表达的"不安宁"还是造成我更大的不安。我在想，他的文字理解力降低了？或者写爷爷，触动了他某根敏感的神经？

回到家，吃过午饭，我方才静下心来，在他的"不安宁"那句下标红线，并编写如下文字发给他："换一种角度读，不把文中人物看成自己。看看是不是还生气，还苦涩？这是文学，文学有写实，有虚构。"

很快，他即回复："炒作这本书。目的是突出中心。"他还说他是想把他写的这篇文章发给报纸编辑。我不禁哑然失笑。唉！我的爸爸呀。不说他的这篇文章达不到报纸刊登的水平，就是写得好，报纸给登，也不能这样写。我认真地回复他："还以为你真生气。如果为了突出中心，要换词。我的书不用炒作，出版社来管发行销售，网上、书店都上架。"他后来把那句"不安宁"改为"勾起我对爷爷沉痛的回忆"。他认真地改文字，但他不知道我在乎的是他的情绪。

他羡慕能在报纸杂志上发表文章的人。一直以来，我和姐姐经常发表文章，是他颇以为豪的事。表现在他收藏我们的样报样刊，表现在他喜欢翻阅那些样报样刊。他刚退休的几年，订阅了一份晨报，我给那家报纸写了好几年文章。只为了他哪一天读着报纸，看见我的名字。哪怕他看了一次又一次，还是会惊喜吧。文章总是写给愿意看的人看，写给懂的人看。

我的书得以出版，他一定是自豪多于苛责。他急于用文字表达，只是一时表达不准确。我在乎他的情绪，掩盖了对他文字的理解。或者说，一直以来我都不曾真的懂过他。

年纪越大，越想透过如烟的往事找寻清晰的记忆。妈妈说得最多的情境是，星期天他要步行十多里路去教师培训班上课，得扛着年幼的我一起去。我困了，他把我放在人家办公桌上睡觉，一个翻身就从办公桌上掉到地下。他上完课又扛着我步行十多里路回来。我问过他：你就不怕我摔傻了？当然，我没有问的是，放到现在，无论谁一天十多里路走个来回都不容易，何况还得扛个孩子。你累吗？即使问了，他大概也回答，年轻的时候，不知道什么是累。没上学前，我还每天跟他一起上班。学校距家是不远，可他也得一天扛我四趟。据说，年幼的我体重并不轻。他去上课，我有时去他班上坐在后排，有时一个人在空无一人的操场上游荡。

岁月无声，沉默长大。妈妈说我面相上更像他。还说女像父，命不苦。没有更多选择的人生规划里，把一份他做过的工作也坚持做一生，并且努力做到更好，算不算是好命呢？潜意识里，总有他的职业期望左右我情绪的因素吧。

捅开人情这张薄纸

"昨天傍晚收到书了。心里想着及时回信。接到朋友小饮邀请,一转背工夫,忘了。跌跌撞撞回家,洗澡时又记起,一上床,又忘了。醒来,赶紧回你,书已收到。"

"三言两语,一醉汉形象跃然纸上。然醉里忽又清醒的惦记,颇为感动。"

这前一段文字来自一位朋友收到我寄送的书,给我的留言。这后一段,是我的回复。

这关于收书的情节,还有一段前奏。

我对他说:"给我地址,寄一本书给你。"他一面致谢,一面复又怯生生地问:"书,还有吗?"

"你还要?"

"是呀。一个月,一天换一本。"

一笑会心。他哪里是真的要一天换一本,他是懂一个写作者为一本书付出的辛苦。同时,为着多年的情分,他暗自揣测我有多重的新书发行任务。

论年龄,我不年轻。论为文,也不青涩。但这是我的第一本书,在出版界,我是全然的新人。个人虽没有新书发行任务,但出版社却有。做一个新人的书,还是做一本畅销书,出版社付出的辛劳是一样的。但做一个新人的书,要冒的风险却大很多。

书归何处,我到底是在乎的。我最终给了这位朋友二十本,一个写作者骨子里的清高自处,但又面比纸薄。我感激这位朋友的假公济私,替我兑换银子,却又不希望自己的书去往一个暗黑的角落,蒙上经年的灰尘。

我的新书《饮尽世间一杯茶》中有这样一段:"我记得你说过,每次遇到擦皮鞋的下岗工人,你会请他们为你服务一次。虽然,你的鞋子并不脏,或者你并不是很有空。因为,每一位劳动者都值得尊重。"(《我的学生们》)

记录这段话的是一位学生。一个老师,课堂上会满堂灌输很多知识性内容,也还会有很多知识传授之外的人生闲话。有悟性的学生,一丝不苟地记录课堂笔记,也还会在脑子里记下老师的闲话。

"每一位劳动者都值得尊重。"这句话大概影响了这位学生很久。

新书出来后,我给他留言:"给地址,给你寄书。"他说:"我自己在网上买吧。"网上上架要略迟一段时间,即使有,我送书与自购,意义还是有别的。

人情,是一层薄薄的纸,隔纸相望是一层模糊,捅开了,也许好看,也许不好看。

他说,老师样书数不多,不敢多要,寄一本吧,回头上架了再支持下,送给同事朋友,毕竟我在老师的书里嘛。收到书后,他在朋友圈发图发文:老师出书,或因其中有写到我们的交流片段,或因为了完成当年的"许诺",馈赠两本。除此之外,他还因读了书中第一篇写到"我小脚的奶奶",由此触发也写了一篇很长的文章,是他的"小脚老太",他的外婆。

他做我学生的时候,只是一个十三四岁的初中学生,十五六年过去,他也早就从医学院毕业,工作也有几年了。他学的是医,文字感觉却依然敏锐。他曾经是悟性很高的学生,如今也是悟性很高的读者。在人世,顺境还是困境、能力的高与低与悟性是有很大关系的

"读书,是读书人与著书人隔着时空的距离交心。书,作为冷的物,不被打开它就只是物。一旦打开,那每一个文字、每一个句点都带上了著书人的血脉、气息,侵入读书人的身体,论阴晴、诉雨雪,同悲欢、共离合,非此,不算有缘。得一份书缘,并不比一份人缘来得顺利。"

这一大段文字,是我的文章《一书清浅可入梦》里的,道一份书缘

的难得。

人情与书缘，俱难得。

新书预售期，我说同城朋友赠书也可，付费不拒。给我发红包的，有我们曾互送自己手头有两本同款书的；有同学；有同事；有多年老友。拒接红包吗？不拒。他们中，有来到我案前，翻到我桌上的《挪威的森林》，惊喜于村上春树。我看过电子版的《挪威的森林》，这书却是新买来的。但她喜欢，就拿走啰，我后来又买了一本。除了极少的一部分人买书是装点门面，大多数人买书都是为了看，我们这类有书癖的人，有些时候买有些书却只单单是为了拥有与陪伴，比如《红楼梦》，比如张爱玲的书都有好多版本。手头上，有一套至为尊贵的手抄书《石头记》，洋洋二十册，满满地装了一盒子。我搞不来这类书，当然也是一位朋友的馈赠。他说，好书要在它该在的地方。论书归何处，他懂得比我早，悟得比我深。

新书抵达后，昔日同事亲撰文案，替我卖书几十册。她的身边聚集一群有真性情的人，她让这些书各有去处。难说，是我的书多么地吸引她的朋友。倒不如说，是她的文案写得好。她夸赞我的书，顺便夸赞我这个人。芸芸尘世，厚己薄彼，不乏踩着别人的肩膀向上爬的人，或者略具薄名，不免欺名盗世的人。只有不多的人愿意对同类诚恳地送出夸赞，生活里遇到这类不吝夸赞的人，值得信赖。我的书经由她的手卖出去，但她卖的又不仅仅是我的书，我猜测，很大因素是她的人缘。在这点上，文艺界的那些彼此吹捧者要搁一边儿去。

一位读者朋友，他拿到我的书，一夜读完，然后写了一篇很长的文字才罢。而且他比我更早地知道我的书已上架，自己先买了两本，说另一本是替另一位我们彼此甚熟的朋友买的。

还有那些母子同看、父子共读的朋友，总是添了一本书的不寻常价值。

以上这些，是关于我的新书《饮尽世间一杯茶》的一些花絮。当然，好看又值得不断回味的花絮还有很多，也不是都能一一道出的。再说，花絮终不能霸占了正片的流量。

来自心底的叮咚之声

一位朋友的新书上架，我第一时间下单买了一本，同时推荐给同学小冉。小冉当然也像我一样急急下单。我对这位朋友说：小冉，是我同学，我喜欢的，她一定不问缘由，也喜欢。

我如此笃定。不如说：小冉喜欢的，我也喜欢。

小冉一个人在苏州城里逛，拍拙政园、狮子林的廊桥、花窗，买了小礼品袖珍琵琶，还有莼菜，说这些我大概会喜欢。我当然喜欢。

我们还同是"张粉"，她说她是经由我知道张爱玲。实际上，早在张爱玲孤独地死在异国他乡，国内一家出版社闻讯出了一套张爱玲的文集，她即购得全套。其时，我囊中羞涩，只买了一本张爱玲的小说集。要论对张的喜爱，我不如小冉的倾心。至于后来，物质上自由很多，张的书我有了多个版本，只能说我对张的喜爱持久。

我是慢热型，且喜爱不常外露。我读张的书多年，小冉对张的热爱深入骨髓。她去上海，即使进不去张爱玲的故居常德公寓，就是站在马路对面看，也要看看摩天大厦中它的孑然独立。她大抵也不是看常德公寓的孑然独立，而是看张爱玲，更多地还是看她自己。

"每个读者只能读到已然存在于他内心的东西。书籍只不过是一个光学仪器，帮助读者发现自己的内心。"

我们在这世间的相遇也是如此。我们只会遇见那个跟自己灵魂相近的人，透过她的眼睛发现自己的内心，看人世的单纯与复杂。我遇见小冉，小冉遇见我，我们遇见张爱玲，或者遇见其他我们喜爱的人、事、物，都不会是偶然。

我的书《饮尽世间一杯茶》出版，小冉在朋友圈发推荐语："她是我的至友，出书是多年的话题，如今才成型。她依旧淡然，文艺青年骨子里无伪，连荐书也不愿写得讨喜。琳子文里文外都是静美的。有次我向她哭诉，她说：三个月，三个月就好了。没有谁在意有什么根据，可有了她这句话，我开始扳指头数日子。也不知数到哪一天，一切都云淡风轻了。又一次，我莫名忧惧，问她：我们是不是老了？她答：还好。

"生活似乎从不对她狰狞，其实她有绕指柔。夜深人静时，我喜欢躲进她的文章里，将身心调柔，度化的慈悲包容。

"请大家珍惜这本书！这是一位悠然在十八线小城过慢生活的作家，等到下一本书，哪一年呢？拥有这本书，你就会和她一样，心中有花开，优雅前行！"

她长长的推荐语，写得深情而专注。不知道会不会有人在她的推荐语前多停留几秒，或者，读懂她的推荐语，进而相信她眼里的"我"值得认识，我的书值得拥有。

每个人存在于人群，又独立于人群。热闹的人群，孑然的自身。没有人会轻易被另一个人左右。我不会，小冉也不会。三年的同学，三十年的若即若离，我们又终究是彼此生命里的执念。喜爱的书、人、事、物，还有那些无助的时光缝隙，我们睁着眼睛等过的天明，扳着指头数过的日子，一一渗透。

生活的重，在我们的记忆里、文字里，一一如尘，轻轻落下。我们不是因为亲而靠得太近，是生活的激流推着我们一点点走向彼此。

"我们是那种见面不多，却从不曾离开过的人。"她说，她读着我的文章度长夜。我听的歌、读的文章，心血来潮欲分享，她总是那第一的人选。往往她并不是第一时间看到，所谓分享很像是一个人独立湖岸，丢一颗石子入水，很久之后，听得到一声叮咚，恰是来自自己的心底。

一本词典的重

我有不太严重的洁癖症,比如出差,不适应酒店里的被褥气息,第一夜一定失眠。跟人家开玩笑说,下次出门一定带着自己的枕头才好。

至于别人的衣服、手套,万不得已的情况下也几乎不会强迫自己接受。当然,还有别人摸过的书,我也不大愿意再摸。书,是用来读的,旧书再好,我又不做研究,也无须用收藏孤本善本来装点门面。

读书,最美的享受是手捧新书,崭新的纸张翻过的声响颇为悦耳,新书淡淡的墨香也格外悦心。

但,也有例外。我久久翻阅的书里,一翻十几二十年,翻得甚为顺手顺心的,一是《红楼梦》。《红楼梦》版本是有几个,常翻的却只有上海古籍出版社的那一本。其次,是一本《现代汉语词典》,1983年第2版,1992年3月第127次印刷,定价22.8元。

说起来,这本词典来历也不简单。我1993年毕业做老师,工资也就两百多一点。这本词典的价格相当于我一个月工资的十分之一。放在现在,粗略算一下,工资几千,真要我一下子花费几百元去买一套书,估计也掂量掂量。我一年里蚂蚁搬家似的购书,耗费也不少,但毕竟是多次购入。对于我这种不善于计算的人,其实结果是含糊不清的,也就谈不上迟疑与舍不得。

父亲是小学老师,他自己早年有一本1978年版的《现代汉语词典》,也花了他几块钱的样子。那是猪肉只卖几毛钱一斤的年代。我不记得多长时间家里的桌上才上一盘肉,一个星期、一个月还是几个月,甚为模糊的记忆自然是有肉吃的次数不多。而且母亲时时拿来笑话我的一个故事,就是某年在某家人的婚宴上连吃了几块红烧肉,吃晕乎了。所谓贪,都是因为缺。长时间没吃过肉的人,才会贪嘴。好几斤肉钱换来的那本《现代汉语词典》，掌管经济大权却不识字的母亲大概不明就里，我们认得几个字，初始翻过定价后觉得甚为不值。后来，渐尝种种妙处。那本词典上，大概都留有我们兄弟姐妹手上的汗渍污渍。

　　1993年，我毕业后去中学做老师，父亲新买一本《现代汉语词典》送我。学生时代受父亲潜移默化的影响，毕业做老师后他送词典，不记得父亲可对我有何特别的叮嘱，但他送我的这本词典跟随我近三十年。时时翻阅，时时请教，是无声的老师，也仿佛是父亲语重心长的教诲。但分明又没有特别的教诲，只是搁在案头的词典，那么厚，那么重，如何不是压在心头上的重呢。

　　但父亲又何曾是给我压力呢。他只是教给我们一种习惯，对待学习要态度诚恳、严谨，遇到自己模棱两可、拿不定主意的字词就要及时请教工具书，做学生要这样，做老师更当如此。

　　第7版《现代汉语词典》出来，也备了一本。旧词新意，总还是要常翻常新。我备过的课、读过的书，写满我查阅工具书留下的诸多文字记录，一字一音，一词一意，群蚁排衙一般。习以性成，不敢不慎重。这些，也是我做老师多年，一直教给学生的箴言。

老父七十

　　父亲周龄七十。按"人生七十古来稀"的说法，我称父亲为"老父"大概也不为过。但我从来不称"老父"，就是俗称"老爸""老头子"，我都不曾用过。我叫他，一直是儿时的叫法，爸爸。当然，这其中确乎有父亲在我眼里一直是年轻的状态。而且，很大程度上，也在于奶奶。

　　奶奶九十岁了。在去年以前，奶奶身体一直很康健，除了眼力不济之外，她口齿清晰，步子稳健。甚至还能烧饭，喂猪，以及去地里种菜、摘棉花。但奶奶毕竟年事已高，身体机能的衰退还是不由人。

　　去年入冬以来，奶奶一直病着。身体浮肿，饮食不佳，行动困难，渐至卧床。每夜，必得有人陪护左右。

　　父母本来在京城照顾弟弟的一对双生子。两个孩子尚在幼儿园，每天的接送都是父亲的事。奶奶这一病，父亲只得回来照顾奶奶。

　　年中，母亲、姐弟、孩子们都回来了。我们聚坐闲聊，父亲多半不在我们身边。奶奶住在二叔家，他在二叔家陪奶奶。奶奶要么靠在椅子里，要么半靠在床上，他默坐一旁。到了吃饭的时候，他回来端饭菜送给奶奶，然后回到餐桌边匆忙吃饭。晚饭后，洗漱完毕，他打一把手电筒，走一段田埂，仍去奶奶那里。夜里，照例是睡在奶奶身旁的另一张床上。而每一个傍晚，奶奶几乎都会问一声："晚上来吗？"父亲都会答："当然来。"

　　二婶早年过世，二叔耳朵背，夜里睡得沉。年纪轻的小叔要在外面挣钱养家，年里回来，只陪奶奶一夜，他都怕。年后，他又去外地了。几位姑姑住得远，不可能每日每夜都能来。奶奶病重的这几个月，每夜陪护奶奶的都是父亲。

　　弟弟的孩子要开学了，母亲带着两个孩子又回了北京，父亲仍留在家中照顾奶奶。

他独自在家，怎么做饭、洗衣，照顾奶奶和他自己，成了我时刻的惦记。偶有周末，我坐车回去，打扫卫生，做一顿丰盛的饭菜。看他舀一点饭菜端给奶奶，再看他胃口很好地吃饭，料定必是寻常他自己做的饭菜并没有这么可口罢了。吃饭的时候，若奶奶不舒服发出"哼哼"声，他必放下碗筷去看看。

工作忙，没空回去的时候，我给他打电话，问："奶奶还是不太好吧？"他说："嗯，一晚上要醒很多次。一会儿帮奶奶抬高枕头，一会儿又要放低枕头；一会儿插上电热毯，一会儿又要关掉。奶奶呼吸困难，消化不济，整夜不能安睡。""那你岂不是一晚上都无法睡？你也七十了，本来就是睡眠浅的年岁。这样折腾，你怎么吃得消？"他答："还好。"他到底是好还是不好，其实可以想见。

人大概都是有巨大潜能的。奶奶尚在，他是奶奶七十岁的儿。即使感到精力不济，或许也还是会被一种强烈的本能支撑着。但他到底也是我七十岁的老父，想到这些，不禁泪湿。

我在无能为力、万般无奈的时候，默然无语，眼神里透着抹不去的哀伤。关心我的人问："怎么了？不开心？"

"是。"

"为什么？"

"关于人生课，生死谜。"

我并没有悟透"人生课，生死谜"，或许父亲是明白的。

后记：农历二月十九，奶奶仙逝。二月十九，也是观音诞辰。我强调这个巧合，是我相信久病多日终归仙去的奶奶，应是在观音的佑护下，解脱了现世之苦。送走奶奶，父亲对生死的领悟，大概又加深了一层。

父亲的慷慨与任性

为了练好钢笔字，我放弃使用多年的中性笔，特意去买了一支钢笔，还是英雄牌。但太普通，远远比不上小时候父亲手里的那支英雄牌钢笔，笔头是镀金的。

我不确定父亲那支笔是否含有黄金成分，但我对金子的最初认识就是来自那支钢笔。就是不写字，金灿灿、亮闪闪的笔头晃过眼前，也是令人兴奋的。本来，我也很少有机会用那支钢笔写作业，带去学校在同学面前显摆一下，就更没机会了。偶尔在家写作业，正好碰上父亲没空用，那支笔也多半在姐姐手里。偶尔，我跟姐姐好说歹说，能用那支笔写两个字，感受一下它与众不同的流畅与优美。哪里像我手头上那支新农村牌破钢笔，稍事用力，笔头就裂缝，偶尔还有墨水渗出，把作业本弄得很脏。

父亲当然舍不得给我们都去买一支昂贵好用的镀金钢笔，即使他舍得，估计也没有那个经济实力。我不记得那样一支钢笔多少钱，估计价格不菲。但父亲对于我们读书，还是舍得投资的。在这点上我佩服父亲的慷慨与远见。比如，他给我们订阅了很多年的《小学生作文》《作文通讯》。他还买了"文革"后首次出版的《现代汉语词典》，当然是我们和他共用的。按母亲的说法，在那个村庄里大多数孩子扁担倒个"一"字都不认识的年月，我们姐弟不仅有机会入学读书，还能时时翻阅他那本厚厚的《现代汉语词典》认字识词，自是比同龄人优越很多。

我从师范学校毕业那年，去中学任教，父亲又去买了一本1992年重印的《现代汉语词典》送给我，22.80元，价格不便宜。在我的印象里，父亲很少给我们买东西。哪怕就是进城，他也几乎不给我们买稀罕的食物，他每次外出回家，母亲就说他小气。他回答：吃的买什么，浪费。大概在他看来，只有这些东西，笔啊，书啊，买来值得，总是慷慨付出。

后来，那支跟随他多年的镀金钢笔笔头摔坏了，不能再用。那个时候，我已经不用钢笔，而是改用圆珠笔。但他用不惯圆珠笔，一写字，就跟我提那支镀金笔如何如何好用。提得多了，我便用心。有一回，去安庆，在一个文具店里遇到类似的镀金笔，便给他买了一支，花了我近半个月的工资。他很是爱惜，言语里多是赞美。我成家后，经常给他买衣服、鞋子，花费多多，也没见他多在乎，不唠叨为浪费就是万幸了。

他退休之后，还和母亲种了两年地。紧接着，弟弟的孩子出生了，他和母亲去京城给弟弟带孩子。在那里，他看见小区里的老头老太太们下棋、拉琴、唱戏，业余爱好丰富多彩，回来跟我说，他要买一把二胡。倒是记得他曾有一把二胡，后来不知所终，也不太记得他的琴艺如何。但他除了写字，几乎没有会的玩意儿。幼年时期，每至年关，他给人家写对联，我给他牵纸，没少冻坏我的手。现在，没多少机会展示书法了，既然他要二胡，就给他买了一把。他在京城与老家之间来来去去，每次不管行李多与少，必得带着他的二胡。二胡装在琴盒里，倒不怕磕着碰着，但据说好几次险些弄丢了。我说：你回家待不了多久，下次别带着了。

去年，奶奶生病，他一个人回家照顾奶奶，倒是没再带着他的二胡。奶奶到底病重，终是去了，他仍在家守丧。他说：奶奶丧期结束，再买一把二胡吧，每次带着是不太方便。

我把他的意见说与弟弟："爸爸叫我再给他买一把二胡，我买，你出钱吧。"弟弟笑："当然。"

有一个这么任性的父亲，也是福分吧。毕竟，他比那些有烟酒棋牌嗜好的父亲好应付得多。

老屋时光

　　江南的梅雨季节一到，就愁死人了。头一年苫顶的草屋，经过一年的风吹日晒，茅草几近毁烂，挡个风、避个日似乎还行，至于连天的梅雨一来，毁烂的草屋顶就只是个摆设，屋顶落大雨，屋内落小雨。小雨叮叮当当，落在屋里每一个角落的破盆碎罐里。雨水已不清澈，带着黑且浑的杂质，混着烂草的腐败气息，弥漫在屋子里。

　　四十年前，最深刻的记忆就从这里开始。

　　好不容易等到梅雨季节结束，早稻也收割了。拿新稻草补补屋顶，可以暂时对付一下。要彻底苫顶，那得等到秋收后。秋收后，新收割上来的晚稻草秆比早稻草秆硬实。即使晚稻草秆硬实，烂得慢一点，也不过撑一年。逢到雨水多的年份，正是"屋漏偏逢连夜雨"，有什么办法呢。

　　成年后，逢年过节看望奶奶，她接过我们的礼物，一脸笑意："丫啊，又让你们孙儿孙女破费了。其实哪里需要呢，我有钱有吃的呢。"末了，总会有一句：草屋年年盖，一代管一代。奶奶说这话的时候，我们都住进楼房了。我调侃过奶奶："我们都住楼房了，您这个老寿星，可以管很多代呢。"

　　从草屋到楼房，其间还有一段瓦屋生活。

　　这一年的秋收后，爸爸并没有着急给草屋苫顶。

　　有一天早晨，尚在睡梦中，被妈妈叫醒。揉揉眼看看窗外，天竟然还是漆黑的。

　　"跟你爸爸牵牛潮泥（词典上没有这个词，请原谅我只能据音造词。这个词表达什么意思，你慢慢往后看）去。"

　　牛栏里牵了牛跟着爸爸来到村口的一块田，爸爸说："牵着牛在这块打转转（这就是潮泥）。"

　　造屋的第一步，是潮泥制土砖坯。

那一年的秋冬，老天很给脸。雨水少，那些砖坯干得快。父母一生当中"最伟大的工程"（当然，这是母亲后来的话）——造新屋的计划也就适当提前了点。

搭临时窝棚，拆老房，碎石片筑墙脚，砌到一米高，上砌土砖，上梁，青瓦盖顶。新屋亮堂堂六大间，那一年新年到来前，我们住进了新瓦屋。

堂屋靠后墙摆着一张饭桌，一张条凳，两把椅子。宽敞的空间，用外公的话来说："孩子还这么小，盖这么大的房子，搭台唱戏都行。"

母亲是一个颇有主见的人，她打定主意造房子，大抵不会听从她父亲的意见，造多大，如何造，她应该都有自己的主意。用她的话来说：谁一生就用来造房子呢，当然得造一间就是一间。

村子里，在我们家之后，瓦房渐渐多了起来。然后，他们的孩子长大了，挣钱娶媳妇，又推了土砖屋，换了青砖屋，再然后就是盖楼。

我们家，还真的应了母亲的话：谁一生就用来造房子呢。我的父母，他们的前半生，辛辛苦苦挣的钱，除了用来造这间瓦屋，剩下的都用来供我们读书了。

读过书的我们，一个一个离开村子，在另外的地方，各自住进我们自己的楼。我们的父母在那间他们亲手造的瓦屋里足足住了二十多年，那栋土墙瓦屋也差不多成了村子里最后的"古董"。父母在我们的多次建议下同意再造新屋。新屋平房结构，立柱砖墙，水泥浇顶，上盖青瓦，铁门钢窗，前庭后院。

新屋造好后，我们在这里陪父母过了一个新年。新年过后，父母就随弟弟去了北京。弟弟大学毕业，在那个千万人的大都市立足，买房、成家、生子，我年逾古稀的父母也许并不适应都市的蜗居生活，但好在儿孙绕膝，也是幸福。

这一去十多年，新屋又成了老屋。或者，只是因为这里是父母的住处，我们习惯于称为老屋。偶尔回来的寒暑假，清理室内外，小住一段日子。在远离城市的老屋里，暂时过一段父母安康、家人团聚的好时光。

母亲的布鞋

夜色临近，西天只残留一抹淡淡的余晖。

放学回家，看看母亲还没回来，我从仓房里舀出一葫芦瓢的稻粒，撒在门前的空地上，喂鸡鸭。现在，鸡鸭们都吃饱了，各自回到鸡栅、鸭栅去。

正转背往屋里走，眼前一暗，母亲挎着一只竹篮走到了我的身后。

早上，母亲去二十里地外的外婆家了。春末夏初，母亲去外婆那里，回来的时候，差不多都装满一篮子的笋衣。笋衣就是竹子在生长的过程中褪下的胞衣。

外婆家有一片竹林。其实，母亲带回来的这些笋衣，已经不是可以食用的嫩笋衣，却是已经老成树皮样的干笋衣。一片一片笋衣，蜷缩成一根一根的细竹笋样，捆成一摞一摞，码满一篮子。

"大老远的，又带这些回来，又不能吃。"我说。

"好东西呢。"母亲淡淡地回应。顺手搁下手中的篮子，去了厨房。

一个落着雨的星期天，天气闷热，在阴暗的房间里写作业久了，觉得憋闷，出来透透气。堂屋里，母亲正蹲在一只火钵前，不停地忙活。

火钵里，装有从锅洞里掏来的火，盖上铁火网。母亲把一根一根的干笋衣，在火网上烤一烤，又拿沾了水的抹布在撑开的笋衣上不停地抹来抹去，直到蜷缩在一起的笋衣一张张平整，像一片片硕大的竹叶。

许是用力，许是火钵前的温度高，母亲蹲在那里，额上直冒汗。找来一把芭蕉扇，坐在母亲的身边给她扇扇。她说："你玩去，扇起灰呢。"

我就一边儿去了，也不知道母亲到底忙活了多久。后来，在两只木箱子的叠合处，就见到一摞一摞已经捋平的笋衣。每一回，要在下面的那只木箱子里找衣服，都得小心翼翼地把那些笋衣挪走，回头再按原样摆好，放上另一只木箱子，依旧压着。

某一个阳光灿烂的日子，母亲恰好农活闲，就煮一钵子糨糊。在木质的凉床上，铺一块破损不用的毯子，刷一层糨糊，铺一层碎布。刷一层糨糊，铺一层碎布。前前后后，大约三五层。母亲说："'备壳子'（恕我贫乏，只能凭着记忆中的声音还原母亲当初的表达，至于正确的文字表达我无能为力。汪曾祺在他的《黄油烙饼》中写作"打袼褙"），用来做鞋底。"

一天的阳光暴晒，到了下午，一张"布壳子"就晒硬了。把它从凉床上撕下来，吱啦吱啦作响，那声音竟也是别样的动听。

单纯的少年时光，原本没有多少杂乱的声音传入耳朵，大抵就是老母鸡的咯嗒咯咯嗒，猪的哼哼，牛的哞哞，再就是风呼呼，雨滴答，多是寻常的。偶有特别的声音传来，竟是格外新奇了。

寻常贫乏的日子，仿佛因了母亲的劳碌，多了生动，如那一张张被母亲捋得平整的笋衣。还有一块块碎布，在母亲的手下变成这样一张张"布壳子"。

有一天，那张"布壳子"又在母亲的剪刀下照着鞋样儿，剪成一只只鞋底的初样。在这初样上填鞋底，也是很烦琐的事情。铺两层笋衣，再铺一层一层碎布，最后铺一块新布，把那些碎布包裹起来。后来，母亲也说，铺上笋衣可以增加鞋底的硬度和厚度，因为没有那么多的碎布可用，只能用笋衣代替。旧衣服多了以后，就已经不再用笋衣。

鞋底填好后，剩下的，就是最累最苦的事情，纳鞋底。鞋底太厚，针扎进去，常常抽不出来，或者扎歪了，或者扎着手了。仔细的母亲，常常在鞋底未纳的部分包上手绢。说是鞋底没纳好，倒把一只白鞋底弄得灰头灰脸，新鞋子没成功，就成了旧鞋子。我以为，那并不是她的初衷。或许，她怕的是针扎着手指，沾了血渍到鞋底上。

曾经，我对着一只鞋底一针一针地数过去，但到底没有数清一只鞋底有多少针。也不曾估量出，纳完一只鞋底，母亲的手指到底会被扎多少下。

小时候，母亲常常对别人这样表扬我：这孩子最坚强，她打针从来不哭。潜意识当中，我觉得应该是母亲纳鞋底的样子鼓舞了我。她不是经常被针扎到手指，从没流过泪吗。生病了，打针又有什么好哭的。

母亲鼓励我们写字的时候，也还常说这样的一句话：鞋底纳完一针就少一针，字是写完一个就少一个。

很多个夜晚，我们坐在桌前写字，母亲就着灯光在一旁纳鞋底，一屋寂然。

鞋底纳好了，还要做鞋帮。鞋帮到底薄一些，就算是轻便活了。说轻便，只是不会再被针扎到手指，其实也还是挺烦琐的，剪鞋样，粘鞋帮，滚鞋口。鞋帮的样子决定了鞋子的功用。

一家子，五六口人。每一年，每一个人至少有一双春秋天的鞋。在鞋帮上安了松紧带，称为松紧带鞋。一双冬天的棉鞋，在鞋帮上絮上棉絮，做成瓦片状，两边钉上金属的眼扣，用来穿鞋带。男孩夏天打赤脚的时候多，女儿们还多了一双小巧可爱的鞋，就是带纽襻儿的大口鞋，天气热的夏天穿。夏天，也穿塑料的凉鞋。但塑料的凉鞋穿在脚上，走远路，很磨脚，远不如布鞋舒适，跟脚。

做一双布鞋的最后一道工序是绱鞋，就是将鞋帮和鞋底缝在一起。绱一双鞋必须在一天内完成。因此，决定绱一双鞋，那一天无论遇到什么事情，即使熬夜也要把一双鞋绱好，否则不吉利。大抵类似一个人过到半生就命终了，或是婚姻走到一半就分离了。

父亲是老师，家里的农活差不多都是母亲做。偶有空闲下来的时光，母亲的精力也就是花在种菜，再不就是做鞋上。

从不见母亲花大段的时光来做鞋子。每到年关，父母亲的架子床上就挂了一溜的新鞋子。我素来是一个寡言的人，少年时期，每每站在那一溜新鞋子前，我都能体会得到母亲的苦累，以及分秒必争的辛勤。读书时，遇到"见缝插针"这个词，我觉得用在母亲的做鞋上，是最合适不过了。那些被我们一一穿烂了的布鞋，可不都是母亲在时间的缝隙里，一针

259

一针挣出来，挤出来的。

　　成年以后，我给父母亲买得最多的是鞋子，大抵也是为了安抚母亲一生做鞋的辛苦。母亲也每每感慨：你们这代人真好，不用做鞋了。

　　可她不知道，我还是多么爱穿她做的布鞋。但母亲现在老了，眼力和体力都不济，已经很多年不再做鞋。

　　我的鞋柜里至今还留着她十年前做的一双布鞋。偶尔，感到疲倦，感到苦闷的黄昏，我会拿出来穿一回，走一段路。然后，那些疲倦和苦闷仿佛都隐入夜色的昏暗中，换一副笑脸，迎来又一个灿烂的黎明。这些，母亲似乎也不知道。

　　母亲这一生，一字不识，很多我们知道的，她大概都不知道。但谁能说，我们尚且能够懂得的所谓人生道理，哪一点一滴，不是来自她呢。例如，一双布鞋里包含的所有意义。

附录：

饮你世间一杯茶
徐春芳

徐琳老师的《饮尽世间一杯茶》，出版了！

二十年笔耕不辍，十数载逐梦成真。这杯茶，从时间跨度上来说，来得有点晚，但懂茶的人都知道，经过光阴发酵的茶，更醇香，回味更悠长，更清心明目利于健康，也更值得珍藏。

作为老同事、旧邻居和资深读者一枚，我真心为她高兴，替她自豪。

一个人有梦想，不难。但数十年如一日，坚持一个梦想，很难。而坚持追梦，并逐梦成功，更难！

文学式微的年代里，坚持读书，坚持烧脑，坚持笔耕的人，都是了不起的人。值得赞美，值得学习。

写作，无疑是一种生活方式，一种生活态度。跟喝茶，聊天，瑜伽，健身，甚至打麻将，游戏一样，源于喜欢，起于兴趣，都能消遣打发时间。

兴趣无高下，喜好无尊卑。但写作又不只是消遣和打发，它还在创造，创造意义，创造价值。

我手写我心。写作其实是借文字表达自己，同时，也将自己的思维，理念和价值观传递出去，像潮水漫过沙滩，阳光朗照大地，清风拂过林梢，给世界留下贝壳，留下果实，留下诗歌和音乐。

写作者必博闻广记，善于观察，勤于思考，勇于表达，也必定心思细腻，感情丰富。

在文学领域里，无论中西，性灵一派，其流长远。徐琳老师无疑是极具灵性的女子。她的文字，干净，漂亮，敏锐，灵动，如清露在草间轻轻流转，似莲花在风中微微颤动。

那些寻常的生活瞬间，由徐琳老师信笔写来，无不流淌成诗，摹写成画。每一个读友，合上书本之后，那些带有浓郁江南水乡情味的画面必定会在脑中萦绕不去——

那荆棘丛中带着外祖父体温的猫儿刺，微雨时节苦楝枝头如梦的花朵，秋浦河边撒网的渔船和瞬间即逝的水漂，迷路的小女孩惊惶又好奇的眼神……

一份书缘，一段心路，一纸人情，一点感受，无不折射出徐氏灵魂的光芒。这杯茶，苦而不涩，淡而有味，暗香浮动，花影婆娑。

她不刻意去给你讲什么道理，灌输什么理念，也不企图改变你什么。她只是在表达自己，书写生命中那些被疏离被遗忘的部分，她在无声中给你心田以滋润，使你在惊叹于写作者心灵之充盈丰美，构思之精巧奇妙的同时，也反观到自己形容之枯槁，生命之干涸。

很多人，活着，活着，就活出了可憎的样子。守着一份初心，徐琳老师在文字的浸润里，却活出了一树一树的花开，活成了人间四月芳菲天的样子。

众荷喧哗，这本《饮尽世间一杯茶》，也许不见得会畅销。但这朵温婉、沉静的红莲，至少会为最贴近她的人而灼灼开放。在清凉的雨夜，或者温煦的午后，总会有那么一个人，坐着，卧着，或者干脆躺着，在氤氲的茶香里，手倦抛书一梦长。

文如其人，生活中的徐琳老师，是她文字的翻版。也极干净，漂亮，守真，温暖。

有八年之久吧，我和徐琳老师同在一个单位工作，同住一个大院。她一楼，我三楼，站在我家阳台上，她们家干净清爽的小院，常常是我眼中的一道风景。晴好的日子里，楼下小院里的晾衣绳上会挂满纯色的床单被套与衣物。干净，整齐，漂亮。花花绿绿与她无缘，杂乱无章和她不沾边。

徐老师文章写得漂亮，菜也做得好，人更热心。她先生烧的龙虾，更是一绝。哪一天，闻到她们家又飘出龙虾味儿了，几个住校的单身小伙便会不请自到，上门去蹭饭吃。

吃饱喝足后，时间早的话，总要斗两把地主，大人扯着嗓子吆喝耍赖的时候，小孩子也兴奋地跑来跑去，连校园里的流浪狗，也跑来汪汪地吠几声助兴。人散后，已是一钩残月天如水，那些个狼藉的杯盘呢，就留给徐老师慢慢收拾去好了。

那些年，晚饭后，我们都有散步的习惯。经常是三五成群，说说笑笑。徐老师偶尔也散个步，但一般都独行，徐徐地走着。要不，就一家三口，慢慢逛着，有时候，手里还捧着一把田埂上采来的小野花，红粉，淡紫，或者纯白，配上她端丽的外表，煞是好看。

更多的时候，徐琳老师是在教书，读书，写字，独处。在书香与墨香中，点亮自己，温暖别人。

哎呀，打住打住，原本是要饮徐老师《饮尽世间一杯茶》的，结果倒牵出这些陈年旧事来。但我想，如风往事里，啜一口好茶，再佐以几块小点心，不亦快哉？

原谅我，文字功夫笨拙，只能望徐琳老师项背。谨以此《饮你世间一杯茶》，表达对老同事，老邻居，老朋友——徐琳老师的祝贺和敬意！

有女美兮
胡晓莉

第一次认识她，还是十几年前在先生单位，几乎可以用惊艳来形容我当时的感觉。白皙的皮肤，匀称有致的体形，着粉色上衣，齐肩的黑色秀发越衬托出瓜子脸蛋的清秀粉嫩，挺直的鼻梁上架着一副精致眼镜，不染尘世的高冷清秀。心里头着实羡慕了一把。

跟先生结婚后，住进先生的宿舍，与她在同一大院内做了邻居，接触也就多了。她爱人与她同行，也是教师，高大豁达不拘小节的那种，他们有个乖巧可爱的儿子。时不时也与先生去她家串门（两家先生比较玩得来），常见她把自己悠闲地安置在木质摇椅中，褪去上课的正装，一袭质地柔软的似丝绸料的长裙，光着脚丫，手握一本书，慵懒随意的小女人样展露无疑。我们来，她回一个淡淡的微笑，目光依旧回到她的书中，不作过多礼数。偶尔在我们的闲聊中插入一两句，不致让你觉得似冷傲而显拘谨。

随着接触增多，对她也更加了解，看似冷傲寡言优雅的她，在家庭中普通女人的角色也淋漓尽致地展现：烧饭洗衣，洒扫庭院，栽花置草，一样不含糊。像我就很少能养活盆中花草，这需要长久的悉心打理。但她从不会因为工作、家庭都兼顾，而显得身影忙碌。

与她做邻居多年，几乎没听到她大声叫骂过先生孩子，感觉相夫教子似与她无关似的。我们女人大部分空闲都喜欢拿先生孩子说事，抑或是公婆什么的。相互对比或道出一套套对策、经验，再沉浸于得意或无奈之中。在这些闲聊声中，她一般都付之一笑，或简单接一两句，很少拿自家人相比。常觉她就像置身凡俗之外的人，视老公孩子只是她生活中的合伙人（也许本该这样相处吧），在事先拟好的章程中彼此守责，尊重。

她总在不可随意与可以亲近之间，有对人对事不同于众人的看法。有普通女人一样的对美的追求，衣着不重视艳丽，但都精致得体。每每感慨夸赞她的衣服，她都会娇媚扭身一笑。我知道她应该也享受别人的赞美，哪怕你有时略带夸张，她都回以娇羞真诚的笑意，并说上一两句衣服的来历。

前几年，她的儿子来市里上高中，她也参加了市区选调考试，进入市里一所小学。离开生活工作二十年的小镇中学，这对她来说是个很大的改变。去年高考临近，好多高考生的家长早就念念叨叨了，担心或祝愿类的感慨文字晒满朋友圈。她"安静"如常，听不见、看不到她一点关于高考的话题或者流露紧张情绪。不要真以为她不担心，为了方便照顾儿子，换了工作二十年的地方，足以说明好些事于她只须做而不必说。

高考分数出来，儿子没有辜负她的用心，如愿考入本科。假期为儿子办升学宴，她还是那样恬静地微笑着，略施淡妆的脸更红润了，步伐更轻盈了，犹如少女般略带兴奋的羞涩显现在脸上。穿梭于满堂的宾客中，相信那天她是幸福的。

新学期，她送儿子去大学，也看不出她有多伤感不舍。她送儿子归来后，写了一篇看似跟母子分别很不搭的《看日出》，看罢也没一句直白相思牵挂的词句。"在你的寝室墙角，桌椅缝隙里的一点点灰尘都扫尽……""以后我将在无数个漫长的夜里彻夜清醒……""天上，一个红太阳；地上，也有一个红太阳……""此刻，我心里想的是，那座北方的老城里有一个你；而在我心最深最干净的深处，也有一个你。"读着这些没有一个"爱"字"想"字的文字，却让我内心柔软，眼角湿润。

身为语文教师的她，对教学也是极用心尽责，这从她时常晒出的文字中不难看出。学生写的作文，每篇都有她的红笔标记、批语。一个班几十个学生，一篇篇一句句地去看去修改，需要花去多少时间？此外，还有关于教学的心得。

她热衷读书写作，如她所言"一卷在手，天地俱静"。早年，我是从她博客里，或者从先生每年订的报纸中时常看到她的文字。喜读她的文字，却不太会总结。只感觉文字在她笔下如行云流水般，光洁温润，细腻入心。最入我心的是那篇《一把藤椅的前世今生》，胜于看了一幕凄美的感情剧，让人内心澎湃，扼腕叹息。一把本来平凡的藤椅，因在大雪纷飞的冬天，一位小伙子步行几十里路送去她的单位，而显身价异常。而恰巧她在那天感冒休息在家，小伙子羞于再去她家，又扛着藤椅折回。一把藤椅牵出九十年代年轻人含蓄的爱慕表达方式。再碰面知晓时，那一刻的她在"这个春暖花开的下午，一路能看见桃李争春，蝶舞蜂飞，夕阳的余晖也是如此暖融融，但我感到雪意甚浓，似乎漫天的雪花飞舞"。不刻意追求这份情，却甚是珍惜这份情。要不那个瞬间，冬日的雪花又如何会飘进春日里她的眼中……那份情错过了那一天，就错过了一个季节，也错过了一生（不是否定她先生的优秀和现在安逸的她，只不过希望每份付出的真爱能有收获）。

  最近一次见到她，是去她家拿女儿的学习资料。女儿在市里上中学，我们的小区又邻近，但不像曾经在镇上同一个校园里那样不时碰面。电话里确定了在家，我觉着久不相见，总想带点什么给她。一般物质类的东西不一定入她的眼，来束花吧，应该比较喜欢。可惜花店不作美，连日几天雨或处于正月尾声，花不是那么走俏，只有三两枝不起眼的康乃馨干巴地垂着。店主一再笑容满面地道不好意思了，明天再来。算了吧，也不想再走远去花店了，知道她不在意我空着两手来。敲门，应声，开门，微笑着拎出我来拿的东西，不作多余的客套留坐。我道出我想买束花送她的意思，她笑意加深地道谢："你看我平日里常晒花吧，谢谢！不用的。"她笑开的脸真让人倍感温暖，美过一切的刻意勉强、训练有素的脸。也许就是她的笑意中有了别人没有的真实吧，喜欢她对人对事的态度，对世事的淡定从容，又不失对世事一如初见的单纯美好。即使她曾历经过生命的两次劫难，在她的脸上依旧无法看到一丁点世事沧桑。

品味"一杯茶"
——徐琳散文集《饮尽世间一杯茶》读后

侯朝晖

黄梅时节,江南多雨。差不多在晨昏或者午后,我泡上一杯茶,打开徐琳的散文新著。面前茶气袅袅,耳畔雨声沥沥,手中墨香缕缕,心神游走在美妙的字里行间,何等的惬意。

读着读着,仿佛觉得,徐琳的文章就像一杯茶,有着普洱的醇厚,有着铁观音的温热,有着桐城小花的香甜,也有着苦丁茶的苦涩。值得细细品味。

这杯茶是醇厚的。薄薄的一本集子,六十余篇散文,大多数是每篇千把字。但是,就是在这样的载体里浓缩了厚重的分量。这杯茶里,有"乡村影像",有"似水流年",有生活的"原香",有"生命的礼物"。爷爷的渔网、双抢、年事、豆酱、甜酒等,如同黑白默片中的蒙太奇,将渐渐远去的乡村生活场景逐一再现。作者沉浸在对往事的回忆里,在娓娓道来的叙述中,这些影像重新清晰、鲜活。尤其是"腾讯地图上那个命名徐家庄的地方""是我的出生地""从曾祖母开始",徐家庄的历史便是一部迁徙史、苦难史、奋斗史。因此,坐落在徐家庄的那个土墩便成了作者精神原乡中的神圣高地。对逝去的乡村生活的留恋、怀想,以及怅然若失的心情都化成了浓浓的乡愁。这份浓浓的乡愁,沉淀在情感深处,愈久弥香。

这杯茶是温热的。"正是'为赋新词强说愁'的年岁,于夜深人静之时写下《小屋无窗》,投稿当时的市报。时任副刊编辑的盛老师将文字细细改过,删去那些不平之音。有一回,去见盛老师。她说:'改了你文字多处,是为你好。'"(《点一盏暖暖的灯》)小小的细节描写,将素昧平生的编辑对初涉人世的作者的关爱与呵护,表达得淋漓尽致。仿佛让孤独的夜行人看到前方的黑暗处有一盏灯，顿时暖意盈怀，力量倍增。"一切都是温和，一切都是安宁。我长久地趴在阳台上，看着这一切。我不知道自己是贪恋这阳光，还是贪念这俗世的暖。"(《年三十的阳光》)作者看到的只不过是旧历年三十的一幕幕日常生活场景：院子里赶着回家吃年夜饭的一家三口，广场上给孩子拍照的年轻母亲，一群锻炼、玩耍的儿童，一对捡垃圾的老年夫妻。作者感受到的却是："这是旧历年三十的阳光，温暖，灿烂。"

这杯茶是香甜的。这份香甜里有对亲人的挚爱。"你是我的爸爸，你是给我生命的那个男人，你是我生命里最重要的那个男人。透过你，我才真正明白至善至爱。"这段语意不断递进的深情表白，使平凡、慈爱的父亲形象跃然纸上。"我的孩子啊，你会长得更高更壮，我就只能是你眼里矮小的母亲。其实，天下的父母，都是如此矮小。只要他们的孩子，能够始终站立在自己的肩头，攀得更高，望得更远就足够了。"(《我是你矮小的母亲》)朴实、真诚的话语，是一位母亲发自肺腑的心声。儿子眼里"矮小"的母亲，永远是无私、伟大的！这份香甜里有对友情的回味。一本赠送的《七里香》诗集以及躺在书中细致、精巧的蝴蝶书签，"一把藤椅的前世今生"，都是青春期一段美好的记忆，都承载着一份纯真的情感。作者说："青春是一张薄薄又脆弱的纸片，能画得上多重的痕迹呢。"其实，青春更是一张纯洁的白纸，只要深情地一画，便会永远留存在心灵的底片上，不会因岁月的久远而消失。这份香甜里有对学生的关爱。聪明懂事的方琪、懂得感恩的朱秀华、勤奋刻苦的华文伦、热情正直的章艺梅，一个个学生的形象，栩栩如生。流露出作者爱生如子的情怀，育才成功的喜悦。

这杯茶是苦涩的。在"那些模糊或者消失了的身影"中，莲婶一家是徐家庄的外姓人。"在一个聚族而居的村子里，大家对于外姓人很冷漠。"莲婶有两个女儿，一个儿子，丈夫是一个严肃的人，个头高，也极壮硕。女儿们活泼可爱，夫妻俩勤劳肯干。不幸，丈夫却因病去世了。过了几年，莲婶家来了一个男人，成了她第二任丈夫。第二年，莲婶生了一个男孩。谁料这任丈夫后来喝农药死了。如果说，莲婶的命运是悲苦的，那么，香爱更是不幸的。香爱是三叔唯一的女儿，三婶过世时，她才五岁。但她懂事早，心灵手巧，什么样的农活都会干。就是这样聪明、乖巧、能干的女孩子，由于三叔的病故，匆匆地嫁给了没有爱情做基础的人。草率的婚姻为她的悲剧人生拉开了序幕。婆家的虐待，哥嫂的冷酷无情，终于逼疯了她。导致她流落村头巷尾，乞讨、纵火，最后不知所踪。还有，童年的伙伴、一起放牛的虎子，原本是个纯朴、憨厚、可爱的男孩，只因不慎从牛背上摔下来，被一根树杈戳伤，未得及时医治，早早夭折了。读罢掩卷，能深深感受到作者对笔下人物的同情，对人生的感悟，对命运的思考和追问。

　　董桥说，中年是杯下午茶。人到中年的徐琳，平和、内敛，不事雕琢、却精致优雅。徐琳的文字洗尽铅华，冲淡平和，但不乏简洁雅致。"其实，我最想做的事情还是和你掌心相握，站在一棵楝树下，等待它的花开。"《春后楝花》）"饮一杯茶，悟一回人情味，又是山一重，水一重，滋味各不同。"（《饮尽世间一杯茶》）。"站在余晖洒落的小院里，看斜阳一寸一寸离去，终于无力攀上我凝视的眼睛。"（《爱到无力》）"在火车站拥挤的人群里，我看到你一只手拎着行李，一只手攥着妈妈的手。我走在你们的身后，感觉外面淋漓的雨，也不抵我内心的潮湿。"（《你是我爸爸》）书中这样的句子比比皆是，珠玑一般，圆润、剔透，折射着作者情感的光芒，穿透读者心灵。徐琳不刻意布局谋篇，看似信手拈来，实质上，开合有度，收放自如。行文不蔓不枝，不疾不徐，在冷静、节制的叙述背后，坦露的是作者丰盈的内心世界、波澜起伏的情感和深刻的理性思考。譬如，"爷爷去世很多年了。二叔搬家之后，老屋就一直空在那里。有一回，奶奶叨唠：爷爷的渔网还好好的吧。"（《爷爷的渔网》）。"很多年过去了，莲婶该很老了吧。她的两个女儿会嫁到哪里？两个儿子该成家了。莲婶不会还是自己下田，自己扶犁吧。"（《莲婶》）"人生，也不过就是一场又一场的游戏。看似玩，实则上演的是尊严与尊严编织的炫目场景。人，都重尊严。给人以尊严，不是小同情，是大智慧。"（《有些话，不必说出口》）。

  如果说，这本书是杯茶，人生何尝不也是一杯茶？最终，我们都将会饮尽"这杯茶"。但是，我们在饮尽之前不妨细细品味。因为，"饮茶的过程，如同滚滚红尘中遇见那个清纯脱俗的女子。""她在俗世之外，得天地之精华。"因为，"一杯茶里，有俗世的人情。"细品"一杯茶"，能让我们感到世间的温暖和安宁。